O crime de Sylvestre Bonnard

GRANDES TRADUÇÕES

Esta coleção reúne livros fundamentais, de ficção e não-ficção, que nunca foram lançados no Brasil, tiveram circulação restrita ou estão há décadas fora de catálogo e agora chegam ao mercado em edições traduzidas e comentadas pelos melhores profissionais em atividade no país.

Outros títulos

MIDDLEMARCH, de George Eliot, por Leonardo Fróes
A CONDIÇÃO HUMANA, de André Malraux, por Ivo Barroso
O GATTOPARDO, de Tomasi di Lampedusa, por Marina Colasanti
OS SETE PILARES DA SABEDORIA, de T. E. Lawrence, por C. Machado
A ESPERANÇA, de André Malraux, por Eliana Aguiar
JOANA D'ARC, de Mark Twain, por Maria Alice Máximo
CONTOS DE AMOR, DE LOUCURA E DE MORTE,
de Horacio Quiroga, por Eric Nepomuceno
RAINHA VITÓRIA, de Lytton Strachey, por Luciano Trigo
DOUTOR JIVAGO, de Boris Pasternak, por Zoia Prestes
RETRATOS LONDRINOS, de Charles Dickens, por Marcello Rollemberg
O GRANDE GATSBY, de Scott Fitzgerald, por Roberto Muggiati
O MORRO DOS VENTOS UIVANTES, de Emily Brontë, por Rachel de Queiroz
A ECONOMIA POLÍTICA DA ARTE, de John Ruskin, por Rafael Cardoso
A PRINCESA DE CLÈVES, de Madame Lafayette, por Léo Schlafman
MULHERES APAIXONADAS, de D. H. Lawrence, por Renato Aguiar
AS GRANDES PAIXÕES, de Guy de Maupassant, por Léo Schlafman
A MATRIZ, de T. E. Lawrence, por Fernando Monteiro
PEQUENOS POEMAS EM PROSA, de Charles Baudelaire, por Gilson Maurity
O FAZ-TUDO, de Bernard Malamud, por Maria Alice Máximo
O BARRIL MÁGICO, de Bernard Malamud, por Maria Alice Máximo

ANATOLE FRANCE

O crime de Sylvestre Bonnard

Tradução e introdução de
MARCOS DE CASTRO

EDITORA RECORD
RIO DE JANEIRO • SÃO PAULO
2007

CIP-Brasil. Catalogação-na-fonte
Sindicato Nacional dos Editores de Livros, RJ.

F884c France, Anatole, 1844-1924
O crime de Sylvestre Bonnard / Anatole France; tradução Marcos de Castro. – Rio de Janeiro: Record, 2007.
(Grandes traduções)

Tradução de: Le crime de Sylvestre Bonnard
ISBN 978-85-01-07484-3

1. Ficção francesa. I. Castro, Marcos de. II. Título. III. Série.

06-4321
CDD – 843
CDU – 821.133.1-3

Título original em francês:
LE CRIME DE SYLVESTRE BONNARD

Copyright da tradução © Marcos de Castro, 2007

Todos os direitos reservados. Proibida a reprodução, armazenamento ou transmissão de partes deste livro, através de quaisquer meios, sem prévia autorização por escrito. Proibida a venda desta edição em Portugal e resto da Europa.

Direitos exclusivos de publicação em língua portuguesa para o Brasil adquiridos pela
EDITORA RECORD LTDA.
Rua Argentina 171 – Rio de Janeiro, RJ – 20921-380 – Tel.: 2585-2000
que se reserva a propriedade literária desta tradução

Impresso no Brasil

ISBN 978-85-01-07484-3

PEDIDOS PELO REEMBOLSO POSTAL
Caixa Postal 23.052
Rio de Janeiro, RJ – 20922-970

EDITORA AFILIADA

Sumário

Introdução 7

PARTE I   A ACHA DE LENHA 33

PARTE II   JEANNE ALEXANDRE 95

I 97
II 104
III 114
IV 121
Última página 235

Introdução

O VELHO BONNARD E SEUS AMORES

Marcos de Castro

"Clareza, clareza e clareza" — essas eram, para Anatole France, as três qualidades essenciais a uma obra de arte literária. Está no pequeno ensaio "Sobre Anatole France", de Augusto Meyer (em *Preto & Branco*, Rio, Instituto Nacional do Livro, 1956, p. 99). Anatole France estava sendo coerente ao dizer isso, pois essas "três" qualidades virão em primeiro lugar em seus romances e são citadas em qualquer comentário sobre eles, que são sempre histórias com começo, meio e fim.

Não por coincidência, já se vê, o movimento literário conhecido como surrealismo, que se erguia contra todas as formas de ordem e de lógica, lançou sua pregação no ano da morte de Anatole France (1924), em documento publicado em Paris por André Breton — e o próprio defunto Anatole serviu para a primeira manifestação escandalosa do movimento, através do panfleto *Un cadavre* [Um cadáver]. Em outras palavras, vai-se Anatole France, vem o surrealismo. Mas deixemos os surrealistas, que só nos interessam de passagem. Deixemo-los, na certeza de que o desencontro de caminhos é rigorosamente coerente: tudo que foge à ordem e à lógica é antianatoliano.

Comecemos logo a tratar diretamente de Anatole France, que é nosso assunto, e deste delicioso *Crime de Sylvestre Bonnard*, o romance (de 1881) que começou a tornar seu autor famoso e lhe abriu os caminhos da glória. O leitor verá, mais adiante: glória foi o que não faltou a Anatole France, que terá sido, mesmo, um dos autores que dela mais desfrutou — e a desfrutou em vida. Nos dois últimos decênios do século XIX e no primeiro quartel do século XX sua fama seria espantosa.

O crime de Sylvestre Bonnard, embora fosse seu primeiro romance, permaneceu por toda a sua vida — e depois dela — como seu livro de maior repercussão e, assim, foi também o ponto de partida de Anatole France para o sucesso. Curiosamente, não é um romance, são dois, ou dois em um, como a velha lata de doce que tinha goiabada e bananada. Algum leitor que conheça *O crime de Sylvestre Bonnard* (são poucos no Brasil de hoje, e é pena, mas sempre haverá alguém que o conheça) poderá dizer que a primeira parte não chega a ser um romance, por ser muito pequena. Dependendo do tipo de edição, claro, essa primeira parte, na verdade, tem de 80 a 90 páginas, não mais do que isso. Como se sabe, porém, um romance não é romance por causa do número de páginas, o que seria uma definição simplista. Um romance é romance se tem determinadas características, uma das quais, básica, é a observação em profundidade do meio, ou dos caracteres das personagens (enquanto na novela predomina a ação — e ação em ritmo rápido). A partir daí é possível dizer que *O crime de*

Sylvestre Bonnard são dois romances em um único, ligados pela personagem básica que se movimenta em um e em outro. Essa personagem básica é o homem cujo nome está no título, o "excelente Sylvestre Bonnard", no dizer do professor suíço G. de Plinval, da Faculdade de Letras de Friburgo (em seu *Précis d'Histoire de la Littérature Française*, Paris, Hachette, 1962, p. 250). Bonnard é um velhinho acadêmico (lembremos que o subtítulo do livro é *Membro do Instituto*), solitário, simpático, filólogo e pesquisador erudito, ou arqueólogo das letras, como ele mesmo gosta de dizer. Dono de uma preciosa biblioteca que é a alma de seu apartamento e a que ele chama, orgulhoso, de "a cidade dos livros", nela o gato Amílcar é sua única companhia. Presença rara na cidade dos livros, mas autoridade absoluta no resto da casa é a velha governanta Thérèse, que Bonnard teme e admira. Essa velha, "surda como um saco de carvão", não poucas vezes fará um sorriso discreto aflorar aos lábios do leitor numa como noutra história.

Mas Thérèse é apenas figurante. São duas protagonistas femininas que giram em torno do robusto velhinho. Em "A acha de lenha", título da primeira história, a bonita princesa Trepof é que leva Sylvestre Bonnard a passar por uma emoção que comove o velho coração, no fecho. Evidentemente não vou tirar do leitor o sabor da história contando-lhe o fim. Pano rápido, e passemos à segunda parte do livro, que se chama "Jeanne Alexandre". Dessa Jeanne só direi ao leitor que, mocinha, é a um tempo a paixão outonal do velho Bonnard e a neta que ele não teve. Neta biológica, na verdade, de Clémentine, o único amor que balançou o coração do moço Bonnard (e que acabou por se casar com um ricaço). Jeanne, órfã, vive num internato de moças pobres quando o destino dos dois se cruza. Seu pai era um jogador inveterado que arruinara a fortuna no pano verde. A figura de Jeanne flutua sempre, no sentimento indeciso de Sylvestre Bonnard, entre a paixão temporã do ancião (jamais explícita, nesse sentido) e a "neta". O tratamento que lhe dá o velho é sempre de avô amoroso. Também dessa segunda história não se deve contar mais nada, e o leitor que, a partir do título geral do livro, imagina tratar-se de alguma coisa como um romance policial, vai ver que não é nada disso.

Anatole France é autor de obra extensa, cerca de 40 volumes, segundo os levantamentos mais amplos de sua bibliografia. Mas vamos ficar aqui apenas com a nata de sua produção. Além deste *Sylvestre Bonnard*, que é não só o mais popular de seus romances, como o melhor deles, de acordo com a maioria dos críticos que se debruçaram sobre sua obra, uma seleção de Anatole France, cremos, teria de incluir sempre *Le Livre de mon ami* ("O livro de meu amigo", 1885, não há notícia de tradução brasileira), *La Rôtisserie de la reine Pédauque* (1892, há edição brasileira: *A rotisseria da rainha Pédauque*, tradução de Elói Pontes, Rio, Vecchi, 1947), *Les Opinions de M. Jérôme Coignard* ("As opiniões do Sr. Jérôme Coignard", 1893, também não há tradução brasileira), *Le Jardin d'Épicure* ("O jardim de Epicuro", 1895, outro sem tradução brasileira) e *Les Dieux ont soif* (1911, há edição brasileira: *Os deuses têm sede*, tradução de Marina Guaspari, Rio, Vecchi, 1945). O primeiro deles se passa num curioso meio de alquimistas e padres do século XVIII e revela a amizade, que se prolongará por outros livros, do velho padre Jérôme Coignard e de seu discípulo Jacques Tournebroche. Coignard é um padre erudito, "doutor em teologia, licenciado em artes", como se apresenta, que foi bibliotecário do bispo de Séez (atual Sées), cargo em que enriqueceu muito sua cultura. Desiludido com a Igreja, dela se desligou, sem renegá-la nem se desligar da fé. Era mais uma atitude de dar vazão a seu gênio boêmio, amigo dos prazeres do copo, sem desprezar os da carne, que entretanto não persegue.

A singular personagem desse padre boêmio e sem pouso prossegue a dar lições de vida a seu amigo Tournebroche em *Les Opinions de M. Jérôme Coignard*. Não se trata propriamente de um romance, mas a leitura dessas opiniões é deliciosa pela atualidade que sentimos quando ele fala dos ministros de Estado, de funcionários em geral, da ciência, do Exército, das academias, dos golpes de Estado e da justiça. Coignard ainda é o centro de tudo no *Jardin d'Épicure*. Um outro lado de Anatole France está em *Le Livre de mon Ami*, em que, tratando de crianças, ele revela extraordinária penetração no mundo psicológico infantil, sem mudar nunca o admirável tom de sua linguagem clássica, a mais límpida entre os modernos autores franceses.

Finalmente, falando dessa pequena seleção, *Os deuses têm sede*, de 1912, romance em que Anatole quis mostrar a vida em Paris na época do Terror. Uns poucos consideram *Os deuses têm sede* seu melhor romance. Mas a história do pintor Gamelin, fanático de Robespierre, vítima, afinal, da guilhotina à qual condenara tantos inocentes como membro do Tribunal Revolucionário, pela própria brutalidade do assunto não pode ter a graça e o encanto de *Sylvestre Bonnard*. Serve apenas para mostrar — e aí está mais um ponto a favor de Anatole France — a profunda aversão que lhe inspira o fanatismo jacobino, como lhe inspiram todos os fanatismos. Anatole France não contesta a grandeza da Revolução Francesa, diz o acadêmico Jacques Chastenet de Castaing — um de seus maiores admiradores, mesmo depois que falar mal de Anatole

France virara moda —, num ensaio biográfico do início dos anos 1960. Mas, completa, "está longe de admirá-la em bloco". Conhecer a Revolução Francesa ele conhecia muito bem. Já vamos ver isso. Mas antes é bom o leitor ficar informado que Anatole era também um excelente contista. Deixou dois livros de contos: *L'Étui de nacre* [O estojo de nácar] e *Le Puits de Sainte Claire* [O poço de Santa Clara], de nenhum dos dois há edição brasileira, mas o segundo não tem o valor do primeiro. Se tivesse deixado só *L'Étui de nacre* já seria um bom contista. Nessa coletânea há meia dúzia de contos da melhor qualidade. A mais marcante peça do estojo, sem dúvida, é "O procurador da Judéia", um instantâneo de Pôncio Pilatos na velhice, todos os hábitos romanos retomados. Um dia, conduzido na liteira por escravos num passeio por uma das colinas de Roma, Pilatos encontra um velho amigo que estivera na Judéia, um conterrâneo com o qual no país estrangeiro conversava sempre, matando saudades da terra. Lembraram-se, agora na colina romana, de várias passagens naquela região do Oriente, mas principalmente das condenações de judeus presos. Ah, como davam trabalho aquelas condenações! — recordava Pilatos. E comentaram sobre essa e mais aquela.

— E a condenação daquele Jesus de Nazaré, lembra-se? perguntou o amigo. — Como foi complicada!

Depois de pensar um bocado, Pilatos responde (é o fecho do conto):

— Jesus? Jesus de Nazaré? Não, não me lembro, não.

Feita essa pequenina digressão através do Anatole contista, que também vale a pena, voltemos à Revolução Francesa, a qual, dizíamos, ele conhecia muito bem. Muitíssimo bem, não será exagero dizer. Anatole France nasceu (em 1844) e foi criado à beira do Sena. Ninguém mais francês. Dir-se-ia, mesmo, ninguém mais parisiense. Nasceu num apartamento do cais Voltaire, seu pai tinha um quiosque de livros no cais Malaquais. O quiosque — que no Brasil chamaríamos de barraca — ostentava orgulhosamente uma tabuleta com o nome que o dono lhe dera: *"Librairie de France"* ("Livraria da França", ou, como se dizia antigamente no Brasil e ainda se diz em Portugal, "Livraria de França").

Tudo concorreu para adoção do pseudônimo, que nele acabaria por se transformar num verdadeiro sobrenome. O pai, já se viu, era um dos representantes mais típicos da crônica parisiense, o buquinista da beira do Sena. O menino passou a infância nos "velhos cais augustos", como dirá o velho Bonnard à beira desse "rio de glória" que é marca registrada de Paris. A barraca paterna só tinha livros franceses, e especialmente sobre a Revolução Francesa. O pseudônimo veio de modo muito natural. Nada teve, como se poderia supor, de um rompante de patriotismo: foi só uma conseqüência da visão diária da tabuleta à frente da pequena livraria da beira do rio. A partir daí, esfumou-se Anatole François Thibault, nasceu Anatole France (em seu primeiro escrito, *La Légende de Sainte Radegonde, reine de France* [A lenda de Santa Radegunda, rainha da França], um trabalho escolar feito aos 15 anos, o France e o Thibault ainda conviveram: ele se assina "Anatole France Thibault", mas foi um caso único). E nasceu mergulhado na Revolução Francesa. Pois o menino não apenas passava os dias na barraca do pai. Passava-os lendo. E lia principalmente sobre a Revolução Francesa, porque tinha à mão os livros que o faziam viajar a 1789 — e tinha gosto pela história de seu país.

O escritor mostrará por toda a sua obra essa condição de parisiense e, mais que essa condição involuntária, sua paixão por Paris, enraizada no fundo do coração. É de ver-se neste *Crime de Sylvestre Bonnard*, que o leitor vai conhecer agora, o prazer com que o autor põe seu herói a passear pelos Champs-Élysées, pelas cercanias do Arco do Triunfo, como se emociona com as folhas retomando seu verde nas árvores da grande avenida, no início da primavera, "ainda pálidas e tímidas" temendo uma reincidência do inverno. Ah, como o velho Bonnard vê com alegria as caleças rolando rumo ao Bois de Boulogne! E, principalmente, como vai e volta sempre ao Jardim de Luxemburgo. A sombra da estátua de Margarida de Navarra (a que ele dá tratamento duplo, depois chamando-a de Margarida de Valois), nesse jardim, é um ponto de repouso grato ao coração de Sylvestre Bonnard. Ao Jardim de Luxemburgo é que o leva a tomar sol a rabugenta Thérèse quando o patrão está convalescente. Certamente não se trata de escolha ao acaso.

E mais e mais Paris. Pela grande cidade passeia sempre o romance. Mas bastaria dizer que a história da velha abadia beneditina (beneditinos do ramo de São Mauro) de Saint-Germain-des-Prés (hoje uma igreja paroquial) é a grande paixão do pesquisador herói do romance — e está dito tudo. Haveria alguma coisa mais parisiense que Saint-Germain-des-Prés?

Sem ser um erudito, esse parisiense ilustre amava a erudição. Sylvestre Bonnard, *alter ego* do autor, é o erudito que o homem culto Anatole France não chegou a ser. Anatole aprendeu latim no colégio (na realidade, só foi mesmo bom aluno nessa disciplina e em Francês) e umas tinturas de grego. Apaixonou-se por mitologia e foi um permanente leitor dos clássicos, que cita sempre em suas obras, a começar por Homero. Citações, aliás, constituem uma das marcas de seus livros. Neste mesmo, o leitor irá encontrar aqui e ali versos das *Bucólicas*, de Virgílio, das *Odes*, de Anacreonte, de clássicos franceses como Corneille e Racine, entre outros, sem falar em pequenos trechos de canções folclóricas, nem em passagens da história da França. Seu rigor com o bom francês é uma das qualidades que ninguém lhe nega. Anatole saiu da moda como romancista (afinal, a literatura, como tantas coisas, tem fluxos e refluxos), foi duramente criticado a partir dos surrealistas, mas essas críticas mais acerbas nunca se referiram à forma do seu francês. Sempre se respeitou "a elegância clássica de seu estilo", como disse o já citado Plinval. Nesse ponto não se conhece exceção.

Festejado pela pureza de linguagem e pela arte na construção de uma personagem como Sylvestre Bonnard, esse seu primeiro romance foi premiado pela Academia Francesa, o que, indiscutivelmente, contribuiu para que o impressionante sucesso de Anatole France se desenhasse desde logo. Tinha ele 37 anos, ao lançá-lo. Nesse livro — "uma incontestável pequena obra-prima", para Jacques Chastenet — não existe o ceticismo amargo que posteriormente ficaria como sua marca maior, na linha de Voltaire e de Renan, este último uma admiração pessoal do autor, que foi seu amigo.

Nos cinco anos que se seguiram ao lançamento do *Crime de Sylvestre Bonnard*, isto é, de 1882 a 1886, Anatole France iria se consolidar como grande figura da literatura francesa, lançando mais um romance, *Les Désirs de Jean Servin* [Os desejos de Jean Servin], inexpressivo no conjunto de sua obra (não há tradução em língua portuguesa), e pouco depois um de seus livros mais admirados, o já citado *Le Livre de mon ami*. Ao mesmo tempo, passou a freqüentar os salões literários de Paris. Por outro lado, tornou-se, distinção concedida a poucos, cavaleiro da *Légion d'honneur*, a ordem nacional francesa. Mas foi ao assumir a coluna literária do jornal *Le Temps* (1886) que seu nome ganhou ainda mais público. Durante sete anos, semanalmente, Anatole France ditava o gosto literário ao parisiense médio, não só sobre livros novos, mas também passeando pelos clássicos. A publicação em livro dessa crítica, o tipo mais acabado do que se chama crítica impressionista (isto é, a crítica que o grande público entende, porque são impressões pessoais, sem pretensão acadêmica), foi uma conseqüência natural da repercussão obtida. Saíram quatro volumes — *La Vie littéraire* — de 1888 a 1892.

Durante esse tempo em que foi o crítico de *Le Temps*, Anatole lançou outro romance que teria grande sucesso, *Tahïs* (1891), a tal ponto que acabaria transformado em ópera por Massenet, três anos depois. Há edição brasileira: *Taís*, tradução de Sodré Viana, Rio, Irmãos Pongetti, 1940. Em *Taís*, o ateísmo de Anatole France surge de modo evidente, a explosão dos sentidos a sobrepor-se a tudo. Trata-se da história de um eremita que vivia para Deus, mas depois de converter a cortesã Taís se apaixona por ela. É em *Taís* que um outro Anatole se revela pela primeira vez, ao deixar transparente sua negação do sobrenatural, ao apresentar uma nova face, por assim dizer. O que sobra de comum entre as duas obras, se formos fazer uma comparação com *Sylvestre Bonnard*, é apenas a clareza de sempre, a pureza de linguagem, e a estrutura tradicional do romance com começo, meio e fim, que os surrealistas detestariam e da qual ele nunca abriu mão. De resto, é água e vinho.

Freqüentador, já o vimos, dessa outra instituição parisiense típica que eram os salões literários, acabou por ser o que se pode chamar de dono de um deles (os salões eram femininos) ao se tornar amante, em 1888, de Léontine Lippmann, de uma família de ricos banqueiros judeus. Tanto Anatole France como Léontine eram casados — e casados havia muito tempo. O casamento do escritor, até onde se sabe, era um fracasso desde o início (em 1893 ele se divorcia). Também infeliz na vida conjugal, Léontine Lippmann desde 1867 era a Sra. Albert

Arman de Caillavet. A evidência do casamento frustrado estava no fato de que o marido não saía das casas de jogo, enquanto ela mergulhava num dos salões literários mais famosos do fim do século XIX, o da Sra. Aubernon. Sem se separar oficialmente do marido (ela fez questão de nunca se divorciar), transformou a própria casa, um palacete na avenida Hoche, em um novo salão literário. Foi aí que Anatole France a conheceu. A união iria se consumar rapidamente, sem subterfúgios. Em pouco tempo, Anatole praticamente estará morando no palacete de Léontine, que passará a ter influência decisiva sobre sua vida e — fundamental — em sua obra.

Quanto à obra, basta lembrar que sempre se disse — e isso nunca foi desmentido — que Anatole France só escreveu *Le Lys rouge* (1894, há tradução brasileira: *O lírio vermelho*, de Justino de Montalvão, Rio, Ed. A. Moura, 1913) por exigência dela. Queria a amante que ele mostrasse sua superioridade em relação a Paul Bourget (1852-1935) dentro da própria linha desse jovem que desde os anos 1880 vinha surgindo como um autor de grande sucesso, com romances a que a crítica chamava "psicológicos e morais". Anatole abandonou de certa forma o seu "diletantismo" (outro rótulo da crítica) para escrever uma história com paixões violentas e cenas, digamos, picantes.

Os críticos chamaram logo a atenção para o fato de que Anatole France não se sentia à vontade no gênero. Não deixaram de elogiar, como sempre, sua linguagem de beleza naturalmente castiça, mas acharam as personagens de *O lírio vermelho* mal desenhadas, um enredo frágil, enfim, um livro que não enriquecia sua obra. Enriqueceu-lhe o bolso, porém. O sucesso foi tal que o escritor pôde comprar com os direitos autorais aquilo que os italianos chamam de *villa*, um palacete no qual reunia nas manhãs de quartas-feiras e domingos um pequeno grupo de amigos a discutir o mundo, em geral, e literatura em particular. Começa a moldar-se nessas tertúlias o militante político, que será a última etapa da vida do escritor, sobretudo a partir do caso Dreyfus, que apaixona e divide os franceses de 1894 (condenação) a 1899 (libertação) e 1906 (reabilitação).

Quanto ao modo de vida, a influência da Sra. Arman Caillavet exerceu-se sobretudo no capítulo das viagens. Como seu companheiro, Anatole France passou a ser um viajante permanente. A mulher busca antiquários, incessantemente, no interior da França e na Itália. O companheiro passeia. Mais tarde viajará sozinho até para escapar de Léontine, inclusive na sua vinda ao Brasil, em 1909, de que falaremos mais adiante. O fato é que em 1908, ao completar vinte anos, a união com Léontine Lippmann está esgotada. Ambos estão mais do que maduros, próximos da velhice, mesmo. Anatole France tem 64 anos, mas ainda viverá duas uniões conjugais, se assim se pode dizer.

Depois de O *lírio vermelho*, sua produção é intensa. Começando por *Le Jardin d'Épicure*, de que já falamos, no qual está de volta uma de suas personagens mais encantadoras, o padre Jérôme Coignard. Seguem-se, no mesmo ano de 1895, os contos do *Poço de Santa Clara* e, em 1896, uma coletânea de poesias em que junta produções novas e antigas. Sobre elas, basta uma palavra: a poesia é um equívoco na obra de Anatole France. A partir de 1897 e até 1901 publica os quatro tomos de sua *História contemporânea*, que são: I, *L'Orme du mail* ("O olmo do passeio público", traduzido no Brasil como *A sombra do olmo*, por Justino de Montalvão, Rio, Vecchi, 1942); II, *Le Mannequin d'osier* (há edição brasileira, O *manequim de vime*, tradução de Justino de Montalvão, Rio, Vecchi, 1942); III, *L'Anneau d'ametiste* (O *anel de ametista*, tradução brasileira de Elói Pontes, Rio, Vecchi, 1942);

e IV, *Monsieur Bergeret à Paris* (*O Sr. Bergeret em Paris*, tradução brasileira de Elói Pontes, Rio, Vecchi, 1943).

O título geral pode enganar, mas esses quatro tomos não são absolutamente um tratado de história, nem Anatole France faria isso. São apenas um retrato da época, quer dizer, a época na visão de um artista. O escritor prefere, apesar do título geral, manter uma estrutura de ficção: é um sábio latinista que fala, ou melhor, que faz conferências numa faculdade de província. Ao fazê-las, mistura discursos próprios de sua erudição com historinhas cômicas, às quais não falta um toque de licenciosidade, e assim vai dando suas opiniões sobre a Igreja, o Exército, o capitalismo e a ordem estabelecida, ou melhor, contra tudo isso. Começa a surgir nessas páginas o Anatole socialista, preocupado com os humildes, os excluídos (para usar um termo atual) pela máquina social.

Nas investidas contra a Igreja, Anatole France não abandona seu respeito pela religião, aliás muito presente em toda a sua obra. O leitor já vai senti-lo, por exemplo, neste *Sylvestre Bonnard*, como poderá senti-lo intensamente em alguns dos contos do *Estojo de nácar*, especialmente em "Amycus e Celestino", "A lenda das santas Olivéria e Liberette", "Santa Eufrosina" e "Escolástica", por exemplo. Não será fora de propósito, aqui, uma aproximação entre Anatole e o nosso Eça de Queirós, especificamente o doce Eça das lendas de santos, que são parte do livro póstumo *Últimas páginas*. A simpatia com que Anatole France trata dos seus santos nesses contos — que também não passam de narrativas lendárias — é a mesma, dir-se-ia a mesmíssima, com que Eça trata os santos das suas lendas. E por que não aproximá-los também quando estiver em causa o requinte da linguagem, a perfeição da forma em suas respectivas línguas?

Mas vamos voltar um pouco no tempo, antes de entrar nessa última fase anatoliana, a etapa socialista. Falemos por um momento no lado que se poderia chamar de triunfalista dessa vida que foi um prodígio de popularidade, e não só na França — o Brasil é talvez a maior comprovação de que essa popularidade rompeu fronteiras. Lembremos o Anatole France da Academia Francesa, o Anatole do Prêmio Nobel. A importância excepcional que teve o prêmio da Academia Sueca no ano da escolha de Anatole France pode ser bem resumida nas palavras do Dr. Gunnar Ahlström, membro do Instituto Sueco, que conta a história da atribuição da láurea, em 1921, ao escritor francês "quase octogenário". A solenidade, no dizer do Dr. Ahlström, foi "uma das mais prestigiosas dos anais do Prêmio Nobel". E isto porque — eis a razão de toda essa pompa — "desta vez, tratava-se de um autêntico e indiscutível príncipe das letras" a recebê-lo. Anatole France já havia sido indicado para o Prêmio Nobel em 1904, em 1911 e em 1916. Ao conquistá-lo, finalmente, concorria com gente do porte de Bernard Shaw, H.G. Wells, W. Yeats e Henri Bergson. Dois franceses tinham conquistado o prêmio antes, Sully Prudhomme e o provençal Frédéric Mistral, mas não puderam comparecer à solenidade de entrega. Já velhinho, longas barbas brancas, Anatole France foi o primeiro francês premiado presente a uma dessas festas. Nas palavras do mesmo Dr. Ahlström, ele compareceu desafiando "as fadigas e inconvenientes da viagem para apresentar-se na capital dos gelos e dos ursos polares". Foi uma consagração.

Para a Academia Francesa, Anatole France entrará em 1896, portanto com 52 anos, curiosamente na vaga de um gigante, mas gigante dos negócios, figura totalmente alheia às letras, o visconde Ferdinand de Lesseps, construtor do canal de Suez, que, com esse currículo, viria a conseguir a concessão para construir o canal do Panamá (na construção ocorreu o grande escândalo que abalou a França, no qual esteve envolvido também o engenheiro Gustave Eiffel, o criador da torre parisiense que leva seu nome: o episódio fez com que a palavra "panamá" se tornasse sinônimo de negócio altamente corrupto). O mesmo Dr. Ahlström, ao falar da atribuição do Prêmio Nobel a Anatole France, conta também uma historinha carregada de significado na caminhada do escritor ao tentar a vaga na Academia Francesa. Numa das visitas de postulante, em 1895, Anatole ouvirá as seguintes palavras do acadêmico Eugène Melchior, visconde de Vogüé: "Senhor, tudo nos seus escritos choca as minhas crenças. Mas o gênio é uma dádiva divina, e eu não reconheceria a vontade divina se não votasse no senhor." A história vale como símbolo de que Anatole France, que era um enorme sucesso popular, também entre os intelectuais era o "príncipe das letras"

Vive-se na França a plena efervescência do caso Dreyfus e o anti-semitismo crescera muito no país em função do escândalo do canal do Panamá, porque vários capitalistas judeus estavam envolvidos na aventura do canal (*Grand Larousse Encyclopédique*). Anatole France havia alguns anos estava ligado a uma judia, como se viu, Léontine Lippmann. Evidentemente ele se envolveu de corpo e alma na defesa de Dreyfus não por isso, porém em defesa de suas próprias idéias. Mas a elite francesa não deixou de considerar também que uma parte da sua grande paixão pelo caso, muito evidente, era o amor do escritor por sua companheira. E de tal forma Anatole France mergulhou no *affaire* Dreyfus que deixou de freqüentar as sessões da Academia porque muitos acadêmicos eram antidreyfusistas. Não escondeu o motivo de sua ausência, declarando com todas as letras, em 1899: "Seria penoso avistar-me com pessoas cujo procedimento considero desprezível e repugnante." Essa posição firme fez com que superasse até mesmo suas divergências com Émile Zola, autor do mais célebre libelo em defesa de Dreyfus (o famoso "Eu acuso!"). Anatole France, que em nada apreciava a literatura naturalista de Zola, pronunciou sentido discurso de homenagem humana à beira do caixão do romancista, em 1912.

A partir do caso Dreyfus, Anatole deixa de ser apenas um literato, assume claras atitudes políticas. Mesmo em seus livros cresce o tom político: o caso Crainquebille, de que trata num volume em que juntou uma coletânea de escritos (*Crainquebille, Putois, Riquet et plusieurs autres récits profitables*,1901: "Crainquebille, Putois, Riquet e muitas outras narrativas proveitosas", não há tradução brasileira) é um poderoso libelo contra a justiça francesa, que considera implacável com os pobres, benevolente com os poderosos.

Desse modo, o Anatole France que viajou para o Brasil, em 1909, já não era exclusivamente um literato. Reza a crônica da vida de Anatole que ele aceitou pronunciar conferências sobre Rabelais em Buenos Aires e no Rio de Janeiro apenas para arranjar um tempinho em que ficasse distante de Léontine, cuja companhia não agüentava mais. Mas a separação não se deu da noite para o dia, foi penosa, processou-se lentamente. A verdade é que ele viajou sozinho. No Rio, foi célebre a recepção que lhe fez a Academia Brasileira, com longo e — segundo testemunho não desprovido de malícia de alguns contemporâneos, que ficou na história no mínimo como anedota — enfadonho discurso em francês de Rui Barbosa. Terminadas as homenagens que lhe foram prestadas na capital federal, Anatole France foi convidado para ir a São Paulo. Sem nenhuma pressa de voltar para a França, o escritor ia aceitando os convites. Em São Paulo, um de seus compromissos seria conhecer a Companhia Paulista de Estradas de Ferro, que partia de Jundiaí penetrando no sentido do interior e era tida como um modelo, mesmo se o termo de comparação fossem as ferrovias européias. Não havia nisso nenhum exagero. Conta o engenheiro ferroviário Hugo de Castro (*O drama das estradas de ferro no Brasil*, São Paulo, LR Editores, 1981), que nos vagões de luxo dos trens da Paulista o guarda do trem corria solícito a botar uma almofada de veludo vermelho ou azul sob os pés das senhoras e moças.

Para conhecer esse requinte todo, continua o citado *Drama das estradas de ferro*, Anatole France foi recebido na estação ferroviária de Jundiaí pelo diretor da estrada de ferro, o engenheiro carioca Francisco Pais Leme de Monlevade, tão competente profissional que acabou agraciado com o título de Príncipe dos Engenheiros Brasileiros. Monlevade não era um espírito fechado, voltado apenas para sua profissão. Ao contrário, era um espírito universal, de conhecimento amplo em outras matérias, a literatura entre elas. Como quase todo brasileiro que lia, naquele princípio de século, tinha em Anatole France uma de suas paixões. Saudou Anatole na plataforma da estação de Jundiaí com um discurso em francês, antes de começarem a pequena viagem que fariam juntos num trem especial. Mas, ao contrário do de Rui Barbosa na Academia, o de Monlevade foi uma fala rápida e agradável. Ao fim do discurso, um menino de cerca de 10 anos, conta o livro de Hugo de Castro, adiantou-se e deu o presente que Anatole desembrulhou cuidadosamente: era uma acha de lenha com fechadura de ouro. Ao abri-la, "o suave perfume das violetas surgidas embalsamou o ar". Anatole leu, "com os olhos cheios de água", a mensagem que havia dentro da acha, sob as violetas.

O leitor compreenderá melhor a delicadeza da homenagem prestada por Francisco de Monlevade ao chegar ao fim da primeira parte do *Crime de Sylvestre Bonnard*, "A acha de lenha" ("La Büche"). Não parece haver nenhum exagero na narrativa do engenheiro Hugo de Castro, nem mesmo nas lágrimas do velho Anatole France, pois ao chegar a Paris ele escreveu que a homenagem que mais o emocionara durante a viagem ao Brasil e à Argentina fora a da acha com violetas: "A mais eloqüente de quantas recebi no Brasil e uma das mais caras de minha existência."

O episódio serve também para mostrar como *O crime de Sylvestre Bonnard* era o livro mais conhecido de Anatole France, no Brasil como na França. Só uma elite culta muito restrita lia no Brasil, mas os que liam não ficavam apenas na literatura brasileira. Era indispensável que se mergulhasse também na literatura francesa: o francês era como que uma segunda língua para a nata da sociedade brasileira. Como sustentar uma boa conversa nos saraus — herança do Império que a Primeira República manteve, ao menos até que o cinema se impusesse como hábito, ali pelos anos 1920 ou 30, e que os matasse definitivamente a televisão, na segunda metade do século — sem falar em Flaubert, sem falar em "Bola de Sebo", de Guy de Maupassant, na poesia de Sully Prudhomme, sobretudo, sem falar em Anatole France?

Esse Anatole comovido (como ele mesmo declara) na plataforma da estação ferroviária de Jundiaí é só um dos lados da velhice do escritor, que tinha 65 anos por ocasião da visita ao Brasil. O outro lado é o Anatole France cada vez mais mergulhado no socialismo e, por fim, o Anatole comunista, simpatizante da Revolução Russa de 1917. Seu envolvimento político o aproximou de Jaurès (Jean, 1859-1914), o grande líder socialista francês do fim do século XIX e início do século XX. Não era apenas o artista que via com bons olhos o movimento socialista: o homem Anatole France tornou-se um participante direto, um militante, mesmo, se quisermos usar o próprio jargão político. Passou a freqüentar os congressos do Partido Socialista, sobretudo depois da fundação da SFIO (Section française de l'Internationale ouvrière, nome do Partido Socialista a partir de 1905). Fazia discursos e conferências. A Jaurès, uniu-o algo mais do que a afinidade política: Jaurès era também um apaixonado pelo bom francês e pelo bom latim.

Um ano antes da visita ao Brasil, portanto em 1908, esse velho Anatole France, espiritualmente renovado com a sua militância socialista, tinha lançado mais três livros — a participação política não lhe tirara a capacidade de trabalho. *Les contes de Jacques Tournebroche* ("Os contos de Jacques Tournebroche", não há tradução brasileira) foi o primeiro deles. Tournebroche, já o vimos, é o discípulo querido do padre Coignard, dupla que aparece lado a lado desde o início de sua obra (nos já citados *La Rôtisserie de la Reine Pédauque* e *Les Opinions de M. Jérôme Coignard*). Logo depois saiu *L'Île des pingouins* (*A ilha dos pingüins*, tradução brasileira de Elói Pontes, Rio, Vecchi, 1945) e, por fim, *Vie de Jeanne d'Arc* [Vida de Joana d'Arc], em dois volumes.

Essa biografia de Joana d'Arc será talvez a maior decepção entre os livros de Anatole France, para seus leitores e para a crítica. Durante dois anos (1906 e 1907) ele passou boa parte de seu tempo percorrendo os lugares onde viveu a santa (para ele não se trata de uma santa, mas de uma neurótica ou de uma histérica, no dizer de Chastenet). Andou entrevistando especialistas, vasculhou arquivos. Mas Anatole, embora homem de refinada cultura, não era um erudito como seu Sylvestre Bonnard. E também não era um historiador que dominasse com mão firme os critérios essenciais para uma biografia desse tipo, em que uma visão histórica, tecnicamente falando, é indispensável. O livro decepcionou os que têm fé, por não fazer de Joana d'Arc a santa destinada por Deus a salvar a França. E decepcionou os que não crêem, porque Joana, também para eles, é uma figura querida cujo patriotismo representa o patriótico povo francês em bloco. É penoso ver o escritor tentando desmontar todo o sobrenatural do episódio, a dizer que tudo foi totalmente natural. Embora ele insista sempre em seu respeito e até carinho por Joana d'Arc, perde-se tentando provar que um padre — e não as vozes do alto a que ela se referia — é que a convenceu a cumprir sua missão do Céu. Desagrada o leitor comum, desvalorizando sua heroína, ao dizer que os ingleses seriam expulsos de qualquer maneira, talvez um pouco mais demoradamente, sem ela, como afirma. Numa palavra, o conjunto da obra de Anatole France não perderia nada — pelo contrário — se ele não tivesse escrito essa biografia da Donzela de Orleãs, tão amada pelos franceses.

A primeira guerra mundial, que explode em 1914, é um duro golpe para o pacifista Anatole France. Mas voltemos um pouco no tempo, ainda. Em sua viagem para a América do Sul, cinco anos antes, conhecera no navio uma atriz, Jeanne Brindeau, que se tornou seu novo caso de amor. Léontine imediatamente fica sabendo em Paris e tenta o suicídio. Embora não restasse mais nada da velha paixão pela Sra. Arman de Caillavet — ao contrário, as relações entre ambos se tinham deteriorado totalmente —, o escritor fica com pena e, na volta, depois de pouco tempo, rompe a vida doméstica que já iniciara com Jeanne Brindeau. Léontine, porém, alma ferida, nunca mais se recuperou. Morreu em 1910, depois de um período doloroso de doença. A morte da velha companheira de tantos anos, dado o estágio em que se encontrava o desentendimento do casal, na verdade foi um alívio para Anatole France: pouco tempo depois ele se une a Emma Laprévotte, que fora uma espécie de enfermeira de Léontine. O romancista viveria com Emma até o fim, mas isso não o impediu de manter outras aventuras amorosas, uma das quais, a mais conhecida, com uma americana.

Retomemos o período da guerra. Logo que ela estourou, Paris sob ameaça de invasão alemã, Anatole France, então com 70 anos, resolve se retirar com Emma Laprévotte para uma casa de campo magnífica — *La Béchellerie* — perto de Tours (225 quilômetros a sudoeste de Paris, isto é, no sentido de quem vai para o litoral atlântico). Lá, parece muito acabrunhado, mas a visita de alguns políticos, entre eles o socialista Léon Blum, o anima a escrever, em 1917, uma carta aberta aos franceses. A carta, entretanto, certamente não saiu como seus amigos queriam, pois Anatole France lhe deu um tom muito pessoal, pregando uma paz sem vitória, que poucos aceitavam.

Com o fim do conflito, conhecido como mundial mas na verdade restrito à Europa, Anatole France volta a Paris, em 1918. Lança então o livro *Le Petit Pierre* (há tradução brasileira, excelente, de João Keating: *Pedrinho*, Paris, Editora Franco-Ibero-Americana, s/d). Curiosamente — levando-se em conta o momento em que esteve tão envolvido pelos fatos políticos e pela guerra —, o novo lançamento é apenas uma espécie de continuação de *O livro de meu amigo*. Quer dizer, são recordações de infância.

Tão envolvido com política está, dizíamos, que nesse mesmo 1918 vibra com a vitória popular contra o czarismo na Rússia, e declara publicamente seu entusiasmo pela Revolução bolchevista. Em 1920, no congresso socialista de Tours, a ala mais à esquerda (70% dos presentes ao congresso) desliga-se do Partido Socialista, a SFIO, e funda a SFIC (Section française de l'Internationale communiste), na esteira da III Internacional (Komintern), fundada por Lênin em 1919. Anatole France adere ao Partido Comunista (a SFIC só adotaria o nome de Partido Comunista Francês em 1943), mas adere de verdade, com ação prática: passa a escrever artigos para *L'Humanité*, o velho órgão socialista fundado por Jaurès em 1904, que também passa às mãos dos comunistas, com a criação da SFIC. Mais que isso: participa de assembléias sindicais (e, reza a crônica da época, os operários não escondiam o grande orgulho de ter no seio de suas organizações não apenas um escritor importante, mas o verdadeiro ídolo popular que Anatole France era), faz discursos em comícios saudando a nova Rússia, pronuncia conferências pacifistas, em meio ao temor de novas guerras. Com tanta agitação e por causa da idade, o que menos se podia esperar de Anatole France naquele momento era que voltasse a freqüentar a Academia. Pois ele voltou às sessões, não com assiduidade exemplar, é verdade, mas aqui e ali participava outra vez delas. E foi bom que voltasse, o mundo das letras foi seu último refúgio. A vida política ainda iria proporcionar-lhe um cruel desgosto, que terá sido, talvez, o grande choque de sua velhice.

Deu-se o caso no IV Congresso Internacional Comunista, em 1922. Sem citá-lo nominalmente, mas dirigindo-se a ele de modo especial, como ficou bem claro, o plenário do congresso decidiu pela exclusão de certos intelectuais, aqueles "tão numerosos na França que entram no partido como amadores". Um dedicado militante suspeito de amadorismo! Logo ele, que ia além de suas forças, àquela altura da vida, escrevia artigos, era orador de comícios, fazia palestras! Foi um rude golpe. Anatole deixou de colaborar com *L'Humanité* e com jornais comunistas menores nos quais também assinava artigos. Ou melhor, teve de deixar.

O último livro de Anatole France sai nesse mesmo 1922 do grande desgosto político. Vê-se como já escasseia, no quase octogenário, a produção em massa que caracterizou sua fase mais fecunda de escritor até uma dúzia de anos antes, ou pouco mais. Nem era possível fecundidade na produção escrita para um velho de vida tão movimentada, que nos últimos anos sacrificara sua vida de homem de letras em benefício da militância política. Há um espaço de quatro anos entre *Pedrinho* e esse seu último livro, que é *La Vie en fleur* (há tradução portuguesa, de Antônio Sérgio, também primorosa: *A vida em flor*, Paris, Editora Franco-Ibero-Americana, s/d). Prêmio Nobel no ano anterior (1921), a ida do velho Anatole France a Estocolmo surpreendeu, como vimos. O laureado já não tinha saúde para viagem tão longa e a terras tão geladas. Depois, aos 77 anos, antes de consumada sua expulsão do Partido Comunista, andava mais preocupado com a política do que com as letras.

Acima se disse que Anatole não era apenas um escritor: que era, também, uma espécie de ídolo popular. A festa de seus 80 anos, a 24 de maio de 1924, foi uma verdadeira coroação de quem na vida conseguiu uma popularidade pouco própria de escritores. A palavra mais usada pelos jornais nas notícias sobre a festa foi "apoteose". Houve nesse caso adequação perfeita com a etimologia (apoteose, em grego, palavra em que está embutido o substantivo *Théos*, "Deus", é a cerimônia de deificação, de divinização), porque não é exagero dizer que, às vésperas de sua morte, a consumar-se menos de cinco meses depois, Anatole France estava sendo divinizado naquela recepção inacreditável no palácio Trocadero.

Sobre o cadáver ainda fresco, caiu com brutalidade a reação dos surrealistas, através de André Breton, viu-se no início deste trabalho. Era a primeira pedra contra o defunto cujo prestígio incomodava — prestígio que se estendia do coração do povo à obra de Proust, na qual ele aparece sob o nome de Bergotte, suave personagem, no dizer de Augusto Meyer. No Brasil, em escala muito menor, as coisas também transcorreram assim. A geração desse mesmo Augusto Meyer (1902-1970) endeusou e, em alguns casos, como o dele próprio, acabou por tentar derrubar Anatole France do pedestal. A maioria dos apaixonados por Anatole France no Brasil louvou o escritor francês até o fim de suas vidas, mas alguns intelectuais, como Augusto Meyer, depois da juventude deixaram de ver nele "um feitiço, uma coqueluche, uma deliciosa peste" (em "Sobre Anatole France", ensaio citado).

Pouco depois da morte de Anatole, publicaram-se suas *Últimas páginas inéditas* e um livro com os seus *Pensamentos*. Em 1929 lançou-se o seu ensaio *Rabelais*, construído sobre a base da conferência que ele fizera vinte anos antes no Rio e em Buenos Aires. Finalmente, um volume enfeixando *Três comédias*, de 1931, que englobava *Crainquebille, Au petit bonheur* [Seja lá como for] e *La Comédie de celui que épousa une femme mouette* [A comédia de quem casou com uma mulher muda].

As obras completas de Anatole France foram lançadas em 26 volumes, de 1925 a 1937, por Callmann-Levy, Editores, sua casa editora desde sempre. Tinha a coleção texto todo revisto por Léon Carias e cada volume trazia uma notícia bibliográfica. Sem dúvida uma edição digna do autor que fora durante muitos anos o carro-chefe da casa.

Anatole France passou da moda? Passou. E isso talvez seja o melhor que se diga dele, hoje. Passou da moda para entrar na história da literatura. "Estar na moda" não qualifica uma obra, embora também não a desqualifique. O importante é que, passada a moda, a obra permaneça por sua qualidade. Isso me lembra sempre os concursos de *Miss* no Brasil, que ainda existem, mas passaram da moda (o que não significa que as moças que se elegem hoje deixaram de ser bonitas). Houve um tempo, lá pelos anos 1950 e 60, em que ganhadoras como Marta Rocha ou Teresinha Morango, consagradas nos concursos, viravam personalidades nacionais durante longo, longuíssimo prazo. Para a etapa final da escolha, todas as *misses* vinham ao Rio e se hospedavam em hotéis de luxo. Davam capa de revista, a imprensa vivia a persegui-las. Os repórteres perguntavam sempre a opinião das candidatas sobre isso, sobre aquilo, sobre literatura, sobre futebol. Preparadas pela assessoria de uma organização especializada em beleza, elas respondiam sempre, quanto a suas preferências, no quesito literatura brasileira: "Manuel Bandeira e Carlos Drummond de Andrade." Literatura estrangeira? Ora, *O pequeno príncipe*. Bandeira e Drummond estavam na moda. Saint-Exupéry estava na moda. Andavam na boca das *misses*. Isso não quer dizer que não tivessem valor, não fossem autores de respeito. Nessas coisas só o tempo dá sua palavra final.

    Costumam dizer os mestres que a boa obra de ficção, aquela que fica mesmo, é a que cria personagens inesquecíveis. E enumeram um bom número de obras de peso, o que não é difícil, a começar por Dom Quixote, a criação imortal de Cervantes. A lista passa sempre por Emma Bovary, Werther (a imagem universal do herói romântico), o pai Goriot, o menino David Copperfield (ou Oliver Twist) e tantos, tantos outros. Sem querer fazer comparações, o que seria estupidez, nem cometer a insensatez de botar alguns em confronto com outros nos pratos de uma balança, entre esses "tantos, tantos outros", quero incluir aqui o velhinho erudito Sylvestre Bonnard. Ele e sua paixão por manuscritos históricos originais, seus diálogos com o gato Amílcar na "cidade dos livros" e seu delicioso relacionamento com a velha governanta

Thérèse, que ia ficando surda e cheia de exigências à medida que os dias passavam. Tudo isso e, fundamentalmente, sua discreta paixão pela doce princesa Trepof na primeira parte do livro e pela menina Jeanne, a neta que ele não teve, na segunda, uma vez que o romance, já o vimos, são dois.

No caso da senhora Trepof (só no fecho da história ela passa a ser "senhora Trepof"), no trecho final é que Bonnard exige para ela um tratamento de "profunda veneração". As coisas se passam num contexto de enorme delicadeza — e com essa delicadeza terminam. É um tanto mais complicado, psicologicamente, o caso da menina-moça Jeanne, sem que isso nem por um momento sacrifique a marca inconfundível da "clareza" anatoliana. Jeanne de certo modo é como que uma neta ou, no mínimo, uma neta torta, digamos assim. Além de tudo, há a diferença brutal de idade a impedir que se quebre a austeridade do amor do velho, entretanto capaz de tudo para manter Jeanne ao pé de si. O próprio drama final — absolutamente inesperado — parece querer mostrar que a presença de Jeanne ao seu lado (e Jeanne é Clémentine suscitada e ressuscitada) será sempre um amor doloroso.

Vá em frente, leitor amigo. Você também vai amar a clareza amiga de um romance de Anatole France (um ou dois?). Você também vai amar a delicadeza dos amores de Sylvestre Bonnard. E até sorrir discretamente quando descobrir qual é o crime do velho arqueólogo das letras.

(A parte biográfica desta "Introdução", exceto a passagem sobre o Brasil, está toda baseada em "Vida e obra de Anatole France", por Jacques Chastenet, da Academia Francesa, trabalho anexo ao volume Anatole France, O *crime de Sylvestre Bonnard*, tradução de Álvaro Moreyra, Coleção dos Prêmios Nobel de Literatura, Rio de Janeiro, Editora Delta, 1963. Utilizei, para a minha tradução: Anatole France, *Le Crime de Sylvestre Bonnard*, Paris, Calmann-Lévy, s/d, 159ª edição.)

PARTE I

A ACHA DE LENHA

24 de dezembro de 1849.

Tinha calçado meus chinelos e enfiado meu roupão. Enxuguei uma lágrima causada pelo vento frio que vinha da beira do rio e escurecera minha visão. Uma chama clara ardia na lareira do meu gabinete de trabalho. Cristais de gelo, em forma de folha de samambaia, tornavam como que floridas as vidraças e me escondiam o Sena, suas pontes e o Louvre dos Valois. Aproximei minha poltrona e minha mesinha de armar da lareira e instalei-me tão perto do fogo quanto Amílcar dignava-se deixar. Amílcar, junto da reserva de lenha, em cima de uma almofada de penas, tinha se enrolado, o focinho entre as patas. Uma respiração cadenciada levantava seu pelo espesso e leve. Quando me aproximei, ele mexeu preguiçosamente as pupilas de ágata por baixo das pálpebras semicerradas, que fechou logo em seguida, pensando: "Não é nada, não, é meu amigo."

— Amílcar! — disse-lhe eu, esticando as pernas —, Amílcar, príncipe sonolento da cidade dos livros, guardião noturno! Você defende dos vis roedores os manuscritos e os impressos que o velho erudito comprou consumindo um módico pecúlio e com um zelo infatigável. Nesta biblioteca silenciosa, propícia a tuas virtudes militares, Amílcar, você dorme com a preguiça de uma sultana! Porque você reúne em sua pessoa o aspecto impressionante de um guerreiro tártaro e a graça displicente de uma mulher do Oriente. Heróico e voluptuoso Amílcar, durma esperando a hora em que os ratos dançarão, à luz do luar, diante das *Acta sanctorum* dos doutos bolandistas.

O começo desse discurso agradou a Amílcar, que o acompanhou com um ronronar parecido com o chiar de um bule de café. Mas, quando minha voz se elevou, Amílcar me advertiu, baixando as orelhas e enrugando a pele zebrada da cabeça, que não ficava bem reclamar assim. E pensava:

— Esse homem dos alfarrábios fala sem dizer nada, ao contrário de nossa governanta, que só diz palavras cheias de sentido, cheias de fatos, seja o anúncio de uma refeição, seja a promessa de uma surra. Entende-se o que ela diz. Mas esse velho produz sons que nada significam.

Assim pensava Amílcar. Deixando-o com suas reflexões, abri um livro que li com interesse, pois se tratava de um catálogo de manuscritos. Não conheço leitura mais fácil, mais atraente, mais doce que a de um catálogo. O que eu lia, redigido em 1824, pelo Sr. Thompson, bibliotecário de *Sir* Thomas Raleigh, peca, é verdade, por ser excessivamente conciso, ignorando o tipo de exatidão que os pesquisadores de arquivos de minha geração foram os primeiros a introduzir nas obras de diplomática e paleografia. Deixa a desejar — e alguma coisa é preciso adivinhar. Talvez por isso, ao lê-lo, entrego-me ao que uma natureza mais imaginativa do que a minha chamaria de devaneio. Abandonava-me suavemente à onda de meus pensamentos quando minha governanta anunciou num tom aborrecido que o Sr. Coccoz pedia para falar comigo.

Alguém, de fato, entrava silenciosamente na biblioteca por trás dela. Era um homenzinho, um pobre homenzinho, de cara magra, vestindo um casaco leve. Aproximou-se de mim cheio de mesuras e sorrisinhos. Mas estava muito pálido e, se bem que jovem e com um ar ainda vivo, parecia doente. Pensei, ao vê-lo, num esquilo ferido. Trazia debaixo do braço uma toalha de mesa verde, que pôs em cima de uma cadeira; depois, desfazendo o nó que unia as quatro pontas da toalha, mostrou um monte de livrinhos amarelos.

— Senhor — disse-me então —, não tenho a honra de ser um de seus conhecidos. Trabalho para livrarias, senhor. Corro a praça para as principais casas da capital e, na esperança de que o senhor queira me honrar com a sua confiança, tomei a liberdade de vir oferecer-lhe algumas novidades.

Bons deuses! Deuses justos! Que novidades me oferecia o homúnculo Coccoz! O primeiro volume que me pôs na mão foi *A história da Torre de Nesle*, com os amores de Margarida de Borgonha e do capitão Buridan.

— É um livro de história — me disse sorrindo —, um livro de história real.

— Nesse caso — respondi —, é muito aborrecido, porque os livros de história que não mentem são muito desagradáveis. Escrevo-os eu mesmo, os livros de histórias verdídicas, e se, para sua infelicidade, o senhor apresentar algum deles de porta em porta, estará arriscado a tê-lo a vida toda em seu pano verde, sem nunca achar uma única cozinheira mal avisada que o compre.

— Certamente, senhor — respondeu-me o homenzinho, por pura delicadeza.

E, sorrindo, ofereceu-me os *Amores de Heloísa e Abelardo*, mas fiz-lhe ver que na minha idade não tinha sentido uma história de amor.

Sorrindo, de novo, ele me sugeriu a *Regra dos jogos de sociedade*: o jogo das 32 cartas, outros jogos de baralho, *whist*, dados, dama, xadrez.

— Ai de mim — disse eu —, se o senhor quer me lembrar as regras de jogos de cartas, devolva-me meu velho amigo Bignan, com quem eu jogava baralho toda noite, antes que as cinco academias o conduzissem solenemente ao cemitério, ou então rebaixe à frivolidade dos jogos humanos a grave inteligência de Amílcar, que o senhor vê dormindo sobre essa almofada, porque ele hoje é o único companheiro de meus serões.

O sorriso do homenzinho tornou-se vago e consternado.

— Eis — me disse então — uma coleção de brincadeiras de sociedade, anedotas e jogos de palavras, que ensina a transformar uma rosa vermelha numa rosa branca.

Disse-lhe que havia muito tempo não me entendia com as rosas e que, quanto às anedotas, bastavam-me as que eu vivia, sem disso me dar conta, durante meus trabalhos científicos.

O homúnculo me ofereceu o último livro com seu último sorriso:

— Aqui está a *Chave dos sonhos*, com a explicação de todos os sonhos possíveis: sonho de ouro, sonho de ladrão, sonho de morte, sonho de que se cai do alto de uma torre... É completo!

Eu tinha apanhado as tenazes da lareira e foi agitando-as vivamente que respondi ao meu visitante comercial:

— Sim, meu amigo, mas esses sonhos e ainda mil outros, alegres e trágicos, resumem-se em um único, o sonho da vida; e será que seu livrinho amarelo me dará a chave desse sonho?

— Dará, sim, senhor — respondeu-me o homúnculo. — O livro é completo e não é caro: um franco e 25 centavos, senhor.

Não estiquei a conversa com o mascate de livros. Que minhas palavras tenham sido exatamente as que reproduzo, não posso garantir. Talvez venha lhes dando uma dimensão maior ao pô-las por escrito. É muito difícil observar, mesmo em um diário, a verdade literal. Mas, se meu discurso não foi bem assim, foi esse meu pensamento.

— Thérèse — chamei minha governanta —, o senhor Coccoz, que lhe peço conduza à porta, tem um livro que pode interessá-la: é a *Chave dos sonhos*. Ficarei feliz em oferecê-lo a você.

Minha governanta respondeu:

— Senhor, quando não se tem tempo de sonhar acordada, tampouco se tem tempo de sonhar dormindo, graças a Deus. Meus dias me bastam para o que faço e o que faço basta para os meus dias. Assim, posso dizer cada noite: "Senhor, abençoai o descanso que vou iniciar!" Não sonho de pé nem deitada, e não confundo minha boa coberta com um diabo, como aconteceu com minha prima. E, se o senhor permite que eu dê minha opinião, direi que já temos muitos livros por aqui. O senhor tem mil deles, e os mil o fazem perder a cabeça, eu tenho dois que me bastam, meu livro de rezas e o meu *Cozinheira do trivial*.

Assim falando, minha governanta ajudou o homenzinho a embrulhar de novo sua mercadoria na toalha verde.

O homúnculo Coccoz não sorria mais. Seus traços descontraídos assumiram uma tal expressão de sofrimento que me arrependi de ter tratado com ironia um homem tão infeliz. Voltei a chamá-lo e disse que, olhando de soslaio, tinha visto a *História de Estela e Nemorim* entre os exemplares dele; que gostava muito de pastores e pastoras e que compraria de bom grado, se o preço fosse razoável, a história daqueles dois amantes perfeitos.

— Vendo-lhe esse livro por um franco e 25, senhor — respondeu-me Coccoz, cujo rosto estava radiante de alegria.
— É histórico e o senhor ficará satisfeito. Sei agora qual é o seu gosto. Vejo que o senhor é um conhecedor. Trarei amanhã os *Crimes dos papas*. É uma boa obra. Trarei a edição para apreciadores, com figuras coloridas.

Pedi-lhe que não fizesse isso e ele se foi contente quando o despedi. Ao ver a toalha verde desaparecer no corredor com o mascate, perguntei à minha governanta de onde nos tinha caído aquele pobre homenzinho.

— Caiu é a palavra — respondeu ela. Caiu-nos do telhado, senhor, da água-furtada onde mora com a mulher.

— Ele tem uma mulher, Thérèse? Que coisa maravilhosa! As mulheres são criaturas muito estranhas. Essa deve ser uma pobre mulherzinha.

— Não sei muito sobre ela — me respondeu Thérèse —, mas vejo-a todas as manhãs a arrastar pela escada vestidos de seda manchados de gordura. Tem olhos brilhantes. E, para dizer o que é justo, esses olhos e esses vestidos estarão de acordo com uma moça que recebemos por caridade? Porque cedemos a eles a mansarda para que a ocupassem durante o tempo em que reformava o telhado, levando em consideração o fato de que o marido estava doente e a mulher em estado interessante. A zeladora até contou que nesta manhã ela sentiu as dores e que agora está de cama. Eles tinham mesmo que ter um filho!

— Thérèse — contestei eu —, é claro que não tinham necessidade de tê-lo. Mas a natureza quis que tivessem um; fez com que caíssem na sua armadilha. É preciso uma prudência exemplar para fugir às artimanhas da natureza. Lamentemos por eles, mas não os censuremos! Quanto aos vestidos de seda, não há mulher jovem que deles não goste. As filhas de Eva adoram se enfeitar. Até você, Thérèse, você que é grave e sábia, como reclama aos gritos quando lhe falta um avental branco para servir a mesa! Mas, diga-me, eles têm tudo de que necessitam lá na água-furtada?

— E como poderiam ter, senhor? O marido, que o senhor acaba de ver, era vendedor em uma joalheira, pelo que me disse a zeladora, e não se sabe por que deixou de vender relógios. Agora vende almanaques. Não é um trabalho honesto, e eu jamais acreditaria que Deus abençoasse um vendedor de almanaques. A mulher, cá entre nós, tem todo o jeito de quem não serve para nada, de uma Fulaninha qualquer. Acho que ela é tão capaz de criar uma criança quanto eu de tocar violão. Não sei de onde eles vêm, mas estou certa de que chegaram pela carroça da Miséria do país da Indolência.

— De onde quer que eles venham, Thérèse, são infelizes e a mansarda deles é fria.

— Meu Deus! O teto está cheio de goteiras e a chuva que cai do céu entra lá aos borbotões. Eles não têm móveis nem roupa de baixo. Acho que o marceneiro e o tecelão não trabalham para cristãos desse tipo!

— Isso é muito triste, Thérèse, e a pobre cristã não é tão bem tratada como o pagão do Amílcar. Que diz ela?

— Senhor, nunca falo com essa gente. Não sei o que ela diz nem o que ela canta. Mas ela canta o dia inteiro. Ouço da escada quando entro ou quando saio.

— Ah, bom! O herdeiro dos Coccoz poderá dizer como o ovo na frase camponesa: "Minha mãe me fez cantando." Aconteceu a mesma coisa com Henrique IV. Quando Jeanne d'Albret sentiu as dores, pôs-se a cantar uma velha cantiga bearnesa:

> *Notre-Dame du bout du pont,*
> *Venez à mon aide en cette heure!*
> *Priez le Dieu du ciel*
> *Qu'il me délivre vite,*
> *Qu'il me donne un garçon!**

É claro que é pouco razoável dar a vida a infelizes. Mas isso acontece todos os dias, minha pobre Thérèse, e nem todos os filósofos do mundo juntos conseguirão abolir esse costume bobo. A senhora Coccoz também caiu nessa e canta. Isso é que é! Mas, diga-me, Thérèse, hoje você não botou o cozido no fogo?

— Botei, sim, senhor, e está na hora de mexê-lo na panela.

— Muito bem! Mas não deixe de jeito nenhum, Thérèse, de tirar da panela uma boa porção e levar para a senhora Coccoz, nossa vizinha tão próxima.

Minha governanta ia se afastando quando acrescentei muito a propósito:

— Thérèse, por favor, antes de mais nada, chame seu amigo, o homem das compras, e diga-lhe que compre em nosso vendedor de lenha uma boa braçada de madeira que ele levará ao sótão dos Coccoz. Principalmente que não falte nesse feixe uma acha das maiores, uma verdadeira acha de lenha de Natal. Quanto ao homenzinho, por favor, se ele voltar, afaste-o educadamente de minha porta, ele e todos os seus livros amarelos.

Tendo tomado essas pequenas providências com o refinado egoísmo de todos os celibatários, voltei a ler meu catálogo.

---

* "Nossa Senhora das horas difíceis,/Ajudai-me nesta hora!/ Orai a Deus do céu/ Para que eu dê à luz depressa,/ E que ele me dê um menino!" (*N. do T.*)

Com que surpresa, com que emoção, com que espanto li a seguinte menção, que transcrevo com a mão trêmula:
"*La légende dorée de Jacques de Gênes (Jacques de Voragine), traduction française, petit in-4º*.*

"Este manuscrito, do século XIV, contém, além da tradução muito completa da obra célebre de Jacques de Voragine:** primeiramente, as lendas dos santos Ferréolo, Ferrucião, Germano, Vicente e Droctoveu; em segundo lugar, um poema sobre a *Sepultura milagrosa do Senhor São Germano de Auxerre*. Esta tradução, a redação destas lendas e este poema são de autoria do sacerdote Jean Toutmouillé.

"O manuscrito é feito sobre pergaminho fino. Contém um grande número de letras com ornamentos e duas miniaturas finamente executadas, porém em mau estado de conservação; uma representa a Purificação da Virgem, e a outra a coroação de Prosérpina."

Que descoberta! Veio-me o suor à fronte, um véu cobriu meus olhos. Tremi, fiquei vermelho e, não conseguindo mais falar, tive necessidade de dar um grande grito.

Que tesouro! Estudo há quarenta anos a Gália cristã e especialmente essa gloriosa abadia de Saint-Germain-des-Prés de onde saíram os reis-monges que fundaram nossa dinastia

---
*"A lenda dourada, de Jacques de Gênova (Jacques de Voragine), tradução francesa, pequeno *in-4º*." (*N. do T.*)
**Jacopo da Varazze é o nome original italiano (em português, Tiago de Varazze). Varazze, como se sabe, é uma pequena cidade perto de Gênova. Em Gênova, Tiago passou boa parte da vida e lá foi arcebispo: daí o fato de também ser chamado, na tradução francesa, Jacques de Gênes. Mantivemos, porém, no correr das citações, o nome mais comum usado em francês, Jacques de Voragine (c. 1228-1298), que é como o trata o protagonista, Sylvestre Bonnard. (*N. do T.*)

nacional. Ora, apesar da condenável insuficiência da descrição, tornava-se evidente para mim que esse manuscrito provinha da grande abadia. Tudo me comprovava isso: as lendas acrescentadas pelo tradutor relacionavam-se todas com a piedosa fundação do rei Childeberto. A lenda de São Droctoveu era particularmente significativa, porque foi ele o primeiro abade de minha querida abadia. O poema em verso francês, relativo à sepultura de São Germano, conduziu-me à própria nave da venerável basílica, que foi o umbigo da Gália cristã.

A *Lenda dourada* é em si mesma uma vasta e deliciosa obra. Jacques de Voragine, conselheiro da ordem de São Domingos e arcebispo de Gênova, reuniu, no século XIII, as tradições relativas aos santos da catolicidade, e com isso formou uma coletânea de tal riqueza que se ouvia nos mosteiros e nos castelos a exclamação: "É a lenda dourada!" A *Lenda dourada* é opulenta sobretudo em matéria de hagiografia italiana. As Gálias, as Alemanhas, a Inglaterra nela estão pouco citadas. Voragine não viu senão através de uma fria bruma os maiores santos do Ocidente. Também os tradutores aquitanos, germanos e saxões desse bom divulgador de lendas tiveram o cuidado de acrescentar à narrativa dele as vidas de seus santos nacionais.

Li e fiz o cotejo de muitos manuscritos da *Lenda dourada*. Conheço os descritos por meu erudito colega Sr. Paulin Paris, em seu belo catálogo dos manuscritos da biblioteca do rei. Dois especialmente chamaram minha atenção. Um é do século XIV e contém uma tradução de Jean Belet; o outro, um século mais recente, inclui a versão de Jacques Vignay. Ambos provêm da coleção Colbert e passaram a figurar nas estantes dessa gloriosa Colbertiana graças aos cuidados do bibliotecário Baluze, cujo nome não posso pronunciar sem tirar o chapéu, porque, no século dos gigantes da erudição, ele espanta por sua grandeza.

Conheço um curiosíssimo códex da coleção Bigot; conheço 74 edições impressas, a começar pela venerável avozinha de todas, a gótica de Estrasburgo, iniciada em 1471 e terminada em 1475. Mas nenhum desses manuscritos, nenhuma dessas edições contém as lendas dos santos Ferréolo, Ferrucião, Germano, Vicente e Droctoveu, nenhuma traz o nome de Jean Toutmouillé, nenhuma, enfim, sai da abadia de Saint-Germain-des-Prés. Estão todas em relação ao manuscrito descrito pelo Sr. Thompson como a palha está para o ouro. Eu via com meus olhos, eu tocava com os dedos um testemunho irrecusável da existência desse documento. Mas, o documento mesmo, onde estaria o documento? *Sir* Thomas Raleigh acabara seus dias às margens do lago de Como, para onde levara uma parte de suas nobres riquezas. Para onde tinham ido essas riquezas depois da morte desse elegante curioso? Ou seja, para onde tinha ido o manuscrito de Jean Toutmouillé?

— Por que — eu me perguntava —, por que vim a saber que esse precioso livro existe se nunca poderei tê-lo ou mesmo vê-lo? Iria buscá-lo no coração escaldante da África ou nos gelos do pólo se soubesse que estava lá. Mas não sei onde está. Não sei se está guardado num armário de ferro, sob uma fechadura tripla, por um bibliômano ciumento; não sei se está mofando no sótão de um ignorante. Estremeço só de pensar em suas folhas arrancadas cobrindo, talvez, os potes de pepino em conserva de alguma dona de casa.

30 de agosto de 1850.

Meus passos como que se arrastavam sob um calor terrível. Eu caminhava rente à amurada dos cais do norte, e, à sombra tépida, as barraquinhas de livros velhos, de gravuras e de móveis antigos eram agradáveis a meus olhos e diziam coisas a meu espírito. Manuseando livros velhos e flanando, eu saboreava no passeio alguns versos altissonantes de um poeta da *pléiade*, olhava encantado uma elegante mascarada de Watteau; devorei com os olhos uma espada de punho duplo, uma gola de aço de armadura, um elmo. Que capacete maciço e que pesada couraça, senhor! Armadura de gigante? Não; carapaça de inseto. Os homens de então eram encouraçados como besouros; sua fraqueza era interior. Muito pelo contrário, nossa força é que é interior, e nossa alma armada habita um corpo frágil.

E surge o desenho em pastel de uma dama antiga; o rosto, apagado como uma sombra, sorri; e vê-se uma mão enluvada com mitenes segurando sobre os joelhos acetinados um cachorrinho cheio de fitas. Essa imagem me enche de uma tristeza mágica. Os que nunca tiveram na alma um pastel semi-apagado que riam de mim!

Como o cavalo que sente que a cocheira está chegando, aperto o passo quando se aproxima a minha casa. A colméia humana onde tenho meu favo para nele destilar o mel um tanto acre da erudição. Vou vencendo com passos pesados os degraus da escada, mais uns poucos e chego à minha porta. Porém adivinho, mais do que vejo, um vestido que desce, um som de seda a roçar o chão. Paro e me esgueiro contra o corrimão. A mulher que vem descendo traz os cabelos descobertos; é jovem, está cantando; seus olhos e dentes brilham na sombra, porque ela ri com a boca e com o olhar. Com toda a certeza é uma vizinha e das mais íntimas. Segura uma criança bonita nos braços, um menino nuzinho como o filho de uma deusa com uma medalha presa a uma correntinha de prata no pescoço. Vejo-o a sugar os polegares e me olhar com seus grandes olhos abertos sobre este velho universo novo para ele. A mãe me olha com um ar ao mesmo tempo misterioso e inquieto; pára, acho que cora, e me mostra a criaturinha. O neném tem uma bela prega entre o punho e o braço, uma prega no pescoço; e, da cabeça aos pés, pequenas dobras bonitas que parecem sorrir na carne rosada.

A mamãe me mostra o bebê com orgulho:

— Senhor — a voz é melodiosa —, então não é bem bonitinho o meu menino?

Pega a mãozinha dele e leva-a à boca, depois aproxima de mim os dedinhos rosados, dizendo:

— Neném, dê um beijo para o senhor. O senhor é bom; ele não quer que as criancinhas passem frio. Dê um beijo para ele.

E, fechando o pequenino ser nos braços, desvia-se com a agilidade de uma gata e se enfia por um corredor que, a julgar pelo cheiro, leva a uma cozinha.

Entro na minha casa.

— Thérèse, quem pode ser essa jovem mãe que vi de cabeça descoberta na escada com um menino bonitinho?

E Thérèse me responde que é a senhora Coccoz. Olho para o teto como que a procurar alguma luz. Thérèse me lembra o pequeno mascate que no ano passado me trouxe almanaques enquanto a mulher dava à luz.

— E Coccoz? — perguntei.

A governanta me respondeu que eu não o veria mais. O pobre homenzinho tinha sido enterrado, sem que eu e muitas outras pessoas soubéssemos, pouco tempo depois do parto feliz da senhora Coccoz. Soube que a viúva estava conformada. Conformei-me, como ela.

— Mas, Thérèse — perguntei —, não falta nada à senhora Coccoz em sua mansarda?

— O senhor seria um grande ingênuo — respondeu-me a governanta — se viesse a se preocupar com essa criatura. Nós lhe demos licença para ocupar o sótão e agora a reforma do teto já está pronta. Mas ela continua lá, apesar do proprietário, do gerente, do zelador e do meirinho. Acho que ela enfeitiçou a todos. Só vai sair do sótão, senhor, quando bem quiser, mas sairá de carruagem. Escute o que lhe digo.

Thérèse refletiu um momento; depois pronunciou esta sentença:

"Um rosto bonito é uma maldição do céu!"

Embora sabendo que Thérèse tenha sido feia e desprovida de qualquer graça desde a mocidade, balancei a cabeça e disse com detestável malícia:

— Ah, Thérèse, eu sei que você também teve um rosto bonito no seu tempo.

Não se deve tentar criatura alguma neste mundo, nem mesmo a mais santa.

Thérèse baixou os olhos e respondeu:

— Sem ser o que se chama de bonita, eu não chegava a desagradar. E se eu quisesse teria feito como as outras.

— Quem ousaria duvidar disso? Mas tome minha bengala e meu chapéu. Vou ler, para me distrair, algumas páginas do Moréri. Se está certo meu faro de velha raposa, vamos jantar um frango de cheirinho agradável. Entregue-se aos cuidados, filha minha, dessa estimável ave e deixe de falar mal dos outros a fim de que eles não falem mal da gente, de você e deste seu velho patrão.

Dito isso, dediquei-me a seguir à árvore frondosa de uma genealogia principesca.

7 de maio de 1851.

Passei o inverno entregue aos sábios, *in angello cum libello*, e eis que as andorinhas do cais Malaquais me acharam, ao voltar, tal como me tinham deixado. Quem pouco vive pouco muda, e gastar seus dias debruçado sobre velhos textos quase não é viver. Entretanto, hoje me sinto mais impregnado do que nunca dessa vaga tristeza que minha vida destila. A economia de minha inteligência (não ouso confessá-lo a mim mesmo) anda conturbada desde a hora marcante em que a existência do manuscrito de Jean Toutmouillé me foi revelada.

É estranho que, por algumas folhas de um velho pergaminho, eu tenha perdido o sossego; mas isso é a pura verdade. O pobre sem desejos possui o maior dos tesouros; possui-se a si mesmo. O rico que cobiça nada mais é do que um miserável escravo. Eu sou esse escravo. Os prazeres mais agradáveis, como o de conversar com um homem de espírito fino e moderado, o de jantar com um amigo, não me fazem esquecer o manuscrito, que me falta desde que sei que existe. Ele me falta de dia, falta-me à noite; falta-me na alegria e na tristeza; falta-me no trabalho e no repouso.

Lembro-me dos meus desejos de criança. Como entendo hoje os desejos onipotentes de minha primeira infância!

Revejo com singular nitidez uma boneca que, quando eu tinha oito anos, estava exposta em uma perversa loja da rua do Sena. Não sei explicar como essa boneca me encantou. Eu tinha muito orgulho de ser um menino; desprezava as meninazinhas e esperava com impaciência o momento (ai de mim, ele chegou!) em que uma barba áspera me cobrisse o queixo. Brincava com soldadinhos e para alimentar suficientemente o meu cavalo de balanço eu devastava as plantas que minha pobre mãe cultivava à janela. Eram brinquedos pra macho, eu acho! E entretanto eu desejava uma boneca. Os Hércules têm dessas fraquezas. A de que eu gostava era bonita, pelo menos? Não. Ainda a vejo. Tinha uma mancha vermelha em cada bochecha, braços moles e curtos, horríveis mãos de madeira e longas pernas separadas. Sua saia florida estava presa à cintura por dois alfinetes. Dava para ver as cabeças negras desses dois alfinetes. Era uma boneca de má catadura, com aspecto suburbano. Lembra-me bem, por muito fedelho que eu fosse, e mal habituado ainda ao uso das calças, eu sentia, a meu modo, porém muito vivamente, que a essa boneca faltava graça, faltava garbo; que ela era grosseira, bruta. Mas eu gostava dela apesar disso, eu gostava dela por isso. Só dela é que eu gostava. Eu a queria. Meus soldadinhos e meus tambores não significavam mais nada. Eu não enfiava mais na boca de meu cavalo de balanço ramos de heliotrópio e de verônica. Aquela boneca era tudo para mim. Eu imaginava as piores trapaças para obrigar Virginie, minha ama, a passar comigo diante da pequena loja da rua do Sena. Colava o nariz na vitrine e só me arrastando pelo braço é que minha ama me tirava de lá. "Senhor Sylvestre, é tarde e sua mãe vai ralhar com o senhor." O Sr. Sylvestre nem ligava para os pitos e as palmadas. Mas a ama o levantava como a uma pluma, e o Sr. Sylvestre não tinha como resistir à força. Mais tarde, com a idade, ele degenerou e não resiste ao medo. Mas naquele tempo não tinha medo de nada.

Eu vivia infeliz. Uma vergonha irracional mas irresistível me impedia de confessar à minha mãe sobre o objeto de meu amor. Daí os meus sofrimentos. Durante alguns dias a boneca, incessantemente presente a meu espírito, dançava diante de meus olhos, olhava-me fixamente, abria os braços para mim, assumia na minha imaginação uma espécie de vida que a tornava misteriosa e terrível, e cada vez mais cara e mais desejável.

Afinal, um dia, dia que nunca mais esquecerei, minha ama levou-me à casa de meu tio, o capitão Victor, que tinha me convidado para almoçar. Eu admirava muito meu tio, o capitão, tanto porque ele tinha dado o último tiro francês em Waterloo como por esfregar no alho, com as próprias mãos, na mesa de minha mãe, pedaços de casca de pão que depois jogava na salada de chicória. Essa pequena operação eu achava uma beleza. Também tinha grande consideração por meu tio Victor por causa de seus casacões do tipo brandeburgo* e, principalmente, por uma certa maneira de pôr a casa de pernas para o ar quando chegava. Ainda hoje não sei bem como ele fazia isso, mas o certo é que quando meu tio Victor se juntava a um grupo de vinte pessoas só a ele se via, só a ele se ouvia. Meu excelente pai não partilhava comigo, achou eu, essa admiração por tio Victor, que o envenenava com o seu cachimbo, dava-lhe por amizade batidas nas costas que eram verdadeiros murros e o acusava de falta de energia. Minha mãe, mesmo tendo pelo capitão uma indulgência de irmã, às vezes pedia-lhe menos amor às garrafas de aguardente. Mas eu não participava nem das repugnâncias de um nem das censuras de outro e tio Victor me inspirava o mais puro entusiasmo. Assim, foi com um sentimento de orgulho que entrei em sua pequena morada da rua Guénégaud. Todo o almoço, servido numa mesinha redonda ao pé da lareira, constou de salsichas e doces.

O capitão fartou-me de doces e de vinho puro. Falou-me das muitas injustiças de que tinha sido vítima. Queixava-se sobretudo dos Bourbons, e como não me explicasse quem eram os Bourbons, imaginei, não sei bem por quê, que os Bourbons

---
*Estilo militar típico, cheio de galões a enfeitar o peito do casaco e desenhos variados em torno das casas dos botões. (N. do T.)

eram negociantes de cavalos estabelecidos em Waterloo. O capitão, que só interrompia sua fala para nos servir vinho, acusou de bobalhões, de poltrões e de inúteis uma porção de gente que eu absolutamente não conhecia e que passei a odiar do fundo do coração. À sobremesa, tive a impressão de ouvir o capitão dizer que meu pai era um homem fácil de ser conduzido, mesmo com rédea frouxa; mas não tenho muita certeza se entendi. Zuniam-me os ouvidos, e a mesinha parecia dançar.

Meu tio enfiou seu casacão à brandenburgo, pegou seu chapéu de copa ampla, e descemos para a rua, que tinha um ar extraordinariamente diferente. Parecia fazer muito tempo que eu não passava lá. Entretanto, quando entramos pela rua do Sena, voltou-me ao espírito a idéia da minha boneca e isso me causou uma exaltação extraordinária. Minha cabeça estava em fogo. Resolvi tentar um grande golpe. Passamos diante da loja; ela estava lá, por trás do vidro, com suas bochechas vermelhas, com sua saia florida e suas grandes pernas.

— Meu tio — consegui dizer com esforço —, o senhor quer me comprar essa boneca?

E esperei.

— Comprar uma boneca para um menino, santo Deus! — meu tio gritou com uma voz de trovão. — Você está querendo se desonrar! E quer logo essa coisinha horrível! Sim senhor, meus parabéns, seu ingênuo. Com esse tipo de gosto, se você aos vinte anos escolher uma boneca como está escolhendo com oito, não vai ter alegria na vida, previno, e seus amigos dirão que você é um grande bobo. Peça-me uma espada, um fuzil, eu comprarei com o último escudo branco* de minha pensão

---

*Moeda de prata de ampla circulação no século XIX: valia 3 francos. (N. do T.)

de reformado. Mas dar-lhe uma boneca, raios! Para cobri-lo de vergonha! Jamais. Se eu o visse brincando com uma boneca horrorosa como essa, ah, filho de minha irmã, eu não o consideraria mais meu sobrinho! Ouvindo essas palavras, fiquei com o coração tão apertado que só o orgulho, um orgulho diabólico, me impediu de chorar.

Meu tio, subitamente calmo, voltou a suas considerações sobre os Bourbons; mas eu fiquei abatido com a indignação dele, senti uma vergonha indescritível. Tomei logo uma resolução. Prometi a mim mesmo não me desonrar; renunciei firmemente e para sempre à boneca de bochechas vermelhas. Nesse dia, conheci o austero sabor do sacrifício.

Capitão, se é verdade que em vida o senhor praguejou como um pagão, cachimbou como um suíço e bebeu como uma esponja, apesar de tudo isso, que sua memória seja honrada, não só porque o senhor foi um bravo, mas também porque o senhor revelou a seu sobrinho de calças curtas o sentimento do heroísmo! O orgulho e a preguiça o tinham tornado quase insuportável, ó meu tio Victor! Mas um grande coração batia debaixo dos seus casacões. O senhor carregava, bem me recordo, uma rosa na lapela. Essa flor que o senhor dava tão amavelmente às moças das lojas, essa flor que como um grande coração aberto se desfolhava a qualquer vento, era o símbolo de sua gloriosa juventude. O senhor não desprezava nem o vinho nem o tabaco, mas desprezava a vida. Não se podia aprender com o senhor, capitão, nem o bom-senso nem a delicadeza, mas o senhor me deu, na idade em que minha ama ainda me assoava o nariz, uma lição de honra e de abnegação que nunca esquecerei.

Já faz tempo que o senhor repousa no cemitério de Mont-Parnasse, sob uma humilde lousa na qual se lê este epitáfio:

AQUI JAZ
ARISTIDE-VICTOR MALDENT
CAPITÃO DE INFANTARIA
CAVALEIRO DA LEGIÃO DE HONRA

Mas não está lá, capitão, a inscrição que o senhor reservara para seus velhos ossos tão gastos nos campos de batalha e nos lugares de prazer. Acharam entre seus papéis este epitáfio amargo e orgulhoso que, embora fosse sua última vontade, não tiveram coragem de inscrever sobre seu túmulo:

AQUI JAZ
UM BANDIDO DO LOIRE

— Thérèse, levaremos amanhã uma coroa de perpétuas ao túmulo do bandido do Loire.

Mas Thérèse não está aqui. E como poderia ela estar perto de mim na praça dos Champs-Élysées? Lá longe, no fim da avenida, o Arco do Triunfo, que traz sob suas curvas os nomes dos companheiros de armas de tio Victor, abre para o céu sua porta gigantesca. Nas árvores da avenida surgem, ao sol da primavera, as primeiras folhas ainda pálidas e friorentas. A meu lado, as caleças rodam rumo ao Bois de Boulogne. Prolongo meu passeio por essa avenida mundana, e eis que paro sem motivo diante de uma loja ao ar livre que tem pães de centeio com mel e especiarias, e garrafas de *coco** tampadas com um limão. Um menino miserável, coberto de trapos que deixam ver sua pele gretada, abre grandes olhos diante daquelas do-

---

*Bebida à base de alcaçuz e limão, comum na França em fins do século XIX e início do século XX. (*N. da E.*)

çuras suntuosas que não são para ele. Mostra seu desejo com o impudor da inocência. Seus olhos redondos e fixos contemplam um homem alto feito daquele pão de centeio. É um general, e se parece um pouco com tio Victor. Pego-o e pago, estendo-o ao garoto pobre que não ousa aproximar a mão porque, com sua experiência precoce, não acredita na felicidade; olha-me com o ar que a gente vê nos cachorros grandes e parece dizer: "O senhor é cruel, zomba de mim."

— Vamos, menino tolo — digo-lhe com o tom aborrecido que é natural em mim —, pegue, pegue e coma, pois, mais feliz do que eu quando tinha a sua idade, você pode satisfazer seus gostos sem se desonrar. E o senhor, tio Victor, cuja máscula figura esse general de pão me lembrou, venha, sombra gloriosa, fazer com que eu esqueça minha nova boneca. Somos eternas crianças, e corremos sem cessar atrás de brinquedinhos novos.

Mesmo dia.

Foi da maneira mais estranha que a família Coccoz associou-se em meu espírito ao monge Jean Toutmouillé.

— Thérèse — chamei, jogando-me sobre minha poltrona — diga-me se o menino Coccoz tem passado bem e se já despontam seus primeiros dentes. E traga meus chinelos.

— O menino já deve ter dentes há muito tempo, senhor — respondeu-me Thérèse —, quanto a mim, porém, não os vi. Ao primeiro dia bonito de primavera, a mãe desapareceu, levando-o, deixando para trás móveis e bugigangas. Na sua mansarda acharam-se 38 potes de pomadas vazios, o que vai além da imaginação. Nos últimos tempos, ela recebia visitas e o senhor bem pode imaginar que ela não esteja num convento de freiras. A sobrinha da zeladora disse que a viu de caleça pelas avenidas. Eu bem lhe disse que ela acabaria mal.

— Thérèse — contestei —, essa moça não acabou nem mal nem bem. Espere o fim da vida dela para julgá-la. E cuidado para não fofocar muito com a zeladora. A senhora Coccoz, com a qual encontrei uma vez na escada, parece amar muito seu filho. Esse amor tem de ser levado em conta.

— Quanto ao pequeno, senhor, não lhe faltava nada. Não haveria em todo o bairro algum mais bem alimentado, mais requintado nas roupas, mais mimado do que ele. A cada novo dia que Deus faz nascer a mãe lhe põe um babador branco, e canta-lhe de manhã à noite cantigas que o fazem rir.

— Thérèse, diz um poeta: "A criança para a qual a mãe não sorri não é digna nem da mesa dos deuses nem do leito das deusas."

8 de julho de 1852.

Informado de que se reformava o piso de lajes da capela da Virgem em Saint-Germain-des-Prés, fui à igreja com esperança de achar algumas inscrições que os trabalhadores tivessem descoberto. Não me enganei. O arquiteto que cuidava das obras mostrou-me uma pedra que tinha mandado encostar na parede. Ajoelhei-me para decifrar a inscrição gravada nessa pedra, e à meia-voz, na sombra da velha abside, li estas palavras em francês antigo que fizeram meu coração bater mais forte:

Aqui jaz Jehan Toutmouillé, monge desta igreja, que mandou fazer em prata o queixo de São Vicente e de Santo Amando e o pé dos Inocentes; que sempre em sua vida foi probo e bravo. Orai por sua alma.

Tirei suavemente com meu lenço a poeira que cobria essa lousa funerária; tive vontade de beijá-la.

— É ele, é Jean Toutmouillé! — gritei.

E, do alto das abóbadas, esse nome retumbou sobre minha cabeça com estrépito, como que feito em pedaços.

A face grave e muda do vigia da igreja que vi avançando em minha direção fez com que eu me envergonhasse de meu entusiasmo, e fugi em meio a dois aspersórios de água benta cruzados sobre meu peito por dois ratos de igreja rivais.

Entretanto, era mesmo meu Jean Toutmouillé, não havia mais dúvida! O tradutor da *Lenda dourada*, o autor da vida dos santos Germano, Vicente, Ferréolo, Ferrucião e Droctoveu, era, como eu pensara, um monge de Saint-Germain-des-Prés. E não apenas um monge, mas que bom monge, piedoso e liberal! Um monge que mandou fazer um queixo de prata, uma cabeça de prata, um pé de prata para que restos piedosos ficassem cobertos por um invólucro incorruptível! Melhor fora, porém, que eu jamais tivesse conhecido sua obra, pois essa obra, desde que foi localizada, só fez aumentar minhas lamentações!

20 de agosto de 1859.

"Eu, que agrado a alguns e que submeto à provação todos os homens, que sou a alegria dos bons e o terror dos maus; eu, que proporciono e destruo o erro, devo assumir a responsabilidade de movimentar minhas asas. Não me condene se, no meu vôo rápido, levo alguns anos de cambulhada."

Quem fala assim? É um velho que eu conheço muito bem, é o Tempo.

Shakespeare, terminado o terceiro ato do *Conto de inverno*, pára a fim de dar à pequena Perdita tempo para crescer em sabedoria e beleza e, quando a cena é retomada, na abertura do ato seguinte, acima citada, evoca o Velho que carrega a foice para explicar aos espectadores os longos dias que pesaram sobre a cabeça do ciumento Leontes.

Deixo neste diário, como Shakespeare em sua comédia, um longo intervalo no esquecimento, e, a exemplo do poeta, faço com que o tempo intervenha para explicar a omissão de dez anos. É isso, faz realmente dez anos* que não escrevo uma linha neste caderno e, ao retomar a pena, ai de mim, não tenho, para descrever, uma Perdita "crescida em graça". A juventude e a beleza são companheiras fiéis dos poetas. A nós outros, esses fantasmas encantadores visitam apenas pelo espaço de uma estação. Não conseguimos fixá-los. Se a sombra de alguma Perdita ousasse, por um capricho inconcebível, passar pela minha cabeça, iria debater-se horrivelmente com pergaminhos endurecidos. Felizes os poetas! Seus cabelos brancos de modo algum amedrontam as sombras esvoaçantes das Helenas, das Francescas, das Julietas, das Júlias e das Dorotéias! E bastaria o nariz de Sylvestre Bonnard para pôr em fuga o enxame completo das grandes amorosas.

Tenho, entretanto, como qualquer outro, o sentido da beleza; tenho, entretanto, provado do encanto misterioso que a incompreensível natureza espalhou pelas formas animadas; uma argila viva deu-me a mesma emoção que deu aos amantes e aos poetas. Mas eu não soube amar nem cantar. Em minha alma, atravancada por uma confusão de velhos textos e

---

*A julgar pelas datas que introduzem cada pequeno texto, à maneira de títulos de capítulos ou coisa assim, o autor cometeu um pequeno engano aqui, entretanto despiciendo: são sete anos e não dez. Compare-se, como curiosidade, a data do trecho anterior (8 de julho de 1852) com a deste trecho (20 de agosto de 1859). (*N. do T.*)

de velhas fórmulas, encontro, como uma miniatura num celeiro, um rosto claro com dois olhos de congossa... Bonnard, meu amigo, você é um velho louco. Leia esse catálogo que um livreiro de Florença lhe enviou nesta manhã mesmo. É um catálogo de manuscritos e promete a você a descrição de algumas peças notáveis, conservadas por curiosos da Itália e da Sicília. Eis o que lhe convém e combina com a sua cara!

Leio, dou um grito. Amílcar, tendo assumido com o tempo uma gravidade que me intimida, olha-me com um ar de reprovação e parece me perguntar se o repouso não é deste mundo, uma vez que não pode gozá-lo junto de mim, que sou velho como ele.

Na alegria de minha descoberta, tenho necessidade de um confidente, e é ao tranqüilo Amílcar que me dirijo com a efusão de um homem feliz.

— Não, Amílcar, não, o repouso não é deste mundo, e a quietude à qual você aspira é incompatível com os trabalhos da vida. E quem lhe diz que somos velhos? Escute o que leio neste catálogo e diga depois se é tempo de repousar:

"*La légende dorée de Jacques de Voragine; traduction française du XIVe siècle, par le clerc Jehan Toutmouillé.*"*

"Soberbo manuscrito, ornado com duas miniaturas, maravilhosamente executadas e em um perfeito estado de conservação, representando, uma, a Purificação da Virgem, e, a outra, a coroação de Prosérpina.

"Na seqüência da *Légende dorée* encontram-se as lendas dos santos Ferréolo, Ferrucião, Germano e Droctoveu, XXVIII

---

* "A lenda dourada de Jacques de Voragine; tradução francesa do século XIV, pelo sacerdote Jean Toutmouillé." (*N. do T.*)

páginas, e a Sepultura milagrosa do senhor São Germano de Auxerre, XII páginas.

"Este precioso manuscrito, que fazia parte da coleção de *Sir* Thomas Raleigh, atualmente está conservado no gabinete do Sr. Miguel Ângelo Polizzi, de Girgenti."

— Está ouvindo, Amílcar. O manuscrito de Jehan Toutmouillé está na Sicília, em casa de Miguel Ângelo Polizzi. Ah, que esse homem tenha amor pelos eruditos! Vou escrever-lhe.

O que fiz logo. Na carta, rogava-lhe que me enviasse uma comunicação sobre o manuscrito do monge Toutmouillé, dizendo-lhe a que títulos ousava acreditar-me digno de tal favor. Ao mesmo tempo, punha à disposição dele alguns textos inéditos que tenho em meu poder e que não são desprovidos de interesse. Suplicava-lhe que me obsequiasse com uma pronta resposta e, por baixo de minha assinatura, enumerei todos os meus títulos honoríficos.

— Senhor! Senhor! Onde vai o senhor correndo assim? — gritava Thérèse assustada, descendo quatro a quatro, a me perseguir, os degraus da escada, meu chapéu na mão.

— Vou botar uma carta no correio, Thérèse.

— Meu Deus, como é possível fugir assim sem chapéu, como um louco!

— Eu sou louco, Thérèse. Mas quem não o é? Rápido, rápido esse chapéu.

— E suas luvas, senhor, e seu guarda-chuva!

Terminara de descer a escada e ainda a ouvia gritar e gemer.

10 de outubro de 1859.

Esperei a resposta do Sr. Miguel Ângelo Polizzi com malcontida impaciência. Não parava no lugar; tinha movimentos bruscos; abria e fechava meus livros fazendo um barulhão. Um dia até, desastrado, joguei no chão com o cotovelo um volume do *Moréri*. Amílcar, que se lambia, parou de repente e, uma pata por trás da orelha, olhou-me com ar de enfado. Então era essa vida tumultuada que ele tinha de agüentar lá em casa? Não havíamos nós tacitamente estabelecido que levaríamos uma existência pacífica? Pois eu estava rompendo o pacto.

— Meu pobre companheiro — respondi-lhe —, estou tomado de uma paixão violenta que me agita e me domina. As paixões são inimigas do repouso, bem sei. Mas sem elas não haveria nem engenho nem arte neste mundo. Cada um de nós cochilaria nu sobre um monte de estrume, e você não dormiria todos os dias, Amílcar, sobre uma almofada de seda na cidade dos livros.

Não continuei expondo a Amílcar a teoria das paixões porque minha governanta me trouxe uma carta. Postada em Nápoles, dizia ela:

Ilustríssimo senhor,
 "Possuo, realmente, o incomparável manuscrito da *Légende dorée*, como constatou sua lúcida atenção. Razões capitais se opõem imperiosa e tiranicamente a que eu me afaste dele por um só dia, por um só minuto. Será para mim uma alegria e uma glória tratar com o senhor em minha humilde casa de Girgenti, a qual estará enfeitada e iluminada com a sua presença. É portanto na impaciente esperança de sua vinda que ouso declarar-me, senhor acadêmico, seu humilde e devotado servidor.

MIGUEL ÂNGELO POLIZZI,
NEGOCIANTE DE VINHOS E ARQUEÓLOGO EM GIRGENTI (SICÍLIA).

Muito bem! Irei à Sicília:

*Extremum hunc, Arethusa, mihi concede laborem.**

25 de outubro de 1859.

Minha resolução tomada e encaminhados os preparativos, só me restava avisar minha governanta. Confesso que hesitei durante muito tempo em anunciar-lhe minha partida. Temia suas admoestações, suas ironias, suas objurgatórias, suas lágrimas. "É uma moça boa", eu me dizia, "está ligada a mim, vai querer me reter, e Deus sabe que quando ela quer alguma coisa não contém as palavras, os gestos e os gritos. Nestas circunstâncias, chamará em seu auxílio a zeladora, o entregador, a mulher que faz colchões e os sete filhos do fruteiro, que se porão todos de joelhos, em círculo, a meus pés. Chorarão e serão tão desagradáveis que acabarei cedendo para não vê-los mais."

Eram essas as imagens tenebrosas, os pensamentos doentios que de puro medo invadiam minha imaginação. Sim, o medo, o medo fecundo, como diz o poeta, dava à luz esses monstros em meu cérebro. Porque, confesso nestas páginas íntimas: tenho medo de minha governanta. Sei que ela

---

*"Concede-me, Aretusa, este trabalho final", isto é, a realização deste trabalho final. Trata-se do primeiro verso da X Bucólica, de Virgílio: a ninfa Aretusa, filha de Nereu e de Dóris, dá nome a uma fonte em Siracusa, cidade e região da Sicília. (*N. do T.*)

sabe que sou fraco, e isso me tira toda coragem em minhas brigas com ela. Essas brigas são freqüentes e invariavelmente eu perco.

Mas era preciso anunciar minha viagem a Thérèse. Veio ela à biblioteca com uma braçada de lenha para acender um foguinho, "uma chamazinha", dizia ela. Porque as manhãs são frias. Eu a observava com o rabo do olho, enquanto ela estava de cócoras, a cabeça sob o balcão da lareira. Não sei de onde me veio então minha coragem, mas não hesitei. Levantei-me, e passeando de um lado para outro no quarto:

— A propósito — falei num tom suave, com aquele temor típico dos poltrões —, a propósito, Thérèse, estou de partida para a Sicília.

Tendo falado, esperei, muito inquieto. Thérèse não respondeu. Sua cabeça e sua enorme touca continuavam enfiadas na chaminé da lareira e nada nela, que eu observasse, traía a menor emoção. Espalhou pequenos gravetos sob as achas, eis tudo.

Afinal, voltei a ver seu rosto: estava calmo, tão calmo que me irritava.

"Na verdade, pensei, esta velhota não tem coração. Deixa-me partir sem me dizer um "Ah!" Significa assim tão pouco para ela a ausência de seu velho patrão?"

— Vá, senhor — por fim ela respondeu —, vá, mas volte às seis horas. Temos hoje para o jantar um prato que não pode esperar.

Nápoles, 10 de novembro de 1859.

— *Co tra calle vive, magne e lave a faccia.*
— Entendo, meu amigo; por três centavos, posso beber, comer e lavar o rosto, tudo através de uma talhada de melan-

cia dessas que você espalha por uma mesinha. Mas preconceitos ocidentais me impedem de saborear ingenuamente essa volúpia simples. E como chuparei as melancias? Tenho muito o que fazer para ficar em pé no meio dessa multidão. Que noite luminosa e brilhante para *Santa Lucia*! As frutas formam montanhas nas lojas iluminadas por lampiões multicoloridos. Sobre os fornos, acesos em pleno vento, a água ferve em caldeirões e a fritura chia nas frigideiras. O cheiro de peixe frito e das carnes quentes dá-me cócegas no nariz e me faz espirrar. Percebo, então, que meu lenço já não está no bolso de meu casaco. Sou empurrado, levantado e revirado em todas as direções por esse povo, o mais alegre, o mais falador, o mais vivo e o mais esperto que se possa imaginar, e eis que enquanto eu admirava seus magníficos cabelos negros uma jovem comadre me manda, com um empurrão dado por seu ombro largo e poderoso, três passos para trás, sem me machucar, até os braços de um carcamano que me recebe sorrindo.

Estou em Nápoles. Como cheguei aqui, com uns restos informes e mutilados de minhas bagagens, não posso dizer, pela simples razão de que nem mesmo eu o sei. Viajei num permanente sobressalto e creio que tinha, logo que cheguei a esta cidade clara, o aspecto de uma coruja ao sol. A noite foi bem pior! Querendo observar os costumes populares, fui passear na *Strada di Porto*, onde estou agora. Em volta de mim, grupos animados se comprimem diante das vitrines de comida, e eu flutuo como o destroço de um naufrágio ao sabor dessas ondas vivas, que quando o afundam ainda o acariciam. Porque este povo napolitano tem, em sua vivacidade, um não sei que de doce e de carinhoso. Não é que me balancem, é como se me embalassem, e acho que, à força de me jogar de um lado para o outro, essa gente vai me fazer dormir de pé. Admiro, pisando as pedras de lava vulcânica da *Strada*, esses carregadores e esses pescadores que caminham, falam, cantam, fumam, gesticulam, discutem e se abraçam com uma espantosa rapidez. Vivem simultaneamente por todos os sentidos e, sábios sem o saber, medem seus desejos pela brevidade da vida. Aproximo-me de um bar cheio de fregueses e leio sobre a porta esta quadrinha em dialeto de Nápoles:

Amice, alliegre magnammo e bevimmo
Nfin che n'ce stace noglio a la lucerna:
Chi sa s'a l'autro munno nc'e vedimmo?
Chi sa s'a l'autro munno n'ce taverna?

[Amigos, vamos comer e beber alegremente
Enquanto houver azeite na lamparina:
Quem pode saber se vamos nos rever no outro mundo?
Quem pode saber se no outro mundo haverá um bar?]

Horácio dava conselhos semelhantes a seus amigos. Você recebeu esse tipo de conselho, Póstumo; você ouviu conselho assim, Leuconoé, bela revoltada que queria saber os segredos do futuro. Esse futuro agora é o passado e nós o conhecemos. Na verdade, você estava muito errada ao se atormentar por tão pouco, e seu amigo mostrava bom senso recomendando-lhe sabedoria e que você filtrasse os vinhos gregos. *Sapias, vina liques* ["Obtenha sabor, filtre os vinhos"]. Uma linda terra e um céu puro sugerem prazeres tranquilos. Mas há almas atormentadas por um sublime descontentamento; são as mais nobres. Você foi uma delas, Leuconoé; e, chegando ao declínio de minha vida na cidade em que sua beleza brilhou, saúdo respeitosamente sua sombra melancólica. As almas parecidas com a sua que surgiram na cristandade foram almas de santas, e seus milagres enchem a *Lenda dourada*. Seu amigo Horácio deixou uma posteridade menos generosa, e vejo um de seus netos na pessoa do poético homem do bar que agora enche as taças de vinho, sob sua tabuleta epicurista.

E entretanto a vida dá razão ao amigo Flaco, e sua filosofia é a única que se ajusta ao ritmo das coisas. Veja esse felizardo que apoiado a uma grade coberta de ramos de parreira toma um sorvete olhando as estrelas. Ele não se abaixaria para apanhar esse velho manuscrito que vou procurar vencendo tantas fadigas. Na verdade o homem é feito antes para tomar sorvete do que para compulsar velhos textos.

Eu continuava a errar em torno dos bebedores e dos cantores. Alguns namorados comiam belas frutas enlaçando-se pela cintura. O homem parece ser naturalmente mau, porque toda essa alegria estranha me entristecia profundamente. Essa multidão ostentava um gosto de vida tão ingênuo que com isso afastava todos os meus pudores de velho escriba. E, além disso, eu estava desesperado por não entender as palavras que ressoavam no ar. Para um filólogo, isso era uma provação humilhante. Eu estava bem aborrecido, quando algumas palavras pronunciadas por trás de mim fizeram com que meu ouvido ficasse atento.

— Este velho certamente é um francês, Dimitri. Seu ar desorientado me dá pena. Vamos falar com ele, você não quer?... Ele tem largas costas, não acha, Dimitri?

Essas palavras foram ditas em francês por uma voz de mulher. Em primeiro lugar, foi muito desagradável para mim ser chamado de velho. Somos velhos com 62 anos? Outro dia, no Pont des Arts, meu colega Perrot d'Avrignac cumprimentou-me por minha juventude, e ele entende mais de idades, aparentemente, do que essa jovem cotovia que canta às minhas costas, se é que as cotovias cantam à noite. Minhas costas são largas, diz ela. Ah, ah! eu tinha alguma desconfiança, mas já não creio nisso se é a opinião dessa passarinha. É claro que não voltarei a cabeça para ver quem falou, mas tenho certeza de que é uma moça bonita. Por quê?

Porque só a voz das mulheres que são belas, ou que o foram, que agradam ou que agradaram, pode ter essa riqueza de inflexões agradáveis e este som argentino que de todo modo ainda é um sorriso. Da boca de uma mulher feia sairá, talvez, uma palavra mais suave e mais melodiosa, mas certamente não será tão viva, nem se parecerá tanto com um gorjeio.

Essas idéias se formaram no meu espírito em menos de um segundo e, às pressas, para fugir dos dois desconhecidos, meti-me no grosso da multidão napolitana e enfiei por um *vicoletto** tortuoso, iluminado por uma única lâmpada diante do nicho de uma Madona. Lá, pensando com mais calma, reconheci que aquela mulher bonita (com toda a certeza ela era bonita) tinha dito uma coisa elogiosa a meu respeito, uma coisa que merecia meu reconhecimento.

"Este velho certamente é um francês, Dimitri. Seu ar atrapalhado me dá pena. Vamos falar com ele, você não quer?... Ele tem largas costas, não acha, Dimitri?"

Ouvindo essas palavras graciosas, eu não devia ter empreendido uma fuga repentina. Devia, antes, é evidente, ter abordado com delicadeza a dama de fala clara, fazer-lhe uma cortesia e dizer o seguinte: "Senhora, ouvi sem querer o que a senhora acaba de dizer. A senhora queria ser agradável para com um pobre velho. E o foi, senhora: basta o som de uma voz francesa

---

*Beco, viela (em italiano no original). (*N. do T.*)

para me dar prazer, pelo que lhe agradeço." É claro que eu devia ter-lhe dito essas palavras ou outras semelhantes. Não há dúvida de que é francesa, porque sua voz é francesa. A voz das damas de França é a mais agradável do mundo. Como nós, os estrangeiros sentem esse encanto. Filipe de Bérgamo disse em 1483 de Joana, a Donzela: "Sua fala era doce como a das mulheres de seu país." O companheiro com quem ela falava se chama Dimitri. Sem dúvida é russo. São pessoas ricas que passeiam seu tédio pelo mundo. É preciso deplorar os ricos: seus bens estão fora deles, não são coisas internas; eles são pobres e vazios por dentro. A miséria dos ricos é lamentável.

Ao cabo dessas reflexões, achei-me numa ruazinha, ou, para usar o napolitano, num *sotto-portico** que se estendia por baixo de arcos tão numerosos e de sacadas de tal forma projetadas que nenhum clarão do céu nele penetrava. Estava perdido e, segundo todas as aparências, condenado a procurar meu caminho por toda a noite. Para perguntar por ele, seria preciso encontrar um rosto humano e eu desesperava quanto à possibilidade de encontrar um único. Em meu desespero, entrei numa rua ao acaso, uma rua, ou, para dizer melhor, um tenebroso valhacouto. Tinha todo o aspecto de um, e na verdade o era, porque pouco depois de estar ali vi dois homens que se ameaçavam com facões. Mas usavam mais os xingamentos do que as lâminas, e compreendi pelas injúrias trocadas que eram dois rivais no amor. Enfiei-me prudentemente por uma viela próxima enquanto aqueles bravos continuavam a se ocupar de seu caso sem dar a mínima para o meu mundo. Caminhei al-

---

*É a designação precisa, em italiano, para ruela estreita com sobrados cheios de sacadas dos dois lados, tão típica de velhas cidades européias, sobretudo na península itálica. (*N. do T.*)

gum tempo ao acaso e me sentei desalentado em um banco de pedra onde me lamentei por ter fugido de modo tão desatinado e por tantos descaminhos de Dimitri e sua companheira de voz límpida.

— Bom dia, *signor*, está voltando de San Carlo? O senhor ouviu a diva? Só em Nápoles há quem cante como ela.

Levantei a cabeça e reconheci meu hospedeiro. Tinha me sentado diante da fachada de meu hotel, debaixo de minha própria janela.

Monte Allegro, 30 de novembro de 1859.

Pousamos, eu, meus guias e suas mulas, na estrada de Sciacca a Girgenti, num albergue da cidadezinha pobre de Monte Allegro, cujos habitantes, consumidos pela maleita, tiritavam ao sol. Mas são gregos, ainda, e sua alegria resiste a tudo. Alguns deles rodeavam o albergue com uma curiosidade sorridente. Uma história, se eu soubesse lhes contar uma, faria com que esquecessem os males da vida. Tinham o ar inteligente, e as mulheres, se bem que crestadas e murchas, usavam com graça um longo manto negro.

Diante de mim, ruínas corroídas pelo vento do mar e nelas nem mato crescia mais. A morna tristeza do deserto reina nesta terra árida, cujo seio aberto em gretas alimentava penosamente umas mimosas desfolhadas, cactos e palmeiras anãs. A vinte passos de mim, ao longo de um barranco, seixos esbranquiçados pareciam uns restos de ossadas. Meu guia disse que ali passava um riacho.

Estava eu havia 15 dias na Sicília. Chegado a esta baía de Palermo, que se abre entre as duas massas áridas e poderosas do Pellegrino e do Catalfano, e que se aprofunda ao longo da

Concha dourada, cheia de murtas e de laranjeiras, senti uma admiração tão grande que resolvi visitar esta ilha, tão nobre por suas lembranças e tão bela pelas linhas de suas colinas. Velho peregrino, encanecido no Ocidente bárbaro, ousei me aventurar por esta terra clássica e, contratando um guia, fui de Palermo a Trapani, de Trapani a Selinonte, de Selinonte a Sciacca, de onde saí nesta manhã rumo a Girgenti, onde devo achar o manuscrito de Jean Toutmouillé. As belas coisas que vi estão de tal forma presentes em meu espírito, que considero uma canseira inútil descrevê-las. Por que consumir minha viagem com anotações? Os amantes que amam de verdade não deixam sua felicidade por escrito.

Entregue à melancolia do presente e à poesia do passado, a alma ornada de belas imagens e os olhos cheios de linhas harmoniosas e puras, eu provava no albergue de Monte Allegro o rosado espesso de um vinho forte, quando vi entrar na sala uma bonita jovem com um chapéu de palha e um vestido de seda rústica. Sua cabeleira era escura, seu olhar, negro e brilhante. Por seu modo de andar, reconheci-a como parisiense. A moça se sentou. O hoteleiro logo pôs junto dela um copo de água fresca e um ramalhete de rosas. Tendo me levantado desde que ela chegara, afastei-me um pouco da mesa por discrição e fingi que examinava as imagens de santos penduradas nas paredes. Notei muito bem que, vendo-me de costas, ela fez um pequeno movimento de quem está surpresa. Aproximei-me da janela e fiquei olhando as carriolas desenhadas nos caminhos pedregosos margeados por cactos e figueiras da Barbaria.

Enquanto ela bebia a água gelada, eu olhava o céu. Na Sicília, tem-se a sensação de uma volúpia indescritível quando se bebe água fresca ou se respira a manhã. Eu murmurava comigo mesmo o verso do poeta ateniense:

Ó santa luz, olho do dia dourado.

Entretando, a francesa me observava com singular curiosidade e, ainda que eu evitasse olhar mais do que o conveniente, perceberia seus olhos voltados para mim. Tenho o dom, parece, de adivinhar os olhos que me seguem sem encontrar os meus. Há muita gente que acredita possuir também essa faculdade misteriosa; mas, na verdade, não há nenhum mistério nisso: somos tocados por alguma indicação tão ligeira que não pode ser percebida. Não é impossível que eu tenha visto os belos olhos dessa senhora refletidos na vidraça da janela.

Quando me voltei para ela, nossos olhos se encontraram.

Uma franga preta veio ciscar no chão mal varrido.

— Você quer pão, feiticeira — disse a jovem senhora, jogando-lhe migalhas que sobravam na mesa.

Reconheci a voz que tinha ouvido à noite em Santa Lucia.

— Perdão, senhora — eu disse logo. — Se bem que a senhora não me conheça, devo cumprir um dever agradecendo-lhe a solicitude que este velho compatriota errante recebeu da senhora, em horas tardias, nas ruas de Nápoles.

— Está me reconhecendo, senhor — respondeu ela —, eu também o reconheço.

— Pelas costas, senhora?

— Ah, o senhor ouviu quando eu disse a meu marido que o senhor tinha boas costas. Isso não deve ofendê-lo. Eu ficaria desolada se o tivesse aborrecido.

— A senhora não me aborreceu. Ao contrário, senhora. E sua observação me parece, pelo menos em princípio, justa e profunda. A fisionomia não está só nos traços do rosto. Há mãos espirituais e mãos sem imaginação. Há joelhos hipócritas, cotovelos egoístas, espáduas arrogantes e boas costas.

— É verdade — disse ela. — Mas também lhe reconheço o rosto. Já nos encontramos antes, na Itália ou por aí, não sei mais. O príncipe e eu viajamos muito.

— Não creio ter tido alguma vez a sorte de encontrá-la, senhora — respondi. — Sou um velho solitário. Passei minha vida debruçado sobre os livros e quase não tenho viajado. A senhora notou a minha atrapalhação, que lhe causou piedade. Lamento ter levado uma vida reclusa e sedentária. Aprende-se, sim, alguma coisa nos livros, mas se aprende muito mais vendo uma região.

— O senhor é parisiense?

— Sou, senhora. Moro há quarenta anos na mesma casa e pouco saio. É verdade que essa casa está situada à beira do Sena, no lugar mais ilustre e mais belo do mundo. De minha janela vejo as Tulherias e o Louvre, o Pont-Neuf, as torres de Notre Dame, as torrinhas do Palácio da Justiça e a flecha da Sainte-Chapelle. Todas essas pedras falam: contam-me a prodigiosa história dos franceses.

Diante dessa fala, a jovem senhora pareceu maravilhada.

— Seu apartamento é sobre o cais? — perguntou-me vivamente.

— Sobre o cais Malaquais — respondi-lhe —, no terceiro andar, na casa do vendedor de gravuras. Chamo-me Sylvestre Bonnard. Meu nome é pouco conhecido, mas sou um membro do Instituto, e a mim me basta que meus amigos não o esqueçam.

Ela me olhou com uma expressão extraordinária de surpresa, de interesse, de melancolia e de ternura, e eu não conseguia entender como uma exposição tão simples pôde dar àquela jovem desconhecida emoções tão diversas e tão vivas. Esperava que ela explicasse essa supresa, mas um colosso silencioso, doce e triste entrou na sala.

— Meu marido — apresentou-me ela —, o príncipe Trepof. E apontando para mim:

— O senhor Sylvestre Bonnard, membro do Instituto de França.

O príncipe, como saudação, fez um movimento de ombros. Tinha-os altos e largos.

— Querida amiga — disse ele —, sinto interromper sua conversa com o senhor Sylvestre Bonnard. Mas a carruagem está pronta e precisamos chegar a Mello antes do anoitecer.

Ao levantar-se, ela pegou as rosas que o hoteleiro lhe tinha oferecido e saiu do albergue. Eu a segui, enquanto o príncipe inspecionava a atrelagem das mulas e verificava a firmeza das rédeas e das correias. Parando sob o caramanchão, ela me disse sorrindo:

— Vamos a Mello; é uma horrível aldeia a seis léguas de Girgenti, e o senhor nunca vai adivinhar por que estamos indo lá. Nem tente. Vamos procurar uma caixa de fósforos. Dimitri coleciona caixas de fósforos. Tentou todas as coleções. Coleiras de cães, botões de uniformes, selos de correio. Porém agora só as caixas de fósforos lhe interessam. Já juntamos cinco mil, duzentas e catorze caixas diferentes. Algumas delas nos deram um trabalho horrível para encontrá-las. Assim, sabíamos que havia em Nápoles caixas com os retratos de Mazzini e de Garibaldi e que a polícia tinha apreendido as caixas e prendido o fabricante. De tanto procurar e perguntar, achamos uma dessas com um camponês rústico que nos vendeu a caixa por cem liras e nos denunciou à polícia. Os esbirros revistaram nossa bagagem. Não acharam a caixa, mas levaram minhas jóias. Então tomei gosto por essa coleção. No verão iremos à Suécia para completar nossas séries.

Senti (devo dizê-lo?) pena, mas uma pena simpática por esses colecionadores obstinados. Sem dúvida, eu teria preferido ver o Sr. e a Sra. Trepof buscando na Sicília mármores antigos, vasos pintados ou medalhas. Teria apreciado vê-los a percorrer as ruínas de Agrigento e as tradições poéticas de Érix*. Mas, afinal, eles faziam uma coleção, eram da confraria, e poderia eu ridicularizá-los sem ridicularizar um pouco a mim mesmo?

— Agora o senhor sabe — acrescentou ela — por que viajamos por esta região tenebrosa.

Ouvindo isso, acabou a minha simpatia e tomei-me de indignação.

— Esta região não é tenebrosa, senhora — respondi. — Esta terra é uma terra de glória. A beleza é uma coisa tão grande e tão augusta que séculos de barbárie não podem apagá-la a ponto de eliminar vestígios adoráveis. A majestade da antiga Ceres paira ainda sobre estas colinas áridas e a Musa grega, que fez ressoar com seu sotaque divino Aretusa e o monte Mêlano, canta ainda aos meus ouvidos sobre a montanha desnuda e a fonte seca. Creia, senhora, nos últimos dias da terra, quando nosso globo desabitado, como a lua hoje, rolar no espaço seu cadáver pálido, o chão das ruínas de Selinonte guardará na morte universal os sinais da beleza, e então, então, pelo menos, não haverá mais boca frívola para blasfemar sobre suas grandezas solitárias.

---

*É a antiga Eryx, dos fenícios e dos gregos, cidade histórica siciliana ao pé do monte do mesmo nome, célebre por seu templo da Fecundidade. Atual Erice. O monte, hoje em dia, chama-se San Giuliano. (*N. do T.*)

Mal acabei de dizer essas palavras, senti a tolice que fazia. Então falei comigo mesmo: "Bonnard, um velho que, como você, consumiu sua vida sobre os livros não sabe conversar com as mulheres." Felizmente, para mim, a senhora Trepof não entendera o meu discurso, que para ela fora grego.

Tanto que se dirigiu a mim com doçura:

— Dimitri se aborrece e eu me aborreço. Temos as caixas de fósforos. Mas até das caixas de fósforos nos cansamos. Antes eu tinha aborrecimentos e não me aborrecia; os aborrecimentos, eis uma grande distração.

Fiquei comovido com o vazio da vida dessa moça bonita:

— Senhora — virei-me então para ela —, lastimo que não tenha um filho. Se a senhora tivesse um, sua vida teria uma finalidade e seus pensamentos seriam ao mesmo tempo mais graves e mais consoladores.

— Tenho um filho — respondeu-me ela. — Está crescido, meu Georges, é um homenzinho: tem 11 anos. Tenho por ele tanto amor quanto tinha quando era pequeno, mas não é a mesma coisa.

Deu-me uma rosa do seu ramalhete, sorriu e me disse subindo à carruagem:

— O senhor não sabe, senhor Bonnard, a alegria que me deu. Espero muito poder revê-lo em Girgenti.

Girgenti, mesmo dia.

Arranjei-me como pude na minha *lettica**. A *lettica* é um carrinho sem rodas ou, se se preferir, uma liteira, uma cadei-

---

*Será uma forma dialetal da Sicília ou o italiano antigo, pois no italiano atual temos *lettiga*, para "liteira" (latim *lectica*, diminutivo de *lectus*, "leito"). (N. do T.)

rinha levada por duas mulas, uma na frente e outra atrás. Coisa muito antiga. Vi algumas vezes desenhos dessas liteiras em manuscritos do século XIV. Não imaginava então que uma liteira tão parecida me levaria um dia de Monte Allegro a Girgenti. Nunca se pode dizer desta água não beberei.

Durante três horas, as mulas fizeram soar seus sininhos e bateram os cascos sobre um solo calcinado. Enquanto a liteira ia deslizando lentamente entre duas aléias contínuas de aloés e as formas áridas de uma natureza africana, eu pensava no manuscrito do monge Jean Toutmouillé, e o desejava com um ardor ingênuo que em mim mesmo provocava certa ternura, pois descobri nisso uma inocência infantil e uma puerilidade comovedora.

Um odor de rosa sentido com mais intensidade no fim da tarde lembrou-me a senhora Trepof. Vênus começava a brilhar no céu. Eu pensava. A senhora Trepof é uma mulher bonita, muito simples e próxima da natureza. Tem idéias de gata. Não percebi nela nem a mais longínqua das curiosidades nobres que agitam as almas pensantes. E entretanto ela expressou à sua maneira um pensamento profundo: "A gente não se aborrece quando tem aborrecimentos." Sabe, portanto, que neste mundo a inquietação e o sofrimento são nossas distrações mais seguras. As grandes verdades não se descobrem sem dor ou trabalho. Que trabalhos teriam levado a princesa Trepof a concluir isso?

Girgenti, 30 de novembro de 1859.

Amanheci em casa de Gellias, em Girgenti. Gellias foi um rico cidadão da antiga Agrigento. Era célebre tanto por sua generosidade como por sua magnificência, e dotou a cidade de um grande número de hospedarias gratuitas. Gellias morreu há mil e trezentos anos e hoje não há hospitalidade gratuita entre os povos civilizados. Mas Gellias virou nome de um hotel no qual, graças ao cansaço, dormi bem minha noite.

 A moderna Girgenti ergue sobre a acrópole da antiga Agrigento suas casas miúdas e apertadas. Domina a velha acrópole uma catedral espanhola sombria. De minhas janelas, eu via, na encosta sobre o mar, a branca fileira de templos semidestruídos. O único frescor da cidade são essas ruínas. Todo o resto é árido. A água e a vida abandonaram Agrigento. A água, a divina Nestis do agrigentino Empédocles, é tão necessária aos seres animados que nada vive longe dos rios e das fontes. Mas no porto de Girgenti, situado a três quilômetros da cidade, há um grande comércio. Então, eu pensava, é nesta cidade triste, à beira deste rochedo abrupto, que está o manuscrito do nosso Jean Toutmouillé! Pedi informações sobre a casa do senhor Miguel Ângelo Polizzi e para lá me dirigi.

 Encontrei o senhor Polizzi vestido de amarelo dos pés à cabeça e preparando salsichas numa frigideira. Ao me ver, largou o cabo da frigideira, levantou os braços para o ar e deu gritos de entusiasmo. Era um homenzinho de cara bexiguenta, nariz arqueado, queixo saliente e olhos redondos compondo uma fisionomia altamente expressiva.

 Tratou-me de excelência, disse que aquele dia ficaria como um marco especial em sua vida e mandou-me sentar. O cômodo em que estávamos servia ao mesmo tempo de cozinha, de sala de visitas, de quarto de dormir, de ateliê de pintura e de adega. Lá havia fogareiros, uma cama, quadros, um cavalete, garrafas e pimentões vermelhos. Percorri com o olhar os quadros que cobriam as paredes.

— As artes! As artes! — gritou o senhor Polizzi, levantando de novo os braços para o céu. — As artes! Que dignidade! Que consolação! Sou pintor, Excelência!

Mostrou-me um São Francisco inacabado, que inacabado poderia ficar sem prejuízo para a arte ou para o culto. Depois mostrou alguns quadros velhos de melhor estilo que, porém, pareciam restaurados sem a discrição necessária.

— Restauro quadros antigos — disse-me ele. — Ó, os velhos mestres! Que alma! Que gênio!

— Então é verdade? — perguntei. — O senhor é a um tempo pintor, antiquário e negociante de vinhos.

— Para servir a Vossa Excelência. Tenho aqui um *zucco** do qual cada gota é uma pérola de fogo. Quero que Vossa Senhoria o prove.

— Gosto dos vinhos da Sicília — respondi. — Mas não foi pelas garrafas que vim vê-lo, senhor Polizzi.

Ele:

— Então foi pelas pinturas. O senhor é um apreciador. Tenho enorme alegria de receber apreciadores de pintura. Vou mostrar-lhe a obra-prima de Monrealese. Sim, Excelência, sua obra-prima! Uma Adoração dos Pastores! É a pérola da escola siciliana!

Eu:

— Verei essa obra com prazer, mas falemos primeiro do que me trouxe aqui.

Os olhinhos ágeis dele fixaram-me com curiosidade, e não foi sem uma angústia cruel que descobri: ele realmente não suspeitava do objetivo de minha visita.

---

*Vinho branco famoso da Sicília. (*N. do T.*)

Perturbadíssimo e sentindo o suor gelar minha fronte, gaguejei miseravelmente uma frase que deve ter sido mais ou menos esta:

— Venho expressamente de Paris para tomar conhecimento de um manuscrito da *Lenda dourada* que o senhor tinha me dito que possuía.

Ouvindo essas palavras, ele levantou os braços, abriu desmesuradamente a boca e os olhos e deu sinal da mais viva agitação.

— Ó, o manuscrito da *Lenda dourada*! Uma pérola, Excelência, um rubi, um diamante! Duas miniaturas tão perfeitas que deixam antever o paraíso. Que suavidade! Cores saídas da corola das flores que são um mel para os olhos! Júlio Clóvio não fez melhor!

— Mostre-o a mim — disse eu, sem poder dissimular nem minha inquietude nem minha esperança.

— Mostrá-lo ao senhor! — gritou Polizzi. — Como posso, Excelência? Já não o tenho mais! Já não o tenho mais!

E parecia querer arrancar os cabelos. Teria mesmo arrancado cada fio do couro sem que eu o impedisse. Mas resolveu parar por uma reação pessoal antes de ter causado grandes danos a si próprio.

— Como? — perguntei raivoso. — Como? O senhor me faz vir de Paris a Girgenti para me mostrar um manuscrito e, quando chego, o senhor me diz que não mais o tem. É indigno, senhor. Deixo sua conduta a juízo de todas as pessoas de bem.

Quem me visse nesse momento teria tido a impressão exata de ver um carneiro raivoso.

— É indigno! É indigno! — repetia eu, estendendo os braços que tremiam.

Miguel Ângelo Polizzi deixou-se cair sobre uma cadeira na atitude de um herói que morre. Vi seus olhos se encherem de lágrimas e seus cabelos, antes arrumados sobre a cabeça, caírem em desordem sobre a testa.

— Sou pai, Excelência, sou pai! — gritou ele juntando as mãos.

E acrescentou em soluços:

— Meu filho Rafael, o filho de minha pobre mulher, cuja morte choro há 15 anos, Rafael, excelência, quis estabelecer-se em Paris. Alugou uma loja na rua Laffitte para vender curiosidades. Dei-lhe tudo que tinha de precioso, minhas mais belas majólicas, minhas mais belas faianças de Urbino, meus quadros de mestre, e que quadros, senhor! Ainda me alucinam quando os vejo em imaginação! E todos assinados. E, afinal, dei-lhe também o manuscrito da *Lenda dourada*. Eu lhe teria dado minha carne e meu sangue. Um filho único. O filho de minha santa mulher, pobre mulher.

— Isso significa — disse eu — que enquanto eu vim, confiando em sua palavra, senhor, procurá-lo no fundo da Sicília, o manuscrito do monge Toutmouillé está exposto numa vitrine da rua Laffitte, a quinhentos metros de minha casa!

— Está, é a mais pura verdade — respondeu-me o Sr. Polizzi, repentinamente recuperando a serenidade. — Ainda está lá, pelo menos é o que penso, Excelência.

Pegou sobre uma mesinha um cartão que me ofereceu dizendo:

— Eis o endereço de meu filho. Divulgue-o entre seus amigos e ficarei muito agradecido. Faianças, esmaltes, fazendas, quadros, ele tem um sortimento completo de objetos de arte, toda a *roba*,* e antiga, meu senhor, por minha honra. Vá

---

*Quase uma palavra-ônibus em italiano, como "coisa" em português. Mais especificamente, significa roupa, peças de cama e mesa, fazenda, mercadoria em geral (inclusive de comer e de beber), propriedade, bens. (*N. do T.*)

vê-lo: ele irá mostrar-lhe o manuscrito da *Lenda dourada*. Duas miniaturas de um frescor milagroso.

Peguei desanimado o cartão que ele me estendia.

Esse homem abusou de minha fraqueza convidando-me mais uma vez a espalhar na sociedade o nome de Rafael Polizzi.

Já punha a mão na maçaneta da porta para sair, quando meu siciliano me agarrou pelo braço. Falava como que inspirado:

— Ah, Excelência — veio me dizer —, que cidade a nossa! É o berço de Empédocles. Empédocles! Que grande homem e que grande cidadão! Que audácia de pensamento, que virtude! Que alma! Há lá embaixo, defronte do porto, uma estátua de Empédocles diante da qual tiro o chapéu cada vez que passo. Quando Rafael, meu filho, partiu para inaugurar um antiquário na rua Laffitte, em Paris, levei-o ao porto de nossa cidade, e foi junto da estátua de Empédocles que lhe dei minha bênção paterna. "Lembra-te de Empédocles", falei. Ah, *signor*, é de um novo Empédocles que precisamos hoje em nossa pátria infeliz! Quer que o leve até essa estátua, Excelência? Posso servir-lhe de guia para visitar as ruínas. Mostrar-lhe-ei o templo de Castor e Pólux, o templo de Júpiter Olímpico, o templo de Juno Luciniana, o poço antigo, o túmulo de Teronte e a Porta de Ouro. Os guias dos viajantes são todos umas bestas. Eu sou um bom guia, faremos escavações, se o senhor quiser. E descobriremos tesouros. Tenho a sabedoria, o dom das escavações. Descubro obras-primas em sítios onde os sábios não acharam nada.

Consegui me desvencilhar, mas ele correu atrás de mim, alcançou-me ao pé da escada e me disse no ouvido:

— Excelência, ouça: eu o levarei à cidade. Farei com que o senhor conheça nossas girgentinas! Sicilianas, senhor, a beleza antiga! E lhe mostrarei mocinhas camponesas, o senhor não quer?

— Ao diabo com o senhor! — gritei indignado. E fugi para a rua, deixando-o de braços abertos.

Quando alcancei um ponto fora do alcance de sua vista, sentei-me, derreado, sobre uma pedra e comecei a meditar, a cabeça entre as mãos.

— Foi para isso, então — pensei. — Foi para isso, então, para ouvir tais ofertas que vim à Sicília?

É claro que esse Polizzi é um velhaco, como seu filho também deve ser. Mas qual seria a trama deles? Eu não conseguiria desembaraçá-la. E ficava numa espera humilhante e aflita.

Um passo ligeiro e um barulho de panos se arrastando pelo chão me fizeram levantar a cabeça e vi a princesa Trepof caminhando em minha direção. Ela pediu que eu continuasse sentado sobre a pedra, tomou-me a mão e disse com doçura:

— Estava mesmo a procurá-lo, senhor Sylvestre Bonnard. É uma grande alegria para mim reencontrá-lo. Minha vontade é que fique uma lembrança agradável de nosso encontro. Com sinceridade, é isso que eu queria.

E enquanto ela falava, pareceu-me ver sob seu véu uma lágrima e um sorriso.

O príncipe também se aproximou e nos cobriu com sua sombra colossal.

— Mostre, Dimitri, para o senhor Bonnard, sua conquista preciosa.

E o príncipe, com grande docilidade, estendeu-me uma caixa de fósforos, uma caixinha ordinária de papelão, ilustrada com uma cabeça azul e vermelha que uma inscrição informava ser de Empédocles.

— Estou vendo, senhora, estou vendo. Mas o abominável Polizzi, a cuja casa não a aconselho a mandar o Sr. Trepof, indispôs-me para o resto da vida com Empédocles e esse retrato não chega a tornar o velho filósofo mais agradável para mim.

— É feia — disse ela —, mas é rara. Caixinhas como esta são impossíveis de achar. É preciso comprá-las no próprio lugar onde são produzidas. Às sete da manhã Dimitri estava na fábrica. Como o senhor vê, não perdemos nosso tempo.

— Estou vendo, sim, minha senhora — respondi num tom amargo. — Mas eu perdi o meu e não achei aquilo que vim de tão longe para buscar!

Ela pareceu se interessar pela minha desventura.

— O senhor está triste? — perguntou-me como quem realmente está se importando. — Posso ajudá-lo em alguma coisa? O senhor não quer me contar o motivo de sua tristeza?

Contei a ela. Minha história foi longa, mas ela se comoveu, porque me fez logo um sem-número de minuciosas perguntas, que tomei por outras tantas provas de interesse. Ela quis saber o título exato do manuscrito, seu formato, aspecto e idade; perguntou-me o endereço do Sr. Rafael Polizzi.

E dei-lhe o endereço, agindo, assim (ó destino!), como aquele abominável Miguel Ângelo Polizzi me tinha recomendado.

Às vezes é difícil parar. Recomecei minhas queixas e minhas imprecações. Desta vez a senhora Trepof começou a rir.

— Por que a senhora está rindo? — perguntei.

— Porque sou uma mulher malvada — ela me respondeu.

E retomou sua caminhada, deixando-me só e abatido sentado na minha pedra.

Paris, 8 de dezembro de 1859.

Minhas malas, que eu ainda nem abrira, entulhavam a sala-de-jantar. Tinha me sentado diante da mesa cheia dessas coisas boas que a França produz para os apreciadores. Comia um patê de Chartres que por si só desperta o amor à pátria.

Thérèse, de pé diante de mim, as mãos unidas sobre um avental branco, olhava-me com benevolência, inquietude e piedade. Amílcar se esfregava em minhas pernas babando de alegria.

Ocorreu-me este verso de um velho poeta:

*Heurex qui, comme Ulysse, a fait un beau voyage.**

"Muito bem" pensei, "viajei à toa, volto de mãos vazias; mas fiz, como Ulisses, uma bela viagem."

E, tendo engolido meu último gole de café, pedi a Thérèse minha bengala e meu chapéu, que ela me entregou com desconfiança; temia uma nova viagem. Acalmei-a, encomendando o jantar para as seis horas.

Era um considerável prazer para mim só o fato de receber o vento na cara por essas ruas de Paris, cujo calçamento e cujas pedras amo com unção. Mas tinha um objetivo, e caminhava direto para a rua Laffitte. Não demorei a achar a loja de Rafael Polizzi, na qual impressionava o grande número de quadros antigos. Assinados por uns nomes mais ilustres e outros menos, todos tinham, porém, um certo ar de família que sugeriria uma tocante fraternidade entre os gênios, se não atestasse antes os artifícios do pincel do Sr. Polizzi pai. Enriquecida com essas obras-primas suspeitas, a loja tinha um toque alegre com seus curiosos objetos miúdos, punhais, jarras, taças, cerâmicas, ornamentos de cobre e pratos hispano-árabes com reflexos metálicos.

Sobre uma poltrona portuguesa de couro com desenho armorial, um exemplar do livro de horas de Simon Vostre esta-

---

*"Feliz quem, como Ulisses, fez uma bela viagem." O verso é de *Les Regrets* [Os lamentos], de Joachim du Bellay, poeta da *Pléiade*, século XVI. (*N. do T.*)

va aberto na página com uma figura de astrologia e um velho Vitrúvio exibia sobre um baú suas magistrais gravuras de cariátides e de telamones. Essa desordem aparente que escondia sábias arrumações, esse falso acaso que dispunha os objetos sob a luz mais favorável teria aumentado minha desconfiança, mas a desconfiança que por si só o nome Polizzi provocava em mim não poderia crescer, pois era sem limites.

O Sr. Rafael, que lá estava como a alma única de todas essas formas disparatadas e confusas, pareceu-me um jovem fleumático, um tipo de inglês. Não mostrava de modo algum as qualidades transcendentes que seu pai exibia em matéria de mímica e de declamação.

Expliquei-lhe o que me levava até aquela loja; ele abriu um armário e de lá tirou um manuscrito, que pôs em cima de uma mesa, onde pude examiná-lo com calma.

Nunca tinha tido na vida emoção semelhante, se excetuar alguns meses de minha juventude cuja lembrança, ainda que eu viva cem anos, ficará comigo até a última hora tão fresca em minha alma como no primeiro dia.

Era sem dúvida o manuscrito descrito pelo bibliotecário de *Sir* Thomas Raleigh; era sem dúvida o manuscrito do monge Jean Toutmouillé que eu estava vendo e tocando! A obra de Voragine ali estava sensivelmente resumida, mas isso pouco me importava. As inestimáveis adições do monge de Saint-Germain-des-Prés lá estavam. Esse era o ponto que interessava! Tentei ler a lenda de São Droctoveu, mas não pude; lia todas as linhas ao mesmo tempo, e em minha cabeça rolava um barulho de moinho d'água na solidão do campo, à noite. Reconheci, no entanto, que o manuscrito apresentava as características da mais inegável autenticidade. As duas figuras da Purificação da Virgem e da Coroação de Prosérpina eram um desenho tosco e de cores berrantes. Muito deterioradas em 1824, como atestava o catálogo de *Sir* Thomas, tinham readquirido agora um frescor novo. Esse milagre não me surpreendeu. E que me importavam, afinal, as duas miniaturas! As lendas e o poema de Jean Toutmouillé — nisso estava o tesouro! Eu engolia com o olhar tudo que estava ao alcance dos meus olhos.

Afetei um ar de indiferença ao perguntar ao Sr. Rafael o preço do manuscrito e torci, esperando a resposta, para que esse preço não ultrapassasse o limite de minhas economias, já fortemente abaladas por uma viagem que me fora custosa. O Sr. Polizzi respondeu-me que não poderia dispor daquele objeto, o qual não lhe pertencia mais, pois seria leiloado no hotel onde se dariam as vendas, com outros manuscritos e alguns incunábulos.

Foi um rude golpe para mim. Esforcei-me para me recompor e a custo consegui responder o seguinte:

— Isso me surpreende, senhor. Seu pai, com quem estive recentemente em Girgenti, afirmou-me que o senhor era o dono desse manuscrito. Não me faça duvidar da palavra de seu pai.

— Eu o era, de fato — respondeu-me Rafael com absoluta simplicidade —, porém não mais o sou. Vendi esse manuscrito precioso a um conhecedor que me proibiu de revelar seu nome e que, por motivos que devo calar, viu-se obrigado a vender sua coleção. Honrado com a confiança de meu cliente, fui encarregado por ele de preparar o catálogo e dirigir a venda, que terá lugar no dia 24 de dezembro próximo. Se o senhor me der seu endereço, terei a honra de enviar-lhe o catálogo, que está em fase de impressão, e nele o senhor verá a *Lenda dourada* descrita sob o número 42.

Dei meu endereço e saí.

A gravidade bem composta do filho desagradou-me tanto quanto a mímica impudente do pai. Tinha um ódio do fundo de minha alma das tretas desses vis traficantes. Estava claro para mim que os dois salafrários se entendiam e que tinham imaginado essa venda do manuscrito objeto de meus desejos, através de um leiloeiro, para que o preço alcançasse um valor exagerado sem que isso os deixasse mal. Eu estava nas mãos deles. Os desejos, ainda os mais inocentes, têm o enorme defeito de nos submeter a outrem e nos tornar dependentes. Essa reflexão cruel entretanto não me afastou do desejo de possuir a obra do monge Toutmouillé. Enquanto eu assim pensava, tentando atravessar para a outra calçada, parei para que passasse um carro que subia a rua que eu descia, e reconheci por trás da vidraça a senhora Trepof. Dois cavalos pretos e um cocheiro vestido como um boiardo davam ao carro um ar de ostentação. Ela não me viu.

— Possa ela — pensei comigo — achar o que procura ou o que lhe convém. É o meu desejo, como paga pelo riso cruel com que ela recebeu minha desdita em Girgenti. Essa moça tem uma alma de pássaro.

E, triste, cheguei às pontes.

Eternamente indiferente, a natureza nos levou sem pressa nem atraso ao dia 24 de dezembro. Fui ao Hotel Bullion e sentei-me, na sala número 4, bem junto à mesa do leiloeiro Boulouze e do especialista Polizzi. Vi a sala se encher pouco a pouco de figuras conhecidas por mim. Apertei a mão de alguns velhos livreiros das margens do Sena; mas a prudência, que todo grande interesse inspira aos mais confiantes, fez com que eu calasse a razão de minha presença insólita naquela sala do Hotel Bullion. Ao contrário, perguntei àqueles senhores sobre o interesse que podiam ter por aquelas vendas de Polizzi, e tive a alegria de ouvir falar de vários outros artigos, mas não do manuscrito que me interessava.

A sala foi se enchendo lentamente de interessados e de curiosos e depois de uma meia hora de atraso o leiloeiro armado de seu martelo de marfim, o escrevente encarregado do registro dos objetos, o comerciante especializado Polizzi com seu catálogo e o homem do pregão munido de uma gamela presa na ponta de uma vara subiram ao estrado com uma solenidade burguesa. Empregados se enfileiraram em frente da mesa. O funcionário do governo anunciou que estava dando início às vendas e fez-se um semi-silêncio.

Vendeu-se primeiro, a preços médios, uma seqüência bem vulgar de *Preces piae* [Orações piedosas] com miniaturas. Inútil dizer que essas miniaturas pareciam novas em folha.

Os lances baixos animaram o grupo de pequenos comerciantes que se misturaram a nós e acabaram familiares aos nossos olhos. Os negociantes de instrumentos de cobre vieram a seguir, logo que se abriram as portas de uma sala vizinha, e o alarido com sotaque de Auvergne abafava a voz do pregoeiro.

Um magnífico códice da *Guerra dos judeus* reanimou a atenção. O códice foi disputado por muito tempo. "Cinco mil francos, cinco mil", anunciava o pregoeiro em meio ao silêncio dos negociantes de cobre vidrados de admiração. Sete ou oito antifonários fizeram os lances voltarem aos preços baixos. Uma revendedora de amplas carnes e longos cabelos, entusiasmada com o tamanho do livro de cânticos e os baixos lances, comprou um desses antifonários por trinta francos.

Afinal, Polizzi, o comerciante especializado, pôs sobre a mesa o número 42: a *Lenda dourada*, manuscrito francês, inédito, duas soberbas miniaturas, lance inicial de três mil francos.

— Três mil, três mil! — gritou o pregoeiro.

— Três mil — repetiu secamente o leiloeiro. Minhas fontes pareciam explodir e tudo que pude ver, através do que parecia um nevoeiro, foi uma multidão de rostos sérios que se voltavam todos para o manuscrito aberto com o qual um rapaz passeava pela sala.

— Três mil e cinqüenta — eu disse.

Fiquei espantado com o som de minha voz e confuso de ver todos os rostos se voltarem para mim.

— Três mil e cinqüenta à direita! — gritou o pregoeiro, dando eco ao meu lance.

— Três mil e cem! — entrou na disputa o Sr. Polizzi.

Então começou um duelo heróico entre o antiquário e eu.

— Três mil e quinhentos!

— E seiscentos.

— Setecentos.

— Quatro mil!

— Quatro mil e quinhentos!

Depois, num pulo espetacular, o Sr. Polizzi foi direto para os seis mil.

Seis mil francos era tudo que eu tinha disponível. Para mim, era o limite do possível. Arrisquei o impossível.

— Seis mil e cem! — gritei.

Ai de mim! Nem o impossível seria suficiente.

— Seis mil e quinhentos — replicou o Sr. Polizzi com calma.

Baixei a cabeça, os lábios caídos, não ousei dizer nem sim nem não ao pregoeiro que gritava para mim:

— Seis mil e quinhentos, eu tenho seis mil e quinhentos; não é para o senhor à direita, mas eu tenho! Não há erro! Seis mil e quinhentos!

— Está bem claro! — voltou a manifestar-se o leiloeiro.

— Seis mil e quinhentos. Está bem claro, sem dúvida... Negócio fechado? Não há mais lances acima de seis mil e quinhentos francos.

Reinava um silêncio solene na sala. De repente, senti como se meu crânio se abrisse. Era o martelo do funcionário do governo que, dando um golpe seco sobre a mesa, adjudicava irrevogavelmente o número 42 ao Sr. Polizzi. Logo a pena do escrevente, deslizando sobre o papel timbrado, registrou esse grande feito em uma linha.

Prostrado, senti necessidade de ar e de repouso. Mas ainda assim não saí do meu lugar. Pouco a pouco voltei a refletir. A esperança é tenaz. Tive uma esperança. Pensei que o novo possuidor da *Lenda dourada* podia ser um bibliófilo inteligente e liberal que me faria uma comunicação a respeito do manuscrito e até me permitiria publicar suas partes essenciais. Por isso, quando o leilão terminou, aproximei-me do comerciante especializado que descia do estrado.

— Senhor especialista — dirigi-me a ele —, o senhor comprou o número 42 por sua conta ou como representante de alguém?

— Como representante. Tinha ordem de não ceder a preço algum.

— O senhor pode me dizer o nome do comprador?

— Sinto muito, mas não posso satisfazê-lo. Revelar-lhe o nome me foi totalmente proibido.

Afastei-me desesperado.

30 de dezembro de 1859.

— Thérèse, você não ouve que há um quarto de hora estão batendo à nossa porta?

Thérèse não responde. Está de conversa na casa da zeladora, é claro. É assim que você prepara a festa de seu velho patrão? Você me abandona na véspera de São Silvestre! Pobre de mim, se me chegarem nesse dia congratulações afetuosas, virão do fundo da terra, porque tudo aquilo que me amava está há muito tempo enterrado. Nem sei bem o que faço neste mundo. Ainda estão batendo. Deixo minha lareira lentamente, recurvado, vou abrir a porta. Quem vejo no alto da escada? Não é o Amor molhado, nem eu sou o velho Anacreonte*. É um bonito menininho de dez ou 11 anos. Está inteiramente só; levanta a cabeça para olhar para mim. Suas bochechas ficam coradas, mas seu narizinho dá-lhe um ar maroto. Tem penas no chapéu e uma grande gola de rendas na camisa. Um belo rapazinho! Traz nos braços um pacote tão grande quanto ele e me pergunta se sou o Sr. Sylvestre Bonnard. Respondo que sim. Ele me entrega o pacote, diz que é da parte de sua mãe e foge correndo escada abaixo.

Desço alguns degraus, debruço-me sobre o corrimão e vejo o chapeuzinho rodar na espiral da escada como uma pluma ao vento. Boa tarde, meninozinho! Ficaria muito feliz se pudesse falar com você. Mas o que iria eu perguntar-lhe? Não é delicado ficar fazendo perguntas às crianças. Afinal, o pacote me informará melhor do que o mensageiro.

É um pacote enorme, mas não pesa muito. Desfaço na minha biblioteca os laços das fitas e retiro o papel que o envolve... o quê? Uma acha de lenha, uma respeitável acha, uma verdadeira acha de Natal, mas tão leve que parece oca. Des-

---

*Referência à ode III, de Anacreonte, em que Eros (o Amor) bate à porta do poeta, acordando-o a desoras, e à pergunta sobre quem bate responde: "Abre-me, não temas./Sou uma criancinha/No temporal medonho/De noite a errar, molhada." (Trad. de Almeida Cousin, em *Odes*, de Anacreonte, edição bilíngüe grego/português, Rio, Achiamé, 1983, p. 25.) (*N. do T.*)

cubro, por fim, que a acha se compõe de duas partes unidas por ganchos que se articulam. Abro um dos ganchos e eis-me inundado de violetas. As flores caem sobre a mesa, sobre meus joelhos, sobre o tapete. Algumas escorregam pelo meu colete, por minhas mangas. Fico todo perfumado.

— Thérèse, Thérèse! Traga-me vasos cheios d'água. São violetas chegadas não sei de onde, nem sei quem as mandou, mas devem vir de uma região perfumada e de certa mão graciosa. Gralha velha, você está me ouvindo?

Juntei as violetas em cima da mesa, que elas cobrem totalmente com o perfume de suas moitas nos campos. Ainda há alguma coisa na acha, um livro, um manuscrito. É... não posso acreditar, mas não há como duvidar disso... É a *Lenda dourada*, é o manuscrito do monge Jean Toutmouillé. Eis a *Purificação da Virgem* e o *Arrebatamento de Prosérpina*, eis a lenda de São Droctoveu. Contemplo essa relíquia perfumada de violetas. Vou virando as páginas entre as quais deslizam as pequeninas flores pálidas e acho, na página da lenda de Santa Cecília, um cartão com este nome: PRINCESA TREPOF.

Princesa Trepof! Você que riu e chorou tão ternamente sob o belo céu de Agrigento, você que um velho rabugento pensou que fosse uma maluquinha, tenho aqui a certeza de sua maluquice tão linda e rara, e o bobalhão que você encheu de alegria vai beijar-lhe as mãos traduzindo-lhe este precioso manuscrito, pois a ciência e ele lhe deverão uma exata e suntuosa publicação.

Thérèse entrou neste momento no meu escritório: estava agitadíssima.

— Senhor — gritou —, adivinhe quem acabo de ver, neste instante mesmo, numa carruagem armoriada estacionada aqui em frente da nossa porta.

— A senhora Trepof, meu Deus do céu! — gritei.

— Não conheço nenhuma senhora Trepof — respondeu-me a governanta. — A mulher que acabo de ver está vestida como uma duquesa, com um menino que tem rendas pela roupa toda. E ela é aquela pequena senhora Coccoz a quem o senhor mandou uma acha de lenha quando ela dava à luz, há 11 anos. Tenho certeza, reconheci a moça sem erro.

— É — perguntei aflito —, é a senhora Coccoz que você está dizendo? A viúva do vendedor de almanaques?

— Exatamente ela, senhor. A portinhola estava aberta quando vi o meninozinho dela, que saía desta casa, entrar na carruagem de volta. Ela não mudou nada. Por que envelheceriam essas mulheres, se não têm preocupação alguma? Está só um pouquinho mais gorda do que naquele tempo. Uma mulher recebida aqui por caridade, vem exibir seus veludos e seus diamantes numa carruagem armoriada! Não é uma vergonha?

— Thérèse — gritei com voz de trovão —, se você me falar dessa dama com outra atitude que não seja uma profunda veneração, vamos brigar. Traga meus vasos de Sèvres para pôr as violetas: essas flores vão dar à cidade dos livros uma graça que ela nunca teve.

Enquanto Thérèse resmungando procurava os vasos de Sèvres, fiquei olhando as belas violetas espalhadas, cujo odor se espargia em torno de mim como o perfume de uma alma encantada, e me perguntando como eu não tinha reconhecido a senhora Coccoz na princesa Trepof. É verdade que ela tinha sido para mim uma visão muito rápida, uma jovem viúva me mostrando seu neném nu na escada. Eu poderia acusar-me de ter estado com uma alma graciosa e bela sem a ter identificado.

— Bonnard — eu falava comigo mesmo —, você sabe decifrar os velhos textos, mas não sabe ler no livro da vida.

Essa cabecinha de vento da senhora Trepof, na qual você só via uma alma de pássaro, mostrou, com seu reconhecimento, um zelo e um espírito que você nunca teve para agradecer a alguém. Pagou-lhe a acha do seu tempo de parturiente, mas pagou com realeza... Thérèse, você era só uma coruja rabugenta, agora está parecendo uma tartaruga! Traga logo a água para essas violetas de Parma!

PARTE II

JEANNE ALEXANDRE

I

Lusance, 8 de agosto.

Quando desci do trem na estação de Melun, a noite espalhava sua paz pelo campo silencioso. A terra, aquecida durante todo o dia por um sol sufocante, por um "sol gordo", como dizem os agricultores do vale do Vire, exalava um cheiro forte e quente. No chão, perfumes de ervas se espalhavam densamente. Sacudi a poeira do vagão e respirei de peito aberto. Minha mala, que a governanta tinha enchido de roupa e pequenos objetos de toalete, *munditiis*, estava tão leve que eu a sacudia como um colegial, ao sair da aula, sacode seus livros primários amarrados por uma cinta.

Quem me dera que eu ainda fosse um menino de colégio! Mas já são cinqüenta anos, bem contados, desde que minha falecida mãe, minha boa mãe, depois de preparar ela própria uma geléia de uva, passou-a numa fatia de pão e a pôs numa cesta cuja asa ajeitou sob meu braço e me levou, assim bem provido, ao internato mantido pelo Sr. Douloir, com pátio e jardim, num canto da passagem do Commerce, ponto bem conhecido pelos pardais. O enorme Sr. Douloir nos sorriu com alguma graça e fez festinha no meu rosto para assim expressar, sem dúvida, o carinho espontâneo que sentia pelo menino que lhe era apresentado. Mas quando minha mãe atravessou o pátio de volta, no meio dos pardais que levantavam vôo diante dela, o Sr. Douloir não sorria mais, não teve para mim nenhum outro gesto de ternura. Parecia, ao contrário, considerar-me um pequenino ser altamente incômodo. Acabei constatando que ele assim considerava todos os alunos. Distribuía pelas nossas mãos golpes de palmatória com uma agilidade pouco condizente com sua espessa corpulência. Mas sua ternura inicial voltava sempre que ele falava com nossas mães em nossa presença e, então, louvava nossas boas disposições e nos lançava um olhar afetuoso. Foi um tempo bom aquele que passei nos bancos escolares do Sr. Douloir, com coleguinhas que, como eu, choravam e riam de todo o coração, de manhã à noite.

Passado meio século, essas lembranças chegam fresquinhas e claras ao meu espírito, sob este céu estrelado que não mudou desde então, e cuja claridade imutável e serena verá, ainda, muitos outros colegiais como eu era se tornarem eruditos catarrosos e encanecidos como eu sou.

Estrelas, que iluminastes a cabeça leve ou pesada de todos os meus ancestrais esquecidos, é à vossa claridade que sinto erguer-se em mim um lamento doloroso! Gostaria de ter uma posteridade que vossa luz ainda veja quando eu não possa mais vê-las. Eu seria pai e avô se você tivesse querido, Clémentine, você com sua face tão fresca por trás de seu capote cor-de-rosa! Mas você foi casar com Achille Allier, rico homem do campo da antiga região de Nevers, meio nobre, porque o pai, morador da vila e comprador de bens nacionais, tinha comprado os títulos de propriedade de seus patrões com o castelo e as terras deles. Não a revi desde o seu casamento, Clémentine, e imagino que sua vida tenha corrido bela, obscura e doce na sua mansão rústica. Um dia eu soube, por acaso, por um dos seus amigos que você foi embora desta vida, deixando uma filha parecida com você. Com esta notícia que, vinte anos antes, teria revoltado todas as energias de minha alma, fez-se em mim como que um grande silêncio; o sentimento que tomou-me por completo foi, não uma dor aguda, mas a tristeza profunda e tranqüila de uma alma dócil aos grandes ensinamentos da Natureza.

Uma alma dócil aos grandes ensinamentos da minha vida. Mas a sua lembrança permanece o encanto da minha vida. A sua forma amável, depois de lentamente murchar, desapareceu sob a grama espessa. A juventude de sua filha já passou. Sua beleza sem dúvida está empobrecida.

Mas a sua lembrança permanece o encanto da minha vida. A sua forma amável, depois de lentamente murchar, desapareceu sob a grama espessa. A juventude de sua filha já passou. Sua beleza sem dúvida está empobrecida. E eu a vejo sempre, Clémentine, com seus cachos louros e seu capote rosa.

A bela noite! Reina com uma nobre indolência sobre os homens e os animais que ela desliga do jugo cotidiano, e experimento sua influência benigna, se bem que, por um hábito de mais de sessenta anos, eu sinta as coisas apenas pelos sinais que as representam. Para mim, no mundo só existem palavras, ah, por isso sou filólogo! Cada um sonha a vida à sua maneira. Eu a sonho em minha biblioteca e, quando chegar minha hora, busque-me Deus em minha escada de mão, diante de minhas prateleiras carregadas de livros!

— Ei, ei, não é que é ele mesmo! Boa noite, senhor Sylvestre Bonnard. Para onde iria o senhor, caminhando pelo campo com seu passinho ligeiro, enquanto eu o esperava em frente da estação com minha charretinha? Não o encontrei na chegada do trem e voltava para Lusance vazio como vim. Me dê sua mala e suba na charrete aqui ao meu lado. O senhor sabia que daqui ao castelo são bons sete quilômetros?

Quem me fala assim, com um vozeirão, do alto de sua charrete? É o Sr. Paul de Gabry, sobrinho e herdeiro do Sr. Honoré de Gabry, par de França em 1842, recentemente falecido em Mônaco. É para a residência desse Sr. Paul de Gabry que eu me dirigia com minha maleta fechada pela governanta. Esse excelente homem acaba de herdar, com seus dois cunhados, bens de seu tio que, descendente de uma velhíssima família de magistrados, tinha em seu castelo de Lusance uma biblioteca rica em manuscritos remontando ao século XIII. A fim de inventariar e catalogar esses manuscritos é que estou indo para Lusance, a pedido do Sr. Paul de Gabry, cujo pai, homem galante e distinto bibliófilo, mantivera comigo durante sua vida relações de perfeita cortesia. Para dizer a verdade, o filho não herdou nada das nobres inclinações do pai. O Sr. Paul é dado aos esportes. É muito entendido em cavalos e em cães, e creio mesmo que, de todas as ciências próprias a saciar ou enganar a inesgotável curiosidade dos homens, as da cocheira e do canil são as únicas que ele domina plenamente.

Não posso dizer que fiquei surpreso com o nosso encontro, pois estava combinado que ele me apanhasse na estação, mas confesso que, levado pelo curso natural de meus pensamentos, minha cabeça se desviara do castelo de Lusance e de seus ocupantes, de tal forma que senti como um ruído insólito o chamado desse nobre camponês, no início da estrada que abria diante de mim "uma boa caminhada", como se diz.

Tive motivos para temer que minha cara traísse a gafe que minha distração significaria, pois tenho uma certa expressão de estupidez na maior parte de meus contatos sociais. Minha maleta assumiu seu lugar na charrete e segui minha maleta. Meu anfitrião me conquistou por sua franqueza e sua simplicidade.

— Nada entendo de seus velhos pergaminhos — disse-me ele —, mas lá em casa o senhor terá com quem falar. Além do pároco que escreve livros e do médico que é um sujeito amável, se bem que liberal, o senhor achará alguém com quem entender-se. É minha mulher. Não que ela seja uma erudita, isso não, mas acho que não há coisa para a qual ela não tenha uma palavra. Também espero, Deus seja louvado, por fim, que o senhor fique conosco bastante tempo para encontrar a senhorita Jeanne, que tem mãos de fada e alma de anjo.

— Essa mocinha — perguntei — tão prendada é da sua família?

— Não, não é não — respondeu o Sr. Paul, o olhar fixo nas orelhas do cavalo, que mantinha sua marcha na estrada azulada pela lua. — É uma jovem amiga de minha mulher, órfã de pai e mãe. O pai dela nos fez entrar numa aventura em que perdemos muito dinheiro. Afinal tudo se acertou, mas nosso prejuízo custou muito mais do que o medo.

Depois, balançou a cabeça e, mudando de assunto, me avisou sobre o estado de abandono em que eu veria o parque e o castelo, que permaneciam totalmente desertos havia 32 anos.

Soube por ele que seu tio, o Sr. Honoré de Gabry, vivia às turras com os caçadores que invadiam suas terras para caçar, pois ele proibia a caça. O guarda florestal do Sr. Gabry atirava neles como se atira em coelhos. Um desses caçadores, um camponês vingativo, que tinha levado o chumbo do dono das terras no rosto, ficou na espreita, uma tarde, por trás das árvores do parque, e errou por pouco, queimando-lhe a ponta da orelha com um tiro.

— Meu tio — acrescentou o Sr. Paul — tentou descobrir de onde vinha o tiro, mas não viu ninguém e voltou para o castelo sem apressar o passo. No dia seguinte, mandou chamar seu intendente e deu-lhe ordem de fechar a mansão e o parque e não deixar entrar viv'alma. Advertiu expressamente para que não se tocasse em nada e proibiu que alguém se mantivesse em suas terras ou mexesse em qualquer coisa dentro de toda a extensão de seus muros até que ele voltasse. Acrescentou com mau humor que, como na canção, voltaria na Páscoa ou na Trindade, e, como na canção, a Trindade passou e ele não voltou. Morreu, ano passado, em Cannes, e fomos os primeiros, meu cunhado e eu, a entrar no castelo que estava abandonado havia 32 anos. Achamos um castanheiro no meio do salão. Quanto ao parque, não se poderia visitá-lo porque ele já não tinha as antigas aléias.

Calou-se meu companheiro de viagem e não ouvíamos mais do que o trote regular do cavalo no meio do ruído dos insetos nas moitas. Dos dois lados da estrada, os grandes feixes erguidos nos pastos assumiam sob a claridade incerta da lua a aparência de enormes mulheres brancas ajoelhadas, e eu me abandonava às magníficas criancices das seduções da noite. Tendo passado sob as espessas sombras do parque, dobramos em ângulo reto e rolamos sobre uma avenida senhorial ao fim da qual o castelo surgiu-me repentinamente com sua massa negra e suas torres redondas cobertas com telhados cônicos. Seguimos uma espécie de calçamento que dava acesso ao pátio principal e que, passando sobre uma fosso de água corrente, substituía uma ponte levadiça de tempos antigos. A perda dessa ponte levadiça foi, imagino, a primeira humilhação sofrida por essa mansão guerreira antes de estar reduzida ao aspecto pacífico com o qual me recebe. As estrelas se refletiam na água escura com uma maravilhosa nitidez. O Sr. Paul me levou, como bom anfitrião, até meu quarto, situado no alto, ao fim de um longo corredor. Desculpando-se, pela hora tardia, por não me apresentar imediatamente à sua mulher, desejou-me boa noite.

Meu quarto, pintado de branco e forrado de chita da pérsia, tem na decoração marcas graciosas do século XVIII. Cinzas ainda quentes, mostrando-me com que cuidados tinham dissipado a umidade, enchiam a lareira sobre cujo balcão havia um busto de *biscuit* da rainha Maria Antonieta. Sobre a moldura branca do espelho escurecido e manchado, dois ganchos de cobre, nos quais estavam penduradas as correntes de relógios das damas antigas, ofereciam-se para receber o meu relógio, no qual tive o cuidado de dar corda porque, ao contrário das máximas dos telemitas, acho que o homem só é dono do tempo, que é a própria vida, depois de o ter dividido em horas, minutos e segundos, quer dizer, em parcelas proporcionais à brevidade da existência humana.

E pensei que a vida só nos parece curta porque nós a medimos levianamente de acordo com nossas loucas esperanças. Todos temos, como o velho da fábula, uma ala a acrescentar ao nosso edifício. Quero acabar, antes de morrer, a história dos padres de Saint-Germain-des-Prés. O tempo que Deus concede a cada um de nós é como um tecido precioso que bordamos da melhor maneira possível. Tracei a trama do meu bordado com todo tipo de ilustrações filológicas. Assim iam meus pensamentos e, enquanto dava nós no lenço de seda sobre minha cabeça, a idéia do tempo levou-me ao passado e, pela segunda vez numa única volta dos ponteiros no mostrador, sonhei com você,

Clémentine, para abençoá-la em sua posteridade, antes de soprar minha vela e dormir ao som do coaxar das rãs.

II

Lusance, 9 de agosto.

Durante o almoço, tive boa oportunidade de apreciar a conversa da senhora de Gabry, que me ensinou que o castelo era freqüentado por fantasmas, especialmente a Senhora "das três corcovas nas costas", envenenadora em vida e desde morta alma penada. Ela foi espirituosa e deu vida a essa velha história de amas-de-leite. Tomamos o café na varanda, cujos balaústres, abraçados por uma velha hera que os ligava a uma encosta de pedra, ficavam presos pelos tentáculos dessa planta lasciva, na atitude apaixonada das mulheres da Tessália nos braços dos centauros raptores.

O castelo, em forma de carroça de quatro rodas, com uma torrinha em cada ângulo, tinha passado por sucessivas reformas, perdendo toda a sua característica. Era uma ampla e simpática construção, nada mais do que isso. Não me pareceu ter sofrido muito durante seu abandono de 32 anos. Mas quando, levado pela senhora de Gabry, entrei no grande salão do andar térreo, vi os assoalhos despregados, apodrecidas as peças de madeira que cercavam as colunas, fendidos os forros de madeira das paredes, as pinturas das molduras dos espelhos enegrecidas e três quartas partes dessas molduras fora de prumo. Um castanheiro, rompendo as tábuas do assoalho, tinha crescido no meio do salão, voltando para a janela sem vidros as pontas dos galhos com suas amplas folhas.

Foi com inquietude que vi esse espetáculo, imaginando que a rica biblioteca do Sr. Honoré de Gabry, instalada num cômodo ao lado, durante todo esse tempo tivesse sofrido influências deletérias. Mas não pude deixar de admirar, contemplando o jovem castanheiro do salão, o vigor magnífico da natureza e a irresistível força que impulsiona todo rebento a se desenvolver na vida. Como efeito contrário, entristeci-me pensando no esforço que fazemos, os eruditos, para reter e conservar as coisas mortas, um esforço penoso e vão. Tudo aquilo que viveu é alimento necessário para novas existências. O árabe que constrói sua cabana com os mármores dos templos de Palmira é mais filósofo do que todos os conservadores dos museus de Londres, de Paris e de Munique.

Lusance, 11 de agosto.

Deus seja louvado! A biblioteca, situada no lado oriental do castelo, não sofreu danos irreparáveis. Fora a pesada série dos velhos *Coutumiers** in-fólio que os ratinhos do campo tinham furado de lado a lado, os livros estão intactos em suas estantes gradeadas. Passei o dia todo a classificar os manuscritos. O sol entrava pelas altas janelas sem cortina e eu ouvia, em meio a minhas leituras, às vezes bem interessantes, os besouros tontos se chocarem pesadamente contra os vidros, o madeiramento das paredes estalar e as moscas, zonzas com a luz e o calor, ruflarem as asas em círculos sobre a minha cabeça. Por volta das três horas o zumbido foi tal que levantei a cabeça inclinada sobre um documento preciosíssimo para a história de Melun no século XIII e pus-me a considerar os

---
*Coleções de direito consuetudinário do país. (N. do T.)

movimentos concêntricos desses bichinhos ou "animaizinhos", como a eles se refere La Fontaine. Fui obrigado a constatar que o calor age de um modo sobre as asas de uma mosca e de modo totalmente diferente sobre o cérebro de um pesquisador paleógrafo, porque tive grande dificuldade de pensar e senti um torpor muito agradável do qual só saí fazendo um violento esforço. O sino com seu toque de jantar me surpreendeu em pleno trabalho e precisei me preparar às pressas para aparecer decentemente diante da senhora de Gabry.

O jantar, fartamente servido, prolongou-se por si mesmo. Tenho um talento para degustação que talvez fique acima do medíocre. Meu anfitrião, atento a meus conhecimentos, considerou que deveria abrir em minha honra determinada garrafa de Château-Margaux. Bebi com respeito esse vinho de linhagem excepcional e de virtude nobre, no qual não se sabe o que mais louvar, se o buquê, se o calor. Esse rosado ardente espalhou-se pelo meu sangue e me animou de um zelo juvenil. Sentado na varanda, ao lado da senhora de Gabry, no crepúsculo que banhava de mistério as formas das árvores que se ampliavam, senti prazer em expressar algumas observações à minha espirituosa hospedeira com uma vivacidade e uma abundância absolutamente notáveis num homem destituído, como sou, de toda imaginação. Discorri espontaneamente, e sem me valer de nenhum texto antigo, sobre a tristeza suave da noite e a beleza dessa terra natal que nos alimenta, não apenas de pão e de vinho, mas também de idéias, de sentimentos e de crenças, e que a todos nos receberá em seu seio maternal, como criancinhas cansadas de um longo dia.

— O senhor — disse-me essa amável senhora — vê essas velhas torres, essas árvores, esse céu: como as personagens dos contos e das canções populares saíram naturalmente dessas coisas todas! Ali está o atalho pelo qual Chapeuzinho Vermelho foi ao bosque colher avelãs. Esse céu de tantas variações e sempre um tanto encoberto serviu de caminho para os carros das fadas, e a torre do Norte escondeu outrora sob seu teto pontudo a velha fiandeira cujo fuso picou a Bela Adormecida no Bosque.

Ainda pensava eu nessas graciosas palavras, quando o Sr. Paul me contou, através das baforadas de um capitoso charuto, sobre um processo, já não me lembro qual, que ele impetrou junto à comuna a respeito de uma tomada d'água. A senhora de Gabry, sentindo o friozinho da noite, tremeu sob seu xale e nos deixou, indo para o seu quarto. Resolvi então, em vez de subir para o meu, voltar à biblioteca a fim de continuar o exame dos manuscritos. Apesar da oposição do Sr. Paul, segundo o qual eu devia me deitar, entrei naquele cômodo que eu chamaria, pela linguagem antiga, "a livraria", e entreguei-me ao trabalho, à luz do lampião.

Depois de ter lido 15 páginas, evidentemente escritas por um escriba ignorante e distraído, porque tive alguma dificuldade de apreender o sentido do texto, mergulhei a mão no bolso escancarado de meu casacão para tirar minha tabaqueira, mas esse movimento tão natural e quase instintivo dessa vez me custou um pouco de esforço e de fadiga; de qualquer modo, abri a caixinha de prata e tirei uns grãos do pó odorífico, que se espalharam pelo peitilho de minha camisa, debaixo do meu nariz frustrado. Tenho certeza de que meu nariz exprimiu seu desapontamento, porque ele é altamente expressivo. Já revelou muitas vezes meus pensamentos mais íntimos, especialmente na biblioteca pública de Coutances, onde descobri, nas barbas do meu colega Brioux, o cartulário de Nossa Senhora dos Anjos.

Qual não foi minha alegria! Meus olhos, pequenos e inexpressivos por baixo dos óculos, nada deixaram transparecer. Mas bastou meu colega Brioux ver meu nariz arrebitado, que tremia de alegria e de orgulho, para adivinhar que eu tinha feito uma descoberta. Viu o volume que eu lia e o lugar onde eu o deixei ao me levantar, foi buscá-lo assim que eu saí, copiou às escondidas e publicou rapidamente alguma coisa sobre o caso, a fim de me passar para trás. Mas, acreditando que me pregava uma peça, enganava-se a si mesmo. Sua edição estava inçada de erros e eu tive a satisfação de fazer um levantamento de alguns dos seus equívocos grosseiros.

Voltemos ao ponto em que eu estava. Achei que uma pesada sonolência me dominava. Tinha sob os olhos um documento cujo interesse ninguém deixará de apreciar quando eu disser que faz menção à venda de um criatório de coelhos para Jehan d'Estourville, padre, em 1212. Mas, ainda que eu sentisse toda a importância do documento, não lhe dava a atenção que imperiosamente ele exigia. Meus olhos, por mais que eu reagisse, voltavam-se para um lado da mesa onde não havia nenhum objeto importante do ponto de vista da erudição. Só havia lá um grosso volume alemão, encadernado em pele de leitoa, com fechos de cobre e grossas nervuras na lombada. Era um belo exemplar dessa compilação tão conhecida como *Crônica de Nuremberg*, recomendável só pelas gravuras em madeira que a compõem. O volume estava aberto, a lombada para cima.

Não saberia dizer havia quanto tempo meu olhar se voltava sem motivo para aquele velho in-fólio quando o atraiu um espetáculo tão extraordinário que deixava impressionado até mesmo um homem desprovido de imaginação como eu.

Vi de repente, sem que eu me tivesse apercebido de sua chegada, uma pessoa miúda sentada na lombada do livro, um joelho dobrado e uma perna esticada, mais ou menos na atitude das amazonas sobre seus cavalos do Hyde Park ou do Bois de Boulogne. Era tão pequena que seu pé oscilante não chegava até a mesa, sobre a qual se estendia, serpenteando, a cauda de seu vestido. Mas seu rosto e suas formas eram de mulher adulta. Seu busto amplo e as curvas de sua cintura não deixavam dúvida alguma quanto a isso, mesmo para um velho voltado para o mundo das letras como eu. Acrescentarei, sem medo de me enganar, que ela era muito bonita e de feição orgulhosa, porque meus estudos iconográficos me habituaram de longa data a reconhecer a pureza de um tipo e o caráter de uma fisionomia. O rosto dessa senhora, sentada tão inopinadamente na lombada de uma *Crônica de Nuremberg*, respirava um misto de nobreza e de inconformismo. Tinha um ar de rainha, mas de uma rainha caprichosa; senti, só pela expressão de seu olhar, que ela exercia grande autoridade em algum lugar, com muita imaginação. Sua boca era imperiosa e irônica, e seus olhos azuis riam de um modo inquietante sob sobrancelhas negras, de arco perfeito. Sempre ouvi dizer que as sobrancelhas negras ficam muito bem para as louras, e essa senhora era loura. Em resumo, a impressão que ela dava era de grandeza.

Pode parecer estranho que uma pessoa do tamanho de uma garrafa e que desapareceria no bolso do meu casacão, se não fosse desrespeitoso enfiá-la no bolso, desse precisamente a idéia de grandeza. Mas havia nas proporções da senhora sentada na *Crônica de Nuremberg* uma elegância tão orgulhosa, uma harmonia tão majestosa, tinha ela uma atitude ao mesmo tempo tão natural e tão nobre, que aos meus olhos parecia grande. Ainda que meu tinteiro, que ela considerava com uma atenção irônica, como se pudesse ler previamente todas as palavras que deveriam sair de minha pena, fosse para ela uma bacia profunda, na qual, se entrasse, pretejaria até acima dos tornozelos suas meias de seda rosa com aplicações de ouro, digo-lhes que ela era grande, e imponente em sua graça.

Seu traje, apropriado à sua fisionomia, era de enorme magnificência; consistia num vestido de brocado de ouro e prata e um sobretudo de veludo nacarado, com forro de pele de esquilo. O penteado era uma espécie de toucado alto formando duas pontas, que pérolas de lindo brilho tornavam claro e luminoso como o quarto crescente da lua. Sua mãozinha branca segurava uma varinha que atraiu minha atenção de modo especial por causa de meus estudos arqueológicos: nela reconheci quase que com certeza as insígnias que distinguiam as pessoas notáveis na lenda e na história. Esse conhecimento me foi útil naquele momento. Examinei a varinha e reconheci que era feita de um pequeno ramo de aveleira. É, disse a mim mesmo, uma varinha de condão; conseqüentemente, a senhora que a carrega é uma fada.

Feliz por conhecer a pessoa com a qual teria de estabelecer contato, tentei pôr minhas idéias em ordem para dirigir-lhe um cumprimento respeitoso. Teria tido alguma satisfação, confesso, de falar-lhe doutamente do papel de suas semelhantes tanto entre as raças saxônias e germânicas como no Ocidente latino. Essa dissertação seria, pensei, um modo engenhoso de agradecer àquela senhora por ter aparecido a um velho erudito, contrariando os hábitos tradicionais de suas semelhantes, as quais só se revelam às crianças ingênuas e aos roceiros incultos.

Por ser fada, não se é menos mulher, pensava eu, e uma vez que a senhora Récamier, como ouvi J.-J. Ampère dizer, julgava importante a impressão que sua beleza produzia nos humildes limpadores de chaminés, a senhora sobrenatural que está sentada na *Crônica de Nuremberg* sem dúvida ficará lisonjeada de ouvir um erudito tratá-la doutamente, como uma medalha, um sinete, uma fíbula ou uma senha. Mas essa tarefa, que custava muito à minha timidez, tornou-se-me verdadeiramente impossível quando vi a senhora da *Crônica* tirar de uma bolsinha, que trazia pendurada do lado, as menores avelãs que já vi na vida, quebrar-lhes as cascas nos dentes e jogá-las no meu nariz, enquanto mastigava a avelã com a gravidade de um neném que mama.

Em tais circunstâncias, fiz o que exigia a dignidade da ciência, calei-me. Mas, como as casquinhas me causassem cócegas desagradáveis, levei a mão ao nariz e aí constatei, com grande surpresa, que meus óculos tinham escorregado até a ponta dele e que eu estava vendo aquela senhora não através, mas por cima dos óculos, coisa incompreensível — e incompreensível porque meus olhos, gastos sobre velhos textos, não distinguiam, sem o auxílio das grossas lentes, um melão de uma garrafa, postos ambos um palmo adiante do meu nariz.

Esse nariz, notável por sua massa, sua forma e sua coloração, atraiu legitimamente a atenção da fada, porque ela agarrou minha pena de ganso, estendida como um penacho por cima do tinteiro, e espanou meu nariz com os fios dessa pena. Às vezes, em reuniões festivas, participei de alguns jogos inocentes de menininhas, que me incluíam em suas brincadeiras oferecendo suas bochechas para beijos através de um espaldar de cadeira ou me convidando a apagar uma vela que punham rapidamente fora do alcance de meu sopro. Mas até então nenhuma moça tinha me submetido a caprichos tão familiares como o de irritar-me a sensibilidade do nariz com a penugem de minha própria pena. Felizmente lembrei de meu falecido avô que costumava dizer que às senhoras tudo é permitido, e tudo que vem delas é graça e favor. Recebi então como favor e graça as casquinhas de avelã e a penugem da pena de ganso — e até tentei sorrir. Mais do que isso! Comecei a falar:

— Senhora — disse com polidez e dignidade —, a honra de sua visita não foi concedida a uma criancinha nem a um grosseirão, mas precisamente a um bibliotecário muito feliz de conhecê-la e que sabe que outrora a senhora embaraçava numa estrebaria as crinas de uma égua, bebia os jatos espumosos de leite, arranhava as costas das avós com grãozinhos, fazia o fogo da lareira soltar fagulhas no nariz das pessoas mais pacíficas e, afinal, instaurava a desordem e a gaiatice na casa. Pode ainda a senhora se vangloriar, além de tudo, de ter pregado no anoitecer as peças mais assustadoras do mundo aos casais que se atrasavam nos bosques. Mas eu a tinha como desaparecida para sempre há pelo menos três séculos. É possível, senhora, voltar a vê-la neste tempo de estradas de ferro e de telégrafos? A mulher da portaria de minha casa, que foi ama-de-leite no seu tempo, não conhece sua história, e um menino meu vizinho, cujo nariz a empregada ainda assoa, garante que a senhora não existe.

— O que é que você está dizendo? — gritou ela com uma voz argentina, empertigando sua figurinha real à maneira de um cavaleiro e chicoteando a lombada da *Crônica de Nuremberg* como se montasse um hipogrifo.

— Já nem sei mais — respondi-lhe, esfregando os olhos.

Essa resposta, carregando um ceticismo profundamente científico, provocou em minha interlocutora o mais deplorável dos efeitos.

— Senhor Sylvestre Bonnard — disse-me ela —, o senhor não passa de um pretensioso. Sempre suspeitei disso. O menor garotinho que anda pelos caminhos com um pano de camisa a remendar-lhe as calças me conhece melhor do que todos esses sabichões de óculos de seus Institutos e de suas Academias. Saber não é nada, imaginar é tudo. Só existe aquilo que a gente imagina. Eu sou imaginária. Isso é que é existir, acho eu! Sonham comigo e eu apareço. Tudo não passa de sonho, e, uma vez que ninguém sonha com o senhor, Sylvestre Bonnard, é o senhor que não existe. Eu encanto o mundo, num raio de lua, na emoção de dar com uma nascente escondida, na folhagem batida pelo vento que canta, nos vapores brancos que sobem a cada manhã do fundo das campinas, no meio das moitas rosadas, por toda parte!... Vêem-me, amam-me. Suspiram, tremem com o movimento que meus passos leves provocam nas folhas mortas. Faço as criancinhas sorrirem, torno espirituosas as amas-de-leite mais xucras. Debruçada sobre os berços, invento brincadeiras, consolo, faço dormir, e o senhor duvida que eu exista! Sylvestre Bonnard, seu casacão quente agasalha o couro de uma besta.

E se calou; a indignação fazia-lhe túmidas as finas narinas e, enquanto eu admirava, apesar de meu despeito, a cólera heróica dessa pequena pessoa, ela arrastava minha pena pelo tinteiro, como um remo em um lago, e a jogou no meu nariz, o bico para a frente.

Esfreguei a cara, que senti toda molhada de tinta. A fada tinha desaparecido. Extinguira-se a chama do meu lampião; um raio de lua atravessava a vidraça e projetava-se sobre a *Crônica de Nuremberg*. Com o vento fresco, que chegara sem que eu percebesse, penas voavam, papéis e lacres. Minha mesa estava toda manchada de tinta. Eu deixara a janela aberta durante a tempestade! Que imprudência!

III

Lusance, 12 de agosto.

Escrevi a minha governanta, como havia prometido, dizendo que estava são e salvo. Mas, claro, não lhe contei que pegara um resfriado por ter dormido à noite na biblioteca com a janela aberta, porque a excelente senhora me teria censurado mais do que os parlamentos aos reis. "Na sua idade, senhor", eis o que ela me diria, "isso me parece pouco razoável!" Para Thérèse, em sua simplicidade, a razão aumenta com os anos, mas eu lhe pareço uma exceção neste caso.

Não tendo os mesmos motivos para esconder minha aventura da senhora de Gabry, contei-lhe meu sonho inteirinho. Contei-lhe como o deixei escrito neste diário, contei tudo que vi ao dormir. Ignoro a arte da ficção. É possível, contudo, que ao contar e escrever o que se passou acrescente aqui e ali algumas circunstâncias e algumas palavras que absolutamente não fizeram parte da história. Certamente não faço isso para falsear a verdade, mas por um secreto desejo de tornar as coisas mais claras e impedir que algum ponto permaneça obscuro e confuso. Curvo-me, assim, talvez àquele gosto da alegoria que na minha infância aprendi com os gregos.

A senhora de Gabry me escutou com agrado.

— Sua visão — disse-me — é encantadora. É preciso ter espírito para sonhar coisas assim.

— Então — respondi-lhe —, é porque tenho espírito enquanto durmo.

— Quando o senhor sonha — emendou ela. — E o senhor sonha sempre!

Bem sei que falando assim a senhora de Gabry tinha como único objetivo me agradar, mas só esse pensamento já merece todo meu reconhecimento, e é com um espírito de gratidão e de doce recordação que faço estas anotações sobre ela neste caderno, que hei de reler até a morte e, além de mim, ninguém mais lerá.

Consumi os dias que se seguiram acabando o inventário dos manuscritos da biblioteca de Lusance. Algumas palavras confidenciais ditas pelo Sr. Paul de Gabry me surpreenderam de modo desagradável e me levaram a conduzir o trabalho em um estado de espírito totalmente diferente do que tinha ao iniciá-lo. Soube por ele que a fortuna do Sr. Honoré de Gabry, mal administrada durante muito tempo e conseguida em grande parte graças à falência de um banqueiro cujo nome não me revelou, só poderia passar aos herdeiros do antigo par de França sob a forma de imóveis hipotecados e de créditos irrecuperáveis.

O Sr. Paul acertara com seus co-herdeiros que a biblioteca seria vendida, e eu devia procurar os meios de operar essa venda o mais vantajosamente possível. Alheio como sou a todo tipo de negócio e comércio, resolvi pedir conselho a um dos meus amigos livreiros. Escrevi-lhe pedindo-lhe que me fosse ver em Lusance e, enquanto esperava sua chegada, tomei minha bengala e meu chapéu e dispus-me a sair para visitar as igrejas da diocese, em algumas das quais havia inscrições funerárias ainda não reveladas corretamente.

Deixei então meus hospedeiros e parti em peregrinação. Explorando durante o dia todo as igrejas e os cemitérios, visitando os párocos e os tabeliães da aldeia, jantando na pousada com os mascates e os mercadores de animais, dormindo em roupas de cama recendendo a lavanda, desfrutei durante uma semana inteira um prazer calmo e profundo a ver, sempre pensando nos mortos, os vivos empenhados em seu trabalho cotidiano. Quanto ao objeto de minhas pesquisas propriamente dito, só fiz descobertas medíocres que me causaram uma alegria moderada e por isso mesmo saudável e absolutamente não desgastante. Estabeleci o sentido de alguns epitáfios interessantes e acrescentei a esse pequeno tesouro muitas receitas de cozinha rústica que um bom pároco me transmitiu.

Enriquecido com esses dias de bom proveito, voltei a Lusance e atravessei o pátio principal com a íntima satisfação de um burguês que volta a seus domínios. Era isso um efeito da delicadeza de meus anfitriões, e a impressão que senti então ao voltar à casa deles prova mais do que qualquer outra coisa a excelência de sua hospitalidade.

Fui entrando até o grande salão sem encontrar ninguém, e o castanheiro novo que deitava suas folhas naquele salão pareceu-me um amigo. Mas o que vi logo em seguida sobre o consolo me surpreendeu de tal modo que ajustei com as duas mãos meus óculos sobre o nariz e me belisquei para ter uma noção no mínimo superficial de minha própria existência. Vieram-me ao espírito, em um segundo, uma vintena de idéias entre as quais a mais plausível era de que eu estava ficando louco. Parecia-me impossível que existisse aquilo que eu estava vendo, e era impossível não ver que se tratava de uma coisa existente. Aquilo que me causava tal surpresa descansava, como eu disse, sobre o consolo por cima do qual havia um espelho chumbado e forrado.

Vi-me nesse espelho e posso dizer que vi uma vez na minha vida a imagem completa da estupefação. Mas dei razão a mim mesmo por estar estupefato, pois estava diante de alguma coisa que causava estupefação.

O objeto, que eu examinava com um espanto que a reflexão não diminuía, apresentava-se em perfeita imobilidade para que eu o examinasse. A insistência e a fixidez do fenômeno excluíam qualquer idéia de alucinação. Nunca fui sujeito a afecções nervosas que perturbassem o sentido da visão. O que causa esse tipo de coisa em geral são distúrbios estomacais e — graças a Deus! — disponho de um excelente estômago. De resto, as ilusões visuais são acompanhadas de circunstâncias particulares e anormais que atingem os próprios alucinados e lhes inspiram uma espécie de pânico. Ora, eu não tinha nenhum desses sintomas e o objeto que eu via, ainda que impossível em si mesmo, apresentava-se-me com todas as condições da realidade natural. Observava que ele tinha três dimensões e cores e que fazia sombra. Ah, se eu o examinasse! As lágrimas vieram-me aos olhos e precisei enxugar as lentes dos meus óculos.

Afinal, tive que me render à evidência e constatar que tinha diante dos olhos a fada, a fada com a qual eu sonhara outra noite na biblioteca. Era ela, era ela, garanto! Ainda tinha o ar de rainha de historinha infantil, a mesma atitude despachada e orgulhosa, segurava sua varinha de aveleira; tinha o mesmo chapéu de duas pontas e a cauda do vestido de brocado serpenteava à roda de seus pezinhos. As mesmas feições, o mesmo corpo. Era exatamente ela, e, para que eu não me enganasse de modo algum, estava sentada na lombada de um livro velho e grosso parecido com a *Crônica de Nuremberg*. Sua imobilidade me dava uma certa tranqüilidade, mas de certa forma ainda temi que ela tirasse avelãs de sua bolsinha para jogar-me as casquinhas na cara.

Fiquei lá, braços pensos e boca aberta, até que a voz da senhora de Gabry soou em meus ouvidos.

— Está examinando sua fada, senhor Bonnard — disse a minha hospedeira. — Muito bem! Acha que existe semelhança?

A senhora de Gabry me falou de supetão, mas ao ouvi-la pude reconhecer que minha fada era uma estatuazinha modelada em cera colorida, com muito gosto e sentimento, por mão ainda inexperiente. O fenômeno, assim enquadrado numa explicação racional, não deixava contudo de surpreender. Como e por quem a dama da *Crônica* tinha chegado a uma existência material? Isso é que eu ainda não podia compreender.

Voltando-me para a senhora de Gabry, vi que ela não estava só. Ao lado dela havia uma mocinha vestida de preto, uns olhos cinzentos doces como o céu de Île-de-France, e com uma expressão a um tempo inteligente e ingênua. Na ponta de seus braços um tanto finos, agitavam-se mãos leves, mas vermelhas, como convém às mãos de uma moça. Aprisionada em seu vestido de lã, era esguia como uma árvore nova, e sua boca anunciava franqueza. Não conseguiria dizer como essa criança me agradou de saída. Não era bonita, mas as três covinhas das maçãs do rosto e do queixo riam, e ela toda, que guardava a sem-jeitice da inocência, tinha um não-sei-quê de honesto e de bom.

Meus olhos iam da estatueta à mocinha e a vi corar, mas corar francamente, amplamente, em ondas abundantes.

— Muito bem — disse minha hospedeira, que, acostumada a minhas distrações, já ia logo repetindo duas vezes a mesma pergunta —, essa é mesmo de verdade a senhora que, para vê-lo, entrou pela janela que o senhor deixou aberta? Ela foi bem atrevida, mas o senhor, bem imprudente. Afinal, o senhor a reconhece?

— É ela — respondi. — E vendo-a neste consolo estou a vê-la na mesa da biblioteca.

— Se assim é — falou a senhora de Gabry —, deve-se primeiro ao senhor essa semelhança, porque, homem desprovido de toda imaginação, como o senhor se diz, sabe pintar seus sonhos em cores vivas. Depois a mim, porque guardei e soube contar fielmente seu sonho, e por fim e sobretudo à senhorita Jeanne que, sob minhas indicações precisas, modelou a cera que o senhor aí vê em forma de boneca.

A senhora de Gabry, ao falar, pegara a mão da mocinha, mas ela se desvencilhou e fugiu depressa para o parque.

A senhora de Gabry a chamou:

— Jeanne!... Pode-se ser tão selvagem assim! Venha ou ficaremos bravos!

Mas nada a fez voltar, e a espavorida desapareceu na folhagem. A senhora de Gabry sentou-se na única poltrona que restara no salão arruinado.

— Ficaria muito surpresa — foi-me dizendo ao sentar-se — se meu marido ainda não lhe tivesse falado de Jeanne. Gostamos muito dela, trata-se de uma excelente menina. Diga-me com sinceridade, o que achou da estatueta?

Respondi que era uma obra cheia de espírito e de delicadeza, mas que faltavam ao autor o estudo e a prática; quanto ao resto, que eu ficara muito comovido que aqueles jovens dedos tivessem trabalhado assim sobre o esboço descrito por um homem simples, tornando real de um jeito tão brilhante os devaneios de um velho em delírio.

— Se me interesso desse modo pela sua opinião — voltou a falar a senhora de Gabry —, é que Jeanne é uma pobre orfãzinha. O senhor acredita que ela possa ganhar algum dinheiro fazendo estatuetas desse tipo?

— Por enquanto, não! Mas não há nada a lamentar quanto a isso — respondi. — Essa mocinha é, como a senhora disse, doce e carinhosa; acredito nisso, e acredito, quanto a isso, também no rosto dela. A vida de artista tem seduções que afastam dos trilhos as almas generosas. Essa menina é moldada com o barro da ternura. O que a senhora deve fazer é casá-la.

— Mas ela não tem dote — a senhora de Gabry começou uma explicação.

Depois, baixando um pouco a voz:

— Para o senhor, posso dizer tudo. O pai dessa menina era um financista muito conhecido. Organizava grandes negócios. Tinha espírito aventureiro e envolvente. Não que fosse desonesto: enganava-se a si próprio mais do que aos outros. Essa talvez fosse a sua maior habilidade. Estávamos em contato permanente com ele, que nos enfeitiçou a todos, meu marido, meu tio, meus primos. Sua queda foi súbita. Com esse desastre, a fortuna de meu tio — Paul disse isso ao senhor — quebrou, três quartas partes dela afundaram. Nós não fomos tão atingidos, e, uma vez que não temos filhos!... Pouco depois de arruinar-se ele morreu, sem deixar absolutamente nada — e é isso que me leva a dizer que ele era probo. O senhor deve saber de quem se trata, seu nome saiu nos jornais: Noël Alexandre. Sua mulher era muito simpática, acho que tinha sido bonita. Gostava um pouco demais de aparecer. Porém mostrou coragem e dignidade quando da ruína do marido. Morreu um ano depois dele, deixando Jeanne sozinha no mundo. Não pôde salvar nada de sua fortuna pessoal, respeitável fortuna. A senhora Noël Alexandre era uma Allier, a filha de Achille Allier, de Nevers.

— A filha de Clémentine! — exclamei. — Clémentine morreu e sua filha morreu! A humanidade se compõe quase toda dos mortos, tão poucos são os vivos em comparação com a multidão dos que já não vivem. Que é, afinal, esta vida, mais breve que a breve memória dos homens!

E fiz mentalmente a seguinte oração:

— De onde você estiver hoje, Clémentine, olhe para este coração, agora arrefecido pela idade, mas cujo sangue ferveu um dia por você, e veja como ele se reanima ao pensar em amar o que resta de você sobre a terra. Tudo passa, você passou, você e sua filha; mas a vida é imortal; ela é que nos leva a amar através desses rostos sempre renovados.

"Eu estava enfiado nos meus livros como o menino que joga os ossinhos*. Minha vida nestes últimos dias ganhou um sentido, um interesse, uma razão de ser. Sou avô. A neta de Clémentine é pobre. Não quero outra coisa senão prové-la de um dote."

Vendo que eu chorava, a senhora de Gabry foi-se afastando lentamente.

IV

Paris, 16 de abril.

São Droctoveu e os primeiros abades de Saint-Germain-des-Prés me mantêm ocupado há quarenta anos, mas não sei se vou-lhes escrever a história antes de ir juntar-me a eles. Faz muito tempo que sou velho. Num dia do ano passado, no Pont des Arts, um dos meus confrades do Instituto queixava-se

---

*Na França, os meninos jogavam os ossinhos, como os meninos antigos no Brasil e em Portugal jogavam as pedrinhas, lançando-as para o ar com uma só mão e apanhando com essa mão a porção delas que conseguissem apanhar, na volta. Fernando Pessoa-Alberto Caeiro fala do menino Jesus e dele ("o poeta") no *Guardador de Rebanhos (VIII)*: "Ao anoitecer brincamos as cinco pedrinhas/No degrau da porta de casa..." (*N. do T.*)

comigo dos aborrecimentos de envelhecer. "Esse ainda é", respondi-lhe citando Sainte-Beuve, "o único jeito que existe de viver muito." Respondi assim porque sei bem quanto vale envelhecer. O mal não é absolutamente viver muito, mas ver tudo passar em torno de si. Mãe, mulher, amigos, filhos, a natureza faz e desfaz esses tesouros divinos com morna indiferença, e afinal não amamos, não abraçamos mais que sombras. Mas algumas sombras são tão doces! Se alguma vez uma sombra passou pela vida de um homem, essa foi a sombra da moça que amei quando (coisa que hoje parece inacreditável) eu mesmo era um jovem. E entretanto a lembrança dessa sombra ainda hoje é uma das melhores realidades de minha vida.

Um sarcófago cristão das catacumbas de Roma traz uma fórmula de imprecação cujo sentido terrível só cheguei a compreender com o tempo. Eis o que lá está: "Se algum ímpio violar esta sepultura, que morra o último dos seus!" Em minha atividade de arqueólogo, abri túmulos, removi cinzas, para recolher os trapos de pano, os ornamentos de metal e as pedras preciosas misturadas às cinzas. Fi-lo por uma curiosidade de erudito, na qual a veneração e a piedade absolutamente não estavam ausentes. Que a maldição gravada por um dos primeiros discípulos dos apóstolos no túmulo de um mártir não me atinja nunca! Mas como poderia atingir-me essa maldição? Não posso ter medo de sobreviver aos meus enquanto houver homens sobre a terra, porque sempre há entre eles alguém que possa ser amado.

Ai de mim, a capacidade de amar diminui e se perde com a idade como todas as outras energias do homem! O exemplo o comprova e é isso que apavora. Será que posso estar certo ao pensar que ainda hoje me excluo dessa grande provação? Com toda a certeza eu já estaria passando por isso, não fosse um feliz encontro que me rejuvenesceu. Os poetas falam da fonte da Juventude: ela existe, jorra por baixo da terra a cada um de nossos passos. E nós passamos sem beber de sua água.

Desde que achei a neta de Clémentine, minha vida, que não tinha utilidade alguma, voltou a ter um sentido e uma razão de ser.

Hoje, estou agarrando o sol, como se diz na Provença; tomo sol no terraço do Jardim de Luxemburgo, ao pé da estátua de Margarida de Navarra. É um sol de primavera, capitoso como um vinho novo. Estou sentado e penso. Os pensamentos saem da minha cabeça como a espuma de uma garrafa de cerveja. São pensamentos ligeiros e seu borbulhar me distrai. Sonho; isso não é proibido, penso, a um homem simples que publicou trinta volumes de textos antigos e colaborou durante 26 anos no *Journal des savants*. Tenho a satisfação de ter executado minha tarefa tão bem quanto me foi possível e de ter exercido plenamente as medíocres faculdades com que a natureza me dotou. Meus esforços não foram totalmente vãos, e contribuí, com uma parte modesta, para o atual renascimento dos trabalhos históricos que ficará como honra deste século inquieto. Estarei incluído sem dúvida entre os dez ou 12 eruditos que revelaram à França suas antigüidades literárias. Minha publicação das obras poéticas de Gauthier de Coincy foi pioneira de um método judicioso e marcou época. É na calma severa da velhice que concedo a mim mesmo esse prêmio merecido, e Deus, que vê minha alma, sabe perfeitamente que o orgulho e a vaidade ocupam uma parte mínima na justiça que me faço.

Mas estou cansado, meus olhos se turvam, minha mão treme e vejo minha própria imagem nesses velhos de Homero afastados dos combates por sua fragilidade e que, sentados nas muralhas das fortalezas, ficavam falando tão alto como o canto das cigarras na folhagem.

Assim rolavam meus pensamentos quando três rapazes sentaram-se ruidosamente perto de mim. Não sei se cada um deles tinha vindo em três barcos, como o macaco de La Fontaine, mas é certo que os três se espalharam por 12 cadeiras. Tive prazer em observá-los, não que eles tivessem alguma coisa de extraordinário, mas porque vi neles esse ar atrevido e alegre natural à juventude. Eram jovens estudantes. Certifiquei-me disso menos, talvez, pelos livros que carregavam, do que pelo tipo de suas fisionomias. Porque todos os que se ocupam com as coisas do espírito são notados de saída por um não-sei-quê comum a essa gente. Gosto muito dos jovens e esses três me agradaram, apesar de alguns modos um tanto provocadores e selvagens que me lembraram exatamente meu tempo de estudante. Só que eles não usam, como nós usávamos, longos cabelos caindo sobre paletós de veludo. Não passeiam, como nós, com uma caveira; não gritam, como nós: "Inferno e maldição!" Estão vestidos corretamente mas nem sua roupa nem sua linguagem se parecem com as de uma pessoa de meia-idade. Devo acrescentar que falavam das mulheres que passavam no terraço e que apreciaram algumas em termos muito vivos. Mas suas reflexões sobre esse assunto não me obrigaram absolutamente a ter de deixar a praça. De resto, quando a juventude é estudiosa, não me desagradam seus alegres extravasamentos.

Um deles tendo feito um galanteio qualquer, um outro brincou com ele:

— Como pode você dizer isso? — gritou com ligeiro sotaque da Gasconha o menor e mais moreno dos três. — A nós fisiologistas é que compete nos ocuparmos da matéria viva.

Quanto a vocês, Gélis, que, como todos os seus confrades pesquisadores paleógrafos, só existem para o passado, ocupem-se dessas mulheres de pedra que são suas contemporâneas. E apontou-lhe com o indicador as estátuas das damas da França antiga que se erguem, muito brancas, em semicírculo sob as árvores do terraço. Esse dito gracioso, insignificante em si mesmo, ao menos me fez saber que aquele ao qual chamavam Gélis era um aluno da *École des chartes*. Na seqüência da conversa, fiquei sabendo que seu vizinho, louro e macilento, quase descorado, silencioso e sarcástico, era Boulmier, seu colega de escola. Gélis e o futuro doutor (desejo que venha a sê-lo um dia) entretinham um diálogo cheio de fantasia e verve. Depois de atingirem as mais altas especulações, brincavam com as palavras e diziam aquelas tolices próprias das pessoas de espírito; quero dizer, enormes tolices. Nem preciso acrescentar que incorriam nos mais monstruosos paradoxos. Estão na idade! Não gosto de jovens muito racionais.

O estudante de medicina olhou o título do livro que Boulmier tinha na mão e se espantou:

— Ora, ora, você lê Michelet, hem!

— Leio — respondeu com seriedade Boulmier. — Adoro romances.

Gélis, que a todos dominava com seu porte esguio, o gesto imperioso e a palavra pronta, pegou o livro e disse, a folheá-lo:

— É o Michelet da última fase, o melhor Michelet. Não há narrativa! Fúrias, desmaios, uma crise de epilepsia sem nenhuma explicação. Gritos de criancinha, desejos de mulher grávida, suspiros, e nunca usa nossa fraseologia! É impressionante!

E devolveu o livro ao amigo. Essa loucura é divertida, pensei comigo, e não totalmente desprovida de sentido, como possa parecer. Porque há mesmo uma certa agitação, eu diria mesmo uma trepidação nos escritos recentes do nosso grande Michelet.

Mas o estudante provençal afirmou que a história era um exercício de retórica totalmente desprezível. Segundo ele, a única e verdadeira história é a história natural do homem. Michelet estava no caminho quando encontrou o desvio que foi Luís XIV, mas logo voltou aos trilhos.

Depois de expressar esse judicioso pensamento, o jovem fisiologista foi juntar-se a um grupo de amigos que passava. Os dois pesquisadores de documentos, menos familiarizados com o jardim muito distante da rua Paradis-au-Marais, ficaram sozinhos, um diante do outro, e começaram a conversar sobre seus estudos. Gélis, que estava acabando seu terceiro ano de escola, preparava uma tese cujo assunto expôs com juvenil entusiasmo. Na verdade, o assunto me pareceu bom e melhor ainda porque eu próprio recentemente achei que devia estudá-lo e debrucei-me sobre uma considerável parte dele, o *Monasticon gallicanum*. O jovem erudito (dou-lhe essa qualificação como um presságio) queria explicar todas as chapas gravadas por volta de 1690 para a obra que Dom Germain mandara imprimir sem o impedimento, irremediável, que quase nunca se prevê e nunca se evita. Pelo menos, Dom Germain, ao morrer, deixou seu manuscrito completo e em perfeita ordem. Conseguiria eu fazer o mesmo? Mas não é essa a questão. O Sr. Gélis, tanto quanto pude entender, propunha-se a consagrar um estudo arqueológico a respeito de cada uma das abadias estampadas pelos humildes gravadores de Dom Germain.

O amigo lhe perguntou se ele conhecia todos os documentos manuscritos e impressos relativos ao assunto. Foi aí que fiquei de orelha em pé. Falaram em primeiro lugar das fontes originais, e devo reconhecer que o fizeram com suficiente método, apesar de inumeráveis e horrorosos trocadilhos. Depois entraram nos trabalhos da crítica contemporânea.

— Você leu — perguntou Boulmier — o trabalho de Courajod?

"Bom!", disse eu comigo.

— Li — respondeu Gélis. — É um trabalho conscencioso.

— Leu — continuou Boulmier — o artigo de Tamisey de Larroque na *Revue des questions historiques*?

"Bom!", disse eu pela segunda vez.

— Li — respondeu Gélis. — E nele achei indicações úteis.

— Você leu — perguntou por fim Boulmier — a *Relação das abadias beneditinas em 1600*, de Sylvestre Bonnard?

"Bom!", disse eu pela terceira vez.

— Deus do céu, não li — respondeu Gélis — e não sei se lerei. Sylvestre Bonnard é um imbecil.

Voltando a cabeça, vi que a sombra se estendera pela praça onde eu estava. Fazia um friozinho e eu achei que seria estúpido se arriscasse um reumatismo para ouvir as impertinências dos jovens presunçosos.

"Ah, ah!" — pensei me levantando —, que essa avezinha faladora faça sua tese e a sustente. Achará pela frente meu colega Quicherat ou algum outro professor da escola para mostrar-lhe sua ignorância. Chamá-lo-ei com propriedade de folgado, e na verdade, pensando como penso agora, o que ele disse de Michelet é intolerável e passa dos limites. Falar assim de um velho mestre genial é abominável!

17 de abril.

— Thérèse, dê meu chapéu novo, meu melhor sobretudo e minha bengala de castão de prata.

Mas Thérèse está surda como um saco de carvão e lenta como a justiça. A culpa é dos anos. O pior é que ela acredita ter ótimo ouvido e caminhar muito bem: e, orgulhosa de seus sessenta anos de honesta domesticidade, serve seu velho patrão com o mais atento despotismo.

Ora, eu não ia dizendo!... Ei-la que não quer me dar minha bengala de castão de prata, com medo de que eu a perca. É bem verdade que esqueço muitas vezes guarda-chuvas e bengalas nos ônibus e nas livrarias. Mas tenho uma boa razão para sair hoje com minha velha bengala de cana-da-índia, cujo castão de prata cinzelado representa Dom Quixote galopando, lança em riste contra moinhos de vento, enquanto Sancho Pança, bradando aos céus de braços estendidos, tenta em vão impedir aquele ataque. Essa bengala é tudo que consegui da herança de meu tio, o capitão Victor, que em vida pareceu mais Dom Quixote do que Sancho Pança e que gostava de briga com a mesma naturalidade com que a temos.

Há trinta anos carrego essa bengala a cada ocasião memorável ou solene de que participo, e os dois modelos, o do senhor e o do escudeiro, me inspiram e me aconselham. É como se os ouvisse. Dom Quixote me diz:

"Pense intensamente em grandes proezas, e saiba que o pensamento é a única realidade do mundo. Eleve a natureza a uma altura igual à sua, e que o universo inteiro seja para você o reflexo de sua alma heróica. Lute pela honra; só isso é digno de um homem, e se acontecer de ficar ferido, derrame seu sangue como orvalho generoso, e sorria."

E Sancho Pança me diz, por sua vez:

"Mantenha-se na dimensão que o céu lhe deu, meu amigo. Prefira a côdea do pão seco do alforje às rolinhas que assam na cozinha do senhor. Obedeça a seu mestre, sábio ou louco, e não encha seu cérebro de coisas inúteis. Tema a luta: procurar o perigo é desafiar Deus."

Mas, se o cavaleiro incomparável e seu escudeiro tão diferente estão gravados no castão desta bengala, vivem na verdade no meu foro íntimo. Todos temos em nós um Dom Quixote e um Sancho Pança e a ambos ouvimos, e mesmo quando Sancho nos convencer é a Dom Quixote que temos de admirar... Mas chega de falação! Vamos à casa da senhora de Gabry para um negócio que está acima da rotina da vida.

Mesmo dia

Achei a senhora de Gabry vestida de preto e pondo suas luvas.

— Estou pronta — disse-me ela.

Pronta — foi assim que a encontrei em todas as ocasiões para fazer o bem.

Descemos a escada e subimos no carro.

Não sei que secreta atmosfera temi dissipar se rompesse o silêncio, mas seguimos as amplas ruas desertas olhando, sem nada dizer, as cruzes, as pequenas placas para inscrições e as coroas que esperavam nos balcões dos vendedores sua clientela fúnebre.

A carruagem parou nos últimos confins da terra dos vivos, diante do portal sobre o qual estão gravadas palavras de esperança.

Seguimos por uma aléia de ciprestes, depois entramos por um caminho estreito entre os túmulos.

— Está ali — ela disse.

Sobre o friso ornado de tochas inclinadas, esta inscrição gravada:

FAMÍLIAS ALLIER E ALEXANDRE

Havia uma grade na entrada do monumento. Ao fundo, sobre um altar coberto de rosas, uma placa de mármore com nomes gravados, entre os quais li os de Clémentine e de sua filha.

O que então senti foi uma coisa profunda e vaga que não consigo exprimir a não ser através dos sons de uma bela música. Ouvi instrumentos de uma doçura celestial cantando em minha velha alma. Às graves harmonias de um hino funerário misturavam-se as notas veladas de um cântico de amor, porque minha alma confundia num mesmo sentimento a pesada gravidade do presente e as graças familiares do passado.

Deixando esse túmulo que a senhora de Gabry tinha perfumado com rosas, atravessamos o cemitério, sempre calados, ambos. Quando chegamos de novo ao meio dos vivos, minha língua se destravou.

— Enquanto eu a seguia por essas aléias mudas — falei à senhora de Gabry —, pensava nesses anjos das lendas que nos falam, nos confins misteriosos da vida e da morte. O túmulo ao qual a senhora me conduziu, e que eu desconhecia como quase tudo que se refere àquela que ali jaz com os seus, lembrou-me emoções únicas em minha vida e que são, nesta vida tão triste, como uma luz num caminho escuro. A luz se afasta à medida que caminhamos na estrada. Estou quase no fim da última etapa e, entretanto, vejo o clarão tão vivo cada vez que me volto para trás. As lembranças se atropelam em minha alma. Sou como um velho carvalho nodoso e cheio de limo que acorda com as ninhadas de pássaros cantores agitando seus ramos.

Por infelicidade, a canção dos meus pássaros é velha como o mundo e só pode agradar a mim.

— Essa canção haverá de me encantar — diz a senhora de Gabry. — Conte-me suas lembranças e me fale como se falasse com uma velha. Achei hoje de manhã três fios brancos nos meus cabelos.

— Veja-os chegar sem lamentar, senhora — respondi. — O tempo só é doce para os que o vêem com doçura. E quando, daqui a muitos anos, uma ligeira mecha de prata bordar seus cabelos negros, a senhora estará revestida de uma beleza nova, menos viva, porém mais emocionante do que a primeira, e a senhora verá seu marido admirar seus cabelos brancos como admirou a mecha de cabelos pretos que a senhora lhe deu no dia do casamento e que ele traz num medalhão como uma coisa santa. Estas ruas são largas e pouco freqüentadas. Poderemos conversar muito à vontade caminhando. Direi em primeiro lugar como conheci o pai de Clémentine. Mas não espere nada de extraordinário, nada de notável, porque a senhora iria se decepcionar muito.

"O Sr. de Lessay morava no segundo andar de um velho sobrado da avenida de l'Observatoire, cuja fachada de gesso ornada de bustos antigos e o grande jardim silvestre foram as primeiras imagens que ficaram em meus olhos de menino; e, sem dúvida, quando chegar o dia inevitável, serão as últimas a deslizar sob as minhas pálpebras pesadas. Porque foi nessa casa que nasci; foi nesse jardim que aprendi, brincando, a sentir e a conhecer algumas faces deste velho universo. Horas encantadoras, horas sagradas, quando a alma infantil descobre o mundo que para ela se reveste de um brilho suave e de um encanto misterioso! É que na verdade, senhora, o universo não passa de um reflexo de nossa alma.

"Minha mãe felizmente era uma criatura cheia de qualidades. Acordava com o sol, como os pássaros, com os quais ela se parecia no dia-a-dia doméstico, no instinto maternal, na eterna necessidade de cantar, e por uma espécie de graça brusca que eu sentia claramente, desde muito pequeno. Era a alma da casa, que enchia com sua atividade organizada e alegre. Meu pai era tão lento quanto ela era viva. Lembro-me do rosto plácido de meu pai, pelo qual perpassava em alguns momentos um sorriso irônico. Era um homem cansado, e gostava desse cansaço. Sentado ao pé da janela, em sua ampla poltrona, lia de manhã à noite e dele é que me veio o amor aos livros. Em minha biblioteca, tenho um Mably e um Raynal anotados pela mão dele do princípio ao fim. Não adiantava esperar que se incomodasse com alguma coisa deste mundo. Quando minha mãe tentava, com astúcias graciosas, tirá-lo de seu repouso, ele balançava a cabeça com aquela suavidade inexorável que faz a força dos caracteres frágeis. Deixava desesperada a pobre mulher, que não participava absolutamente dessa sabedoria contemplativa e não entendia da vida mais do que os cuidados cotidianos e o alegre trabalho de cada hora. Achava que ele era um homem doente e tinha medo de que piorasse. Mas a causa de sua apatia era outra.

"Meu pai, burocrata da marinha, serviço para o qual entrou no tempo do Sr. Decrès, em 1801, deu prova de um verdadeiro talento administrativo. A atividade era intensa nos escritórios da marinha e meu pai se tornou, em 1805, chefe da segunda divisão administrativa. Nesse ano, o imperador, ao qual ele tinha sido citado pelo ministro, pediu-lhe um relatório sobre a organização da marinha inglesa. Esse trabalho impregnado, sem que o redator tivesse essa intenção direta, de um espírito profundamentre liberal e filosófico, só foi entregue em 1807, mais ou menos 18 meses depois da derrota do almirante Villeneuve em Trafalgar. Napoleão que, desde essa jornada sinistra, não queria mais ouvir falar de um navio, folheou o trabalho de meu pai com raiva, e lançou-o ao fogo gritando: 'Frases! Frases! Frases!' Contaram a meu pai que a cólera do imperador era tal que naquele momento ele pisou com sua bota o manuscrito no fogo da lareira. O que aliás era um hábito dele quando estava irritado: pisotear as coisas no braseiro até ter as solas chamuscadas.

"Meu pai nunca se recuperou dessa desgraça, e a inutilidade de todos os seus esforços para trabalhar corretamente foi com toda a certeza a causa da apatia em que acabou por cair. Entretanto, Napoleão, de volta da ilha de Elba, mandou-o chamar e o encarregou de redigir, dando-lhes um espírito patriótico e liberal, proclamações e boletins para a esquadra. Depois de Waterloo, meu pai, mais entristecido do que surpreendido, ficou à margem de tudo e não foi perseguido. Só diziam que era um jacobino, um bebedor de sangue, um homem insuportável. O irmão mais velho de minha mãe, Victor Maldent, capitão de infantaria, posto a meio soldo em 1814 e reformado em 1815, agravava com sua atitude impertinente as dificuldades que a queda do império tinha causado a meu pai. O capitão Victor gritava nos cafés e nos bailes públicos que os Bourbons tinham vendido a França aos cossacos. Puxava a pretexto de tudo e de nada o laço de fita tricolor escondido no forro do chapéu; carregava com ostentação uma bengala cujo castão, muito bem trabalhado, mostrava uma silhueta do imperador.

"Se a senhora não viu algumas litografias de Charlet, não poderá fazer nenhuma idéia da fisionomia do tio Victor quando, fechado em seu sobretudo tipo brandenburgo, trazendo no peito sua condecoração da cruz de honra e umas violetas, passeava no Jardim das Tulherias sua elegância primitiva.

"A ociosidade e a intemperança tornaram intolerantes suas paixões políticas. Insultava as pessoas que via lendo a revista *Quotidienne* ou o jornal *Drapeau blanc* e as provocava para brigar. Chegou com isso à dor e à vergonha de ferir em duelo um menino de 16 anos. Em uma palavra, meu tio Victor era exatamente o contrário de um homem sensato; e, como vinha almoçar e jantar em casa todo santo dia, sua fama ruim se estendia a nossa casa. Meu pobre pai sofria cruelmente com as descortesias de seu hóspede, mas, como era um homem bom, mantinha sua porta aberta ao capitão que o desprezava cordialmente.

"O que estou contando, senhora, foi-me explicado depois. Mas meu tio capitão me inspirava então o mais puro entusiasmo e meu ideal era ser semelhante a ele em tudo que fosse possível. Uma bela manhã, para começar a pôr em prática essa semelhança, pus as mãos na cintura e declarei-me ateu. Minha excelente mãe deu-me uma bofetada na cara no ato, tão bem aplicada que fiquei por algum tempo estupefato antes de derramar-me em lágrimas. Ainda vejo a velha poltrona de veludo amarelo de Utrecht por trás da qual derramei naquele dia incontáveis lágrimas.

"Eu era então um menino pequeno. Certa manhã, meu pai, carregando-me no colo, como era seu costume, sorriu com aquela nuança de gracejo que dava um tom de malícia a sua permanente doçura. Sentado sobre seus joelhos, eu brincava com seus longos cabelos grisalhos e ele me dizia coisas que eu não compreendia muito bem, mas que me interessavam muito exatamente por serem misteriosas. Acredito, mas não tenho certeza, que nessa manhã ele me contava a história do reizinho de Yvetot, segundo a canção. De repente ouvimos um grande barulho e os vidros retiniram. Meu pai deixou-me escorregar até seus pés; seus braços estendidos agitavam-se, ele tremia; sua face se tornou inexpressiva e muito branca, os dois olhos enormes. Ele tentou falar, mas seus dentes batiam. Por fim, ele murmurou: "Eles o fuzilaram!" Não entendi o que ele quis dizer e senti um terror obscuro. Soube mais tarde que ele falava do marechal Ney, abatido, no dia 7 de dezembro de 1815, encostado contra o muro que cercava um terreno vazio vizinho a nossa casa.

"Por esse tempo eu sempre encontrava na escada um velho (talvez não fosse exatamente um velho), cujos olhos negros miúdos brilhavam com extraordinária vivacidade num rosto escurecido e imóvel. O velho não me parecia vivo, ou, pelo menos, não me parecia viver da mesma maneira que os outros homens. Eu tinha visto, em casa do Sr. Denon, onde meu pai me levara uma vez, uma múmia vinda do Egito; e me parecia, de boa-fé, que a múmia do Sr. Denon se levantava quando se via sozinha, saía de seu caixão dourado, vestia uma roupa de tom castanho e uma peruca empoada, e eis que para mim a múmia nessas condições era o Sr. de Lessay. E ainda hoje, minha cara senhora, mesmo não participando da opinião do menino que fui, evidentemente destituída de fundamento, devo confessar que o Sr. de Lessay parecia muito com a múmia do Sr. Denon. Basta isso para explicar que esse Sr. de Lessay me inspirava um terror fantástico.

"Na realidade, o Sr. de Lessay era um pequeno fidalgo e um grande filósofo. Discípulo de Mably e de Rousseau, gabava-se de não ter preconceitos, pretensão que em si mesma era um grande preconceito. Falo-lhe, senhora, de um contemporâneao de uma idade extinta. Temo que a senhora não me compreenda e estou certo de não conseguir fazê-la interessar-se. São coisas tão distantes de nós! Mas vou abreviar a narrativa tanto quanto possível. É verdade que não lhe prometi nada de interessante, e a senhora não poderia esperar que houvesse grandes aventuras na vida de Sylvestre Bonnard.

A senhora de Gabry me encorajou a prosseguir e eu o fiz nestes termos:

— O Sr. de Lessay era rude com os homens e cortês com as mulheres. Beijava a mão de minha mãe, que os costumes da república nem os do império tinham habituado a essa galanteria. Vendo-o, eu imaginava a época de Luís XVI. O Sr. de Lessay era geógrafo, e ninguém, que eu me lembre, mostrava-se tão orgulhoso quanto ele de ocupar-se da face desta terra. No antigo regime, ele tinha sido agricultor, mas entregava-se à agricultura como filósofo, de modo que assim consumiu seus campos até a última jeira. Não tendo mais um metro quadrado de terra que fosse seu, apoderou-se do globo inteiro e fez uma quantidade extraordinária de mapas, segundo os relatos dos viajantes. Nutrido como era da mais pura doutrina da Enciclopédia, não se limitava a situar os homens a tantos graus, minutos e segundos de latitude e longitude. Ocupava-se também da felicidade deles, ai de nós! É incrível, senhora, como os homens que se preocupam com a felicidade dos povos tornam seus semelhantes infelizes. O Sr. de Lessay era partidário da realeza, um voltairiano, espécie muito comum então, entre os aristocratas. Era mais geômetra do que d'Alembert, mais filósofo do que Jean-Jacques e mais realista do que Luís XVIII. Mas seu amor pelo rei não era nada em comparação com seu ódio pelo imperador. Por isso aderira à conspiração de Georges contra o primeiro cônsul; como o processo o ignorasse ou desprezasse, ele não figurou entre os acusados e jamais perdoou essa injúria a Bonaparte, que chamava de ogre da Córsega e a quem jamais confiaria um regimento, como dizia, de tal modo o considerava um lamentável militar.

"Em 1813, o Sr. de Lessay, viúvo havia muitos anos, casou, mais ou menos com a idade de 55 anos, com uma mulher muito mais jovem a qual empregou como desenhista de mapas geográficos. A moça deu-lhe uma filha e morreu no parto. Minha mãe a assistiu em sua rápida doença; depois cuidou para que não faltasse nada à menina. Essa menina se chamava Clémentine.

"Dessa morte e desse nascimento datam as relações de minha família com o Sr. de Lessay. Como eu estava por essa época no fim da primeira infância, as coisas para mim estão meio obscuras, eu ainda era um bobinho; não tinha o dom encantador de ver e de sentir, e as coisas já não me causavam mais as deliciosas surpresas que fazem o encanto das crianças menores. De modo que não me ficou nenhuma lembrança dos tempos que se seguiram ao nascimento de Clémentine; sei apenas que alguns meses depois passei por uma provação que não consigo descrever. Até hoje, só de pensar nisso, sinto um aperto no coração. Perdi minha mãe. Um grande silêncio, um grande frio e uma grande sombra envolveram de repente minha casa.

"Caí numa espécie de entorpecimento. Meu pai mandou-me para o colégio, e custei muito a sair do meu torpor.

"Entretanto, eu não era totalmente um imbecil e meus professores me ensinaram um pouco de tudo o que exigiam, isto é, um pouco de grego e de latim. Só me aproximei dos antigos. Aprendi a gostar de Milcíades e a admirar Temístocles. Quinto Fábio tornou-se familiar para mim, tanto quanto me era possível a familiaridade com tão grande cônsul. Orgulhoso desses altos relacionamentos, não desviava mais os olhos para a pequena Clémentine e seu velho pai, que aliás partiram um dia para a Normandia, sem que eu me dignasse a dar importância quanto à volta deles.

"Mas eles voltaram, senhora, eles voltaram! Influências do céu, energias da natureza, potências misteriosas que espalhais sobre os homens o dom de amar, vós sabeis como eu revi Clémentine! Pai e filha entraram em nossa triste morada. O Sr. de Lessay não usava mais peruca. Calvo, tinha mechas grisalhas nas fontes avermelhadas, ostentava uma robusta velhice. Mas a divina criatura que eu via resplandecente dando-lhe o braço e cuja presença iluminava o velho salão desbotado, ah, não se tratava de uma aparição, era Clémentine! Digo sem mentir, senhora: os olhos azuis da menina, seus olhos de flor me pareceram uma coisa sobrenatural e ainda hoje não posso entender que aquelas duas jóias animadas tenham sofrido as fadigas da vida e a corrupção da morte.

"Ela se atrapalhou um pouco cumprimentando meu pai, que não conhecia. Enrubesceu ligeiramente e a boca entreaberta sorria um sorriso que faz sonhar infinitamente, sem dúvida por que não trai nenhum pensamento preciso e só mostra a alegria de viver e a felicidade de ser bela. Seu rosto brilhava por trás de um capote rosa como uma jóia num escrínio aberto; usava um lenço de caxemira sobre um vestido de musselina branca franzido na cintura e que deixava ver a ponta de uma botinha marrom... Não, não caçoe, querida senhora; era a moda da ocasião, e não sei se as novas modas têm tanta simplicidade, viço e graça com dignidade.

"O Sr. de Lessay nos contou que, tendo publicado um atlas histórico, estava voltando para Paris e se ajeitaria com prazer em seu antigo apartamento, se estivesse vago. Meu pai perguntou à senhorita de Lessay se ela estava feliz de voltar para a capital. Estava, porque um sorriso desabrochou. Sorria para as janelas abertas sobre o jardim verde e luminoso; sorria para o Mário de bronze sentado nas ruínas de Cartago, sobre a prateleira, junto do mostrador do relógio de pêndulo; sorria para as velhas poltronas de veludo amarelo e para o pobre estudante que não ousava levantar os olhos para ela. A partir desse dia, como a amei!

"Mas eis-nos chegados à rua de Sèvres, e logo veremos as suas janelas. Sou um fraco contador de história e, raciocinando por absurdo, se eu resolvesse escrever um romance, não iria muito longe. Preparei longamente uma narrativa que lhe farei em poucas palavras; porque há uma certa delicadeza, uma certa graça da alma que um velho quebraria se se demorasse com deleite sobre os sentimentos do amor, mesmo o mais puro. Mais alguns passos nesta avenida rodeada de conventos e minha narrativa facilmente se completa no espaço que nos separa da igrejinha que a senhora vê aí adiante.

"O Sr. de Lessay, sabendo que eu saía da *École des chartes*, julgou-me digno de colaborar com seu atlas histórico. Tratar-se-ia de determinar sobre uma série de mapas aquilo que o velho filósofo chamava de as vicissitudes dos impérios desde Noé até Carlos Magno. O Sr. de Lessay tinha armazenado em sua cabeça todos os erros do século XVIII em matéria de dados antigos. Eu me situava, em história, na escola dos inovadores e estava numa idade em que praticamente não se sabe fingir. A maneira pela qual o velho compreendia, ou melhor, não compreendia os tempos bárbaros, sua obstinação em ver na alta antiguidade príncipes ambiciosos, prelados hipócritas e cúpidos, cidadãos virtuosos, poetas filósofos e outras personagens, que nunca existiram a não ser nos romances de Marmontel, deixava-me terrivelmente infeliz e me levou a toda sorte de objeções, muito razoáveis, sem dúvida, mas perfeitamente inúteis e às vezes perigosas. O Sr. de Lessay era muito genioso e Clémentine muito bonita. Entre ela e ele, passei horas de torturas e de delícias. Eu amava; fui covarde e logo cedi totalmente às exigências dele quanto ao aspecto histórico e político que esta terra, a mesma em que mais tarde viveria Clémentine, apresentava nas épocas de Abraão, de Menés e de Deucalião.

"À medida que aprontávamos nossos mapas, a senhorita de Lessay os pintava com aquarela. Debruçada sobre a mesa, o pincel entre os dedos, uma sombra lhe descia das pálpebras sobre as maçãs do rosto e banhava seus olhos semicerrados com um tom encantador. Às vezes levantava a cabeça, eu via então sua boca entreaberta. Havia tanta expressão em sua beleza que, respirando, ela tinha o ar de quem suspira, e suas atitudes mais simples me levavam a devaneios profundos. Contemplando-a, eu concordava com o Sr. de Lessay que Júpiter tinha reinado despoticamente nas regiões montanhosas da Tessália e que Orfeu foi imprudente confiando ao clero o ensino da filosofia. Não sei ainda hoje se fui um covarde ou um herói ao concordar nessas coisas com o velho teimoso.

"A senhorita de Lessay, devo confessar, não me prestava grande atenção. Essa indiferença me parecia tão justa e tão natural que eu nem pensava em me lamentar; sofria com isso, mas sofria sem entender bem. Eu esperava: ainda estávamos no primeiro império da Assíria.

"Todo fim de tarde o Sr. de Lessay ia tomar café com meu pai. Não sei como se aproximavam, porque é raro encontrar duas naturezas tão completamente diferentes. Meu pai estranhava pouco e perdoava muito. Com a idade, tomara ódio a todos os exageros. Envolvia suas idéias com mil sutilezas, e não perfilhava jamais uma opinião a não ser com todo tipo de reservas. Esses hábitos de um espírito delicado horrorizavam o velho fidalgo seco e inflexível que a moderação de um adversário não desarmava nunca, muito pelo contrário! Eu farejava um perigo: Bonaparte era esse perigo. Meu pai não tinha nenhuma ternura por ele, mas, tendo trabalhado sob suas ordens, não gostava de ouvir alguém a injuriá-lo, sobretudo em benefício dos Bourbons, contra os quais tinha as mais graves restrições. O Sr. de Lessay, mais voltairiano e mais legitimista* do que nunca, enraizava em Bonaparte todo mal político, social e religioso. Em meio a esse estado de coisas, o capitão Victor me inquietava mais do que tudo. Esse tio terrível tinha se tornado perfeitamente intolerável desde que sua irmã não estava mais lá para acalmá-lo. A harpa de Davi se quebrara e Saul se entregava a seus furores. A queda de Carlos X aumentou a audácia do velho napoleonista autor de todas as bravuras imagináveis. Tio Victor não freqüentava mais com assiduidade nossa casa, que se tornara muito silenciosa para ele. Mas às vezes, à hora do jantar, aparecia coberto de flores como um mausoléu. Habitualmente, sentava-se à mesa praguejando e gabava-se, entre uma garfada e outra, de suas aventuras galantes de velho audacioso. Depois, terminado o jantar, dobrava seu guardanapo em forma de mitra de bispo, engolia uma meia garrafa de aguardente e lá se ia apavorado com a idéia de passar algum tempo sem beber, a bater papo com um velho filósofo e um jovem erudito. Eu pressentia muito bem que se um

---

*Legitimista, especificamente em matéria de história política francesa, é quem, depois da revolução de 1830, apoiou o ramo mais velho dos Bourbons e seu último herdeiro direto, o conde de Chambord. Houve mesmo um partido legitimista, cujos membros, a maioria dos quais ligada à Igreja Católica, eram favoráveis a uma monarquia tradicional forte. (*N. do T.*)

dia tio Victor encontrasse o Sr. de Lessay lá em casa, tudo estaria perdido. Esse dia chegou, senhora!

"Desta vez o capitão desaparecia por trás das flores e parecia mais um monumento comemorativo das glórias do império. Ao vê-lo, dava até vontade de pendurar-lhe uma coroa de perpétuas em cada braço. Estava extraordinariamente feliz e a primeira pessoa a se beneficiar dessa boa disposição foi a cozinheira, que ele abraçou pela cintura no momento em que ela punha o assado sobre a mesa.

"Depois do jantar, botou de lado o garrafão com que fora presenteado dizendo que queria esperar o café para batizá-lo com aguardente. Eu perguntei gaguejando se ele não gostaria mais que seu café fosse servido logo. Era desconfiado e nada bobo meu tio Victor. Minha precipitação causou-lhe má impressão, ele me olhou com um ar nem sei de que e me disse:

"— Paciência, meu sobrinho! Não é o caçula da tropa que dá o toque de retirada, que diabo! O senhor está bem apressado, senhor professorzinho, parece que está querendo ver se minhas botas têm esporas.

"Ficara claro que o capitão tinha adivinhado meu desejo de que fosse logo embora. Conhecendo-o, tive a certeza de que ele ficaria. Ele ficou. As circunstâncias dessa noite, em seus mínimos aspectos, ficariam impressas em minha memória. Meu tio estava muito jovial. Bastava o pensamento de ser inoportuno para que mantivesse o bom humor. Contou-nos, em excelente estilo de caserna, juro, certa história de uma religiosa, de uma trombeta e de cinco garrafas de vinho de Chambertin, que deve ser muito apreciada nos quartéis, mas que eu não contaria à senhora mesmo se dela me lembrasse. Quando passamos para a sala de estar, ele chamou a atenção para o mau estado da grade de nossa lareira e doutamente nos ensinou como usar o trípoli para o polimento das peças de cobre. De política, nenhuma palavra. Estava se preparando. Oito batidas soaram junto das ruínas de Cartago. Era a hora do Sr. de Lessay. Poucos minutos depois ele entrou com a filha. Começou o ritmo lento dessas noites de visita. Clémentine pôs-se a bordar perto da lâmpada, cujo abajur deixava sua linda cabecinha sob uma sombra ligeira e lançava sobre seus dedos uma claridade que os tornava quase luminosos. O Sr. de Lessay falou de um cometa anunciado pelos astrônomos e a propósito disso desenvolveu teorias que, por mais mirabolantes que fossem, testemunhavam alguma cultura intelectual. Meu pai, que tinha conhecimentos de astronomia, expressou algumas boas idéias, e terminou pelo seu eterno: "Mas que sei eu, afinal?" De minha parte, expus a opinião de nosso vizinho do observatório, o grande Arago. Tio Victor afirmou que os cometas têm influência sobre a qualidade dos vinhos e citou em apoio uma alegre história de bar. Fiquei tão contente com os rumos da conversa que me esforcei para mantê-los, com a ajuda de minhas leituras mais recentes, fazendo um longo discurso sobre a constituição química desses astros velozes que, espalhados pelos espaços celestes, percorrendo bilhões de léguas, parecem caber numa garrafa. Meu pai, um tanto surpreso com minha eloqüência, olhou-me com tranqüila ironia. Mas não iríamos ficar nos céus a noite toda. Falei, olhando para Clémentine, de um cometa de diamante que tinha admirado na véspera na vitrine de uma joalheria. Esse foi o meu erro.

"— Meu sobrinho — gritou o capitão Victor —, seu cometa não tinha o valor do que brilhava nos cabelos da imperatriz Josefina quando ela foi a Estraburgo distribuir condecorações ao exército.

"— Essa pequena Josefina gostava muito de ostentação — retomou a palavra o Sr. de Lessay, entre dois goles de café. —

Não a censuro, ela tinha condições para isso, ainda que fosse um tanto fútil. Tratava-se de uma Tascher e casar com ela foi uma grande honra para Bonaparte. Uma Tascher não é dizer grande coisa, mas um Bonaparte é não dizer nada.

"— Que sentido tem isso, senhor marquês? — perguntou o capitão Victor.

"— Não sou marquês — respondeu secamente o Sr. de Lessay — e acho que esse Bonaparte estaria bem dentro do seu nível se casasse com uma dessas mulheres das tribos de canibais que o capitão Cook descreve em suas viagens, nuas, tatuadas, um anel nas narinas e devorando com delícia membros humanos putrefatos.

"Bem que eu previ, pensei, e, cheio de angústia (ó, pobre coração humano!), minha primeira idéia foi lembrar como eram perfeitas as minhas previsões. Devo dizer que a resposta do capitão foi do gênero sublime. Mãos na cintura, olhou de alto a baixo para o Sr. de Lessay com ar de desprezo e disse:

"— Napoleão, senhor fidalgote, teve outra mulher além de Josefina e Maria Luísa. Essa companheira o senhor não conhece, mas eu a vi de perto. Usava um manto azul cravejado de estrelas, louros a coroavam, a cruz de honra brilhava em seu peito: chamava-se a Glória.

"O Sr. de Lessay pôs sua xícara sobre a lareira e disse tranqüilamente:

"— Seu Buonaparte era um libertino.

"Meu pai se levantou com indolência, estendeu lentamente o braço e disse com voz muito suave ao Sr. de Lessay:

"— Quem quer que tenha sido o homem que morreu em Santa Helena, trabalhei dez anos em seu governo e meu cunhado foi ferido três vezes lutando sob sua bandeira. Peço-lhe, meu senhor e amigo, que não esqueça dessas coisas no futuro.

"Se as insolências sublimes e burlescas do capitão não chegaram a irritá-lo, a advertência de meu pai em tom cortês encolerizou furiosamente o Sr. de Lessay.

"— Eu esquecia — gritou ele, pálido, dentes cerrados, boca espumando —, mas estava errado. O barril sempre guarda o cheiro do arenque e quando se esteve a serviço de canalhas...

"A essa palavra, o capitão saltou-lhe à garganta. Acho que o teria estrangulado se não fôssemos a filha dele e eu.

"Meu pai, de braços cruzados, um pouco mais pálido que habitualmente, observava esse espetáculo com uma indizível expressão de piedade. O que se seguiu foi ainda mais lamentável, mas de que vale insistir com o assunto da loucura de dois velhos? Afinal, consegui separá-los. O Sr. de Lessay fez um sinal para sua filha e saiu. Como ela o seguisse, corri atrás dela escada acima.

"— Senhorita — disse-lhe, fora de mim, apertando-lhe a mão —, eu a amo! Eu a amo!

"Ela conservou por um segundo minha mão na dela; sua boca se entreabriu. Meu Deus, o que ela ia dizer? Mas, de repente, levantou os olhos para o pai que ia chegando ao andar de cima, retirou a mão e fez-me um gesto de adeus.

"Não a revi depois disso. Seu pai se mudou para perto do Panteon, para um apartamento que tinha alugado com o objetivo de vender seu atlas histórico. Morreria poucos meses depois de um ataque de apoplexia. A filha partiu para Nevers, onde morava a família da mãe. Foi em Nevers que ela casou com um rico dono de terras, Achille Allier.

"Quanto a mim, senhora, vivi solitário, em paz comigo mesmo: minha existência, isenta de grandes males e de grandes alegrias, foi muito feliz. Mas durante muito tempo não pude ver nas noites de inverno uma poltrona vazia perto de mim sem que meu coração se apertasse dolorosamente. Faz tempo que Clémentine morreu. Sua filha a seguiu no eterno repouso. Vi em sua casa a neta dela. Ainda não direi como o velho da Escritura: 'E agora chamai a ti o teu servo, Senhor.' Se um pobre velho como eu pode ser útil a alguém, é a essa orfãzinha que pretendo, com a sua ajuda, senhora, consagrar minhas últimas forças."

Quando disse essas palavras, estávamos chegando ao vestíbulo do apartamento da senhora de Gabry. Já ia me despedir dessa amável guia, quando ela me disse:

— Caro senhor, não posso ajudá-lo nisso tanto quanto desejaria. Jeanne é órfã e menor de idade. O senhor não poderá fazer nada por ela sem a autorização do tutor.

— Ah! — gritei. — Não tinha imaginado por nada deste mundo que Jeanne tivesse um tutor.

A senhora de Gabry me olhou com alguma surpresa. Não esperava de um velho tanta ingenuidade.

E disse:

— O tutor de Jeanne Alexandre é mestre Mouche, tabelião em Levallois-Perret. Acho que o senhor não vai se entender bem com ele, pois se trata de um homem sério.

— Ah, meu Deus! — gritei de novo. — Com quem quer a senhora que eu me entenda, na minha idade, a não ser com as pessoas sérias?

A senhora de Gabry sorriu com doce malícia, como sorria meu pai, e disse:

— Com aqueles que se parecem com o senhor. O Sr. Mouche não é exatamente desse tipo. Ao contrário, é um tipo que não me inspira nenhuma confiança. Será preciso que o senhor lhe peça autorização para ver Jeanne, que ele internou num pensionato de Ternes onde ela não é feliz.

Beijei as mãos da senhora de Gabry e me despedi.

De 2 a 5 de maio.

Visitei em seu escritório o tutor de Jeanne, mestre Mouche. Pequeno, magro e seco, a cor de sua pele parece um reflexo da poeira de sua papelada. É um animal de óculos, pois não se pode imaginá-lo sem óculos. Sua voz soa como uma matraca e ele escolhe os termos para falar, mas seria melhor que não os escolhesse tanto. Fiquei observando mestre Mouche, ele é cerimonioso e espreita o mundo com o canto do olho, por baixo dos óculos.

Mestre Mouche é feliz — foi o que me disse. Gostou do interesse que mostrei por sua pupila. Mas ele não crê que a gente esteja na terra para sentir prazer. Não, não acredita. E direi, para ser justo, que essa opinião é perfeita quando se está ao lado dele, de tal forma passa longe do prazer a imagem que ele transmite. Ele deve temer que alguém dê uma idéia falsa e perniciosa da vida a sua cara pupila proporcionando-lhe muitos prazeres. Foi por isso, disse-me ele, que pediu à senhora de Gabry que não levasse a não ser muito raramente essa moça a sua casa.

Deixei o poeirento notário e seu poeirento escritório com uma autorização regulamentar (tudo que vem de mestre Mouche é regulamentar) de ver a senhorita Jeanne Alexandre na primeira quinta-feira de cada mês, no internato da Srta. Préfère, professora primária, na rua Demours, em Ternes.

Na primeira quinta-feira de maio fui ao internato da Srta. Préfère, que avistei de muito longe graças a uma tabuleta com letras azuis. Esse azul foi para mim o primeiro indício do caráter da senhorita Virginie Préfère, caráter que depois tive ocasião de estudar amplamente. Uma empregada assustada pegou minha licença e me abandonou sem uma palavra de esperança num parlatório frio no qual respirei aquele cheiro enjoado típico dos refeitórios das instituições educacionais. O assoalho desse parlatório tinha sido encerado com energia tão impiedosa que pensei, angustiado, em parar na soleira da porta. Mas, ao notar com alegria tapetinhos de lã plantados sobre o assoalho diante das poltronas de crina, cheguei, pondo sucessivamente o pé sobre cada uma das ilhazinhas de tapeçaria, a atingir o canto da lareira, onde me sentei derreado.

Havia sobre essa lareira, numa grande moldura dourada, um cartaz em gótico, no estilo conhecido como gótico *flamboyant*: Quadro de Honra, com uma porção de nomes, entre os quais não tive o prazer de achar o de Jeanne Alexandre. Depois de ler por várias vezes os nomes das alunas que tinham recebido a menção honrosa no julgamento da senhorita Préfère, inquietei-me por não estar ouvindo nada que viesse chegando. A senhorita Préfère certamente teria conseguido estabelecer em seus domínios pedagógicos o silêncio absoluto dos espaços celestes se os pardais não tivessem escolhido seu pátio para vir aos bandos incontáveis piar numa verdadeira sinfonia. Era um prazer ouvi-los. Mas, vê-los, digam-me por favor como seria possível, através de vidros foscos? Não me restava senão o espetáculo do parlatório decorado de alto a baixo, nas quatro paredes, com desenhos executados pelas internas do estabelecimento. Havia vestais, flores, choupanas, capitéis, volutas e uma enorme cabeça de Tácio, rei dos sabinos, com assinatura, Estelle Mouton.

Fiquei por muito tempo admirando a energia com a qual a senhorita Mouton tinha traçado as sobrancelhas espessas e os olhos raivosos do guerreiro antigo, quando um ruído mais suave do que o de uma folha morta que desliza ao vento fez com que eu voltasse a cabeça. Na realidade, não era uma folha morta: era a senhorita Préfère. Mãos juntas, ela avançou sobre o verdadeiro espelho que era o assoalho encerado, como as santas da *Lenda dourada* sobre o cristal das águas. Não era possível, nem agora nem em qualquer outra ocasião, fazer nenhuma comparação, vendo a senhorita Préfère, com as virgens caras ao pensamento místico. A se considerar apenas o seu rosto, ela teria me lembrado antes o tipo de maçã conhecido como maçã rãzinha, desde que o fruto tivesse sido conservado durante o inverno no celeiro de uma prudente dona de casa. Sobre os ombros, trazia uma espécie de xale franjado que em si mesmo nada tinha de extraordinário, mas que ela usava como se fosse uma veste sacerdotal, ou a insígnia de alguma alta magistratura.

Expliquei-lhe a finalidade de minha presença e entreguei-lhe minha carta de licença para visitas.

— O senhor esteve com o Sr. Mouche — disse ela. — Como vai ele de saúde? É um homem tão honesto, tão...

Não terminou a frase e seus olhos elevaram-se até o teto. Os meus acompanharam os dela e se detiveram sobre uma pequena espiral de papel rendado que, pendurada como se fosse um lustre, destinava-se, segundo conjecturei, a atrair as moscas e desviá-las, conseqüentemente, das molduras douradas dos espelhos e do quadro de honra.

— Vi a senhorita Alexandre — expliquei — em casa da Sra. de Gabry e pude apreciar o excelente caráter e a viva inteligência dessa moça. Como outrora conheci seus avós, interessei-me por ela, pois gostava deles.

Antes de responder, a senhorita Préfère suspirou profundamente, apertou seu misterioso xale sobre o coração e contemplou de novo a pequena espiral de papel.

Afinal, falou:

— Senhor, uma vez que o senhor conheceu o casal Noël Alexandre, quero crer que tenha lamentado, como o Sr. Mouche e como eu, as loucas especulações financeiras que os levaram à ruína e reduziram sua filha à miséria.

Pensei, ouvindo essas palavras, que é um grande erro ser infeliz e que esse erro é imperdoável naqueles que durante muito tempo foram dignos de inveja. Sua queda provoca uma espécie de sentimento de vingança e nos dá uma satisfação especial. Somos impiedosos.

Depois de ter declarado com toda a franqueza que era totalmente alheio aos negócios de finanças, perguntei à dona do pensionato se ela estava contente com a senhorita Alexandre.

— Essa moça é indomável — gemeu a senhorita Préfère.

E assumiu uma atitude de grande imponência para expressar simbolicamente a situação que lhe criava uma aluna difícil de acomodar. Depois, retomando sentimentos mais calmos:

— Essa jovem — começou a falar — não deixa de ser inteligente. Mas não consegue aprender as coisas segundo os princípios.

Que pessoa estranha era a senhorita Préfère! Andava sem tirar as pernas do chão e falava sem mexer os lábios. Sem me fixar além do razoável nessas particularidades, respondi que os princípios sem dúvida eram coisa excelente, tanto que das luzes deles é que eu me valia, mas que, afinal, quando se sabe uma coisa, era indiferente que a tivéssemos aprendido de um jeito ou de outro.

A senhorita Préfère fez lentamente um sinal negativo. Depois, disse suspirando:

— Ah, senhor, as pessoas estranhas à educação fazem dela idéias falsas. Estou certa de que essas pessoas falam com as melhores intenções do mundo, mas melhor fariam, muito melhor, se se baseassem em pessoas competentes.

Não insisti e perguntei se podia ver sem delongas a senhorita Alexandre.

Depois de contemplar seu xale como se lesse a resposta que ia me dar no emaranhado das franjas, transformadas numa espécie de livro de magia, disse finalmente:

— A senhorita Alexandre tem um dever de repetição a dirigir. Aqui as grandes ensinam as pequenas. É o que chamamos de ensino mútuo... Mas eu ficaria desolada se o senhor tivesse se incomodado inutilmente. Vou mandar chamá-la. Permita-me apenas, senhor, para cumprir todas as regras, que eu inscreva seu nome no registro de visitantes.

Sentou-se à mesa, abriu um caderno grosso e, apanhando embaixo do xale a carta do Sr. Mouche que tinha guardado lá:

— Bonnard com um *d*, não é? — perguntou-me ao começar a escrever. — Perdoe-me a preocupação com o detalhe. Mas minha opinião é que devemos ter muito cuidado ao escrever os nomes próprios. Aqui, senhor, fazemos ditados de nomes próprios... nomes históricos, claro!

Escrito meu nome com mão ágil, perguntou-me se a ele não podia acrescentar alguma qualidade, ou profissão, tais como negociante aposentado, funcionário, capitalista ou qualquer outra. Havia em seu registro uma coluna para as profissões.

— Meu Deus — respondi —, se a senhora tem absoluta necessidade de preencher essa coluna, ponha aí: membro do Instituto.

Era exatamente o xale da senhorita Préfère que eu via diante de mim. Mas quem a vestia não era mais a senhorita Préfère, era uma nova pessoa: ao contrário dela, agradável, graciosa, carinhosa, feliz, radiosa. De olhos que sorriam: as pequenas rugas de seu rosto (que as tinha e muitas!) sorriam;

sua boca também sorria, mas de um lado só. Ela falou. A voz combinava com seu jeito, era uma voz de mel:

— O senhor dizia, então, que essa querida Jeanne é muito inteligente. Quanto a mim, fiz a mesma observação e estou orgulhosa de que o senhor a tenha repetido. Essa moça me inspira na verdade um grande interesse. Se bem que um pouco inquieta, tem o que chamo de um bom caráter. Mas, perdoe-me, senhor, estou abusando de seu tempo precioso.

Chamou a empregada, que se mostrou mais apressada e mais assustada do que antes e desapareceu à ordem de avisar a senhorita Alexandre de que o Sr. Sylvestre Bonnard, membro do Instituto, a esperava no parlatório.

A senhorita Préfère só teve tempo de me dizer que tinha um profundo respeito pelas decisões do Instituto, quaisquer que fossem, e Jeanne apareceu, esbaforida e vermelha como uma rosa, os olhos grandes muito abertos, os braços soltos, encantadora em sua sem-jeitice ingênua.

— Ó, como você está minha querida menina! — murmurou a senhorita Préfère com uma doçura maternal, ajeitando-lhe a gola.

Jeanne estava, na verdade, um tanto mal-ajambrada. Os cabelos, puxados para trás, presos numa rede da qual escapavam mechas, os braços magros cobertos até o cotovelo por mangas de lustrina, as mãos vermelhas de frio que pareciam deixá-la muito sem graça, o vestido curto que deixava ver as meias muito largas e as botinhas de saltos gastos, uma corda de pular presa como uma correia na cintura, tudo isso fazia de Jeanne uma mocinha pouco apresentável.

— Menina doidinha! — suspirou a senhorita Préfère, que desta vez parecia não mais uma figura de mãe, mas a de uma irmã mais velha.

E em seguida escapou deslizando como uma sombra sobre o espelho do assoalho.

Dirigi-me a Jeanne:

— Sente-se, Jeanne, e fale comigo como se fala com um amigo. Você não está bem aqui?

Depois de uma pequena hesitação, ela me respondeu com um sorriso resignado:

— Não muito.

Segurou com as mãos as duas pontas da corda e se calou. Perguntei se, daquele tamanho, ela ainda pulava corda.

— Ó, não, senhor — respondeu-me depressa. — Quando a empregada me disse que um senhor me esperava no parlatório, eu brincava com as meninas, ensinava-as a pular. Então, enrolei a corda na cintura para não perdê-la. Sei que é um pouco estranho. Peço desculpas. Mas é tão raro para mim receber visitas!

— Meu Deus, por que eu me aborreceria com a sua corda? As clarissas tinham cordas amarradas à cintura e eram santas moças.

— O senhor é um homem bom — disse ela —, por ter vindo me ver e por conversar, como está conversando. Nem me lembrei de agradecer quando entrei porque estou muito surpresa. O senhor viu a senhora de Gabry? Fale-me dela, não quer falar, senhor?

— A senhora de Gabry — respondi — vai bem. Está na sua bela propriedade de Lusance. Dir-lhe-ei dela, Jeanne, o que um velho jardineiro dizia da castelã, patroa dele, quando as pessoas se preocupavam com ela: "A senhora está cumprindo seu caminho." Isso mesmo, a senhora de Gabry vai cumprindo seu caminho. Você sabe, Jeanne, como esse caminho é bom e com que passo bem medido ela caminha. Outro dia, antes que ela viajasse para Lusance, caminhei um bocado com ela e falamos de você. Falamos de você, minha menina, junto ao túmulo de sua mãe.

— Fico muito feliz — me disse Jeanne.

E começou a chorar.

Foi com respeito que deixei correr as lágrimas de uma menina. Depois, enquanto ela enxugava os olhos, pedi-lhe que me contasse como era a vida dela naquela casa.

Jeanne me contou que era a um tempo aluna e professora.

— É comandada e comanda. Esse tipo de coisa é freqüente no mundo. Agüente firme, minha filha.

Mas ela me explicou que aquilo não significava que ela fosse ensinada e ensinasse, porém que era encarregada de vestir as crianças das classes infantis, de lavá-las, dar-lhes noções de bom comportamento, do alfabeto, do uso da agulha, brincar com elas e botá-las na cama, depois de rezar.

— Ah — resmunguei —, é isso que a senhorita Préfère chama de ensino mútuo. Não posso deixar de dizer-lhe, Jeanne, a senhorita Préfère não me agrada muito e não me parece tão boa como eu gostaria que fosse.

— Ó! — respondeu Jeanne —, ela é como a maior parte das pessoas. É boa com as pessoas de quem ela gosta e não é boa com as pessoas de quem não gosta. Mas é isso mesmo! Acho que ela não gosta muito de mim.

— E o Sr. Mouche, Jeanne, que se pode pensar do Sr. Mouche?

Ela me respondeu com emoção:

— Senhor, eu lhe peço que não me fale do Sr. Mouche. Eu lhe peço.

Atendi a esse pedido ardente e quase feroz e mudei de assunto.

— Jeanne, você trabalha aqui com modelagem em bonecos de cera? Não me esqueci da fada que foi tão surpreendente para mim em Lusance.

— Não tenho cera — respondeu-me ela, deixando pensos os braços.

— Não há cera — exclamei eu —, numa república de abelhas! Jeanne, vou trazer-lhe ceras coloridas e luminosas como jóias.

— Agradeço, senhor, mas não faça isso. Não tenho tempo para fazer minhas bonecas de cera. Entretanto, tinha começado aqui um pequeno São Jorge para a senhora de Gabry, um São Jorge bem pequenininho, com uma couraça dourada. Mas as meninas acharam que era uma boneca, foram brincar com ele e o fizeram em pedaços.

Tirou do bolso de seu avental um bonequinho de pernas e braços quase arrancados, presos apenas por seu miolo de arame. Olhando para ele, Jeanne teve uma reação de tristeza e alegria; a alegria venceu e ela sorriu, um sorriso interrompido bruscamente.

A senhorita Préfère estava de pé, aprazível, na porta do parlatório.

— Ah, essa menina querida! — suspirou a dona do internato com a voz mais melosa possível. — Temo que ela o esteja cansando. De resto, seu tempo é precioso.

Disse-lhe que deixasse essa ilusão e, levantando-me para me despedir, apanhei nos bolsos alguns tabletes de chocolate e outros docinhos que levara.

— Ó, senhor! — gritou Jeanne. — Tem para todo o pensionato.

A senhora do xale interveio:

— Senhorita Alexandre, agradeça ao senhor sua generosidade.

Jeanne a olhou com um olhar feroz. Depois, voltando-se para mim:

— Eu lhe agradeço, senhor, por essas guloseimas, e agradeço principalmente pela bondade de vir me ver.

— Jeanne — eu disse, pegando-lhe as duas mãos —, seja uma boa e corajosa menina. Até logo.

Retirando-se com seus chocolates e seus docinhos, ocorreu-lhe bater com as pontas da corda no espaldar de uma cadeira. A senhorita Préfère, indignada, apertou o coração com as duas mãos por baixo do xale e eu achei que aquela alma escolástica fosse desaparecer.

Quando ficamos sozinhos, a senhorita Préfère retomou sua serenidade e devo dizer, sem que isso me cause orgulho, que ela me sorriu com todo um lado do rosto.

— Senhorita Préfère — disse-lhe eu, aproveitando o bom momento dela —, observei que Jeanne Alexandre está um pouco pálida. A senhorita sabe melhor do que eu como a idade de transição que ela está vivendo exige atenções e cuidados. Seria uma ofensa recomendar-lhe com mais insistência a sua vigilância.

Essas palavras pareceram encantá-la. Antes de responder, ela contemplou com um ar de êxtase a pequena espiral do teto e gemeu, de mãos postas:

— Como os homens eminentes sabem descer até os mais ínfimos detalhes!

Observei-lhe que a saúde de uma moça não era um ínfimo detalhe, e fiz-lhe as honras da despedida. Mas ela me segurou junto à soleira da porta e me disse em tom confidencial:

— Perdoe minha fraqueza, senhor. Sou mulher e a glória me toca muito. Não posso esconder-lhe que me sinto honrada com a presença de um membro do Instituto em minha modesta instituição.

Perdoei a fraqueza da senhorita Préfère e, pensando em Jeanne com a cegueira do egoísmo, fui dizendo a mim mesmo durante o caminho de volta:

— Que faremos dessa menina?

2 de junho.

Levei neste dia ao cemitério de Marnes o corpo de um velho colega muito idoso que, segundo o pensamento de Goethe, consentira em morrer. O grande Goethe, cujo poder vital era extraordinário, acreditava realmente que só se morre quando se quer, quer dizer, quando todas as energias que resistem à decomposição final, e cujo conjunto forma a própria vida, são destruídas até a derradeira. Em outras palavras, achava ele que só se morre quando não se pode mais viver. Muito bem, é só uma questão de concordar e o magnífico pensamento de Goethe concorda, quando nele penetramos, com a canção de La Palisse.

Portanto, meu excelente colega consentiu em morrer, graças a dois ou três ataques de apoplexia dos mais persuasivos, do último dos quais não teve retorno. Enquanto ele viveu, pouco conversei com ele, mas parece que me tornei seu amigo quando ele deixou de viver, porque nossos colegas disseram num tom grave, com uma expressão compungida, que eu devia segurar uma das borlas do pano que iria sobre o caixão e falar à beira do túmulo.

Depois de ter lido muito mal um discurso que escrevi o melhor que pude, o que não é grande coisa, fui passear nos bosques de Ville-d'Avray e entrei, sem fazer muito peso sobre a bengala do capitão, por uma senda coberta, sobre a qual o sol se punha como um disco de ouro. Nunca o cheiro da relva e das folhas úmidas, nunca a beleza do céu e a serenidade poderosa das árvores tinham penetrado com tanta força sobre meus sentidos e toda minha alma, e a opressão que senti nesse silêncio cortado por uma espécie de retinir contínuo de sinos era a um tempo sensual e religioso.

    Sentei-me à sombra do caminho, sob um conjunto de carvalhos novos. E, lá, prometi a mim mesmo não morrer, ou pelo menos não consentir em morrer, antes de me sentar de novo sob um carvalho, onde, na paz de uma grande campina, eu pensaria na natureza da alma e nos fins últimos do homem. Uma abelha, cujo tom trigueiro brilhava ao sol como uma armadura de ouro velho, veio pousar sobre uma flor de malva de uma opulência sombria e bem aberta sobre sua haste grossa. Certamente não era a primeira vez que eu via espetáculo tão comum, mas era a primeira vez que eu o via com uma curiosidade tão afetuosa e tão inteligente. Reconheci que havia entre o inseto e a flor todo tipo de simpatia e mil relações engenhosas nas quais até então eu não pensara.

    O inseto, saciado com o néctar, levantou vôo em disparada. Ergui-me tanto quanto pude e me ajeitei sobre as pernas.

    — Adeus — disse à flor e à abelha. — Adeus. Que eu possa viver ainda o tempo necessário para adivinhar o segredo de suas harmonias. Estou muito cansado. Mas o homem foi feito para descansar de um trabalho começando outro. As flores e os insetos são o repouso que Deus me deu da filologia e da diplomática. Como o velho mito de Anteu é cheio de sentido! Tive contato com a terra e sou um novo homem, e eis que, aos setenta anos, novas curiosidades nascem em minha alma, assim como a gente vê ramos brotando do tronco oco de um velho salgueiro.

4 de junho.

Gosto de olhar o Sena de minha janela e o cais à sua margem por estas manhãs de um cinzento suave que dão às coisas uma doçura infinita. Já contemplei o céu azul que espalha sobre a baía de Nápoles sua serenidade luminosa. Mas nosso céu de Paris tem mais alma, é mais benevolente e mais espiritual. Ele sorri, ameaça, acaricia, se entristece e se alegra como um olhar humano. Neste momento lança sua claridade sobre os homens e os animais da cidade, que executam seu trabalho cotidiano. Lá longe, na outra margem, os estivadores do porto de Saint-Nicolas descarregam quantidades de chifres de boi, e trabalhadores de cima de uma passarela móvel lançam pães de açúcar agilmente de braço em braço até o porão de um vapor. No cais do norte, os cavalos dos fiacres alinhados à sombra dos plátanos, focinhos metidos no embornal, mastigam tranqüilamente sua aveia, enquanto os cocheiros rubicundos esvaziam seu copo no balcão do vendedor de vinho, observando com o rabo do olho o burguês matinal, possível freguês.

Os buquinistas arrumam suas barracas junto aos parapeitos. Esses admiráveis mercadores das coisas do espírito, que trabalham permanentemente a céu aberto, camisa ao vento, se adaptam ao ar livre, às chuvas, às geadas, às neves, às brumas e ao sol pleno, de tal forma que acabam parecendo as velhas estátuas das catedrais. Todos são meus amigos e eu quase não passo diante de suas barracas sem folhear algum alfarrábio que minha biblioteca não tenha, falha de que não fazia a menor idéia.

De volta a casa, esperam-me os gritos da governanta, que me acusa de rebentar todos os bolsos e de encher a casa de papéis velhos que atraem os ratos. Thérèse é sábia quanto a isso, e justamente por ser sábia não a escuto; porque, apesar de minha cara tranqüila, tenho preferido pela vida toda o desvario das paixões à sabedoria da indiferença. Mas, como minhas paixões não são absolutamente dessas que explodem, devastam e matam, o vulgo não as vê. Entretanto elas me agitam, e mais de uma vez me tem acontecido perder o sono pensando em algumas páginas escritas por um monge esquecido ou impressas por um humilde aprendiz de Pierre Schoeffer. E se esses amores ardentes vão se extinguindo em mim é que eu próprio me vou extinguindo lentamente. Nós somos nossas paixões. Eu sou meus alfarrábios. Sou velho e encarquilhado como eles.

Um vento ligeiro varre com a poeira da calçada as aladas sementes dos plátanos e as sobras de feno caídas da boca dos cavalos. É só uma poeira, mas, vendo-a voar, lembra-me que, menino, eu ficava olhando o turbilhão de uma poeira semelhante e bastou isso para comover minha alma de velho parisiense. Tudo que distingo de minha janela, este horizonte que se estende à minha esquerda até as colinas de Chaillot, e que me deixa ver o Arco do Triunfo como um dado de pedra, o Sena, rio de glória, com suas pontes, as tílias do terraço das Tulherias, o Louvre do Renascimento, lavrado a cinzel como uma jóia; à direita, do lado do Pont Neuf, ou *pons Lutetiae Novus dictus*,* como se lê nas velhas gravuras, o velho e venerável Paris com suas torres e as setas de suas igrejas, tudo isso é minha vida, sou eu mesmo, e eu nada seria sem essas coisas que se refletem em mim com as mil nuanças do meu pensamento e me inspiram e me animam. Por isso é que amo Paris com um imenso amor.

E entretanto estou cansado, e sinto que é impossível repousar no meio desta cidade que pensa tanto, que me ensina

---

*"Ponte de Lutécia [Paris] chamada Nova." (*N. do T.*)

a pensar e que me convida incessantemente a pensar. Como não ser agitado em meio a esses livros que solicitam sem parar minha curiosidade e a cansam sem satisfazê-la? Ora é uma data que é preciso pesquisar, ora um lugar que se deve determinar com precisão ou alguma velha palavra cujo verdadeiro sentido é interessante conhecer. Palavras? — Ah, sim, palavras! Filólogo, sou seu soberano, elas são minhas súditas, e a elas dôo, como bom rei, toda a minha vida. Não poderia eu abdicar um dia? Acho que há em algum lugar, longe daqui, junto de um bosque, uma casinha onde encontrarei a calma de que tenho necessidade, esperando que uma calma ainda maior, absoluta, me envolva de modo completo. Sonho com um banco perto da soleiria da porta e campos a perder de vista. Mas será preciso que um rosto juvenil sorria perto de mim para refletir e concentrar toda essa suavidade; sentir-me-ei avô e todo o vazio de minha vida será preenchido.

Não sou absolutamente um homem violento e entretanto me irrito facilmente e todas as minhas obras tanto me têm causado dissabores como prazeres. Não sei o que aconteceu que pensei agora na tola e desprezível impertinência que manifestou, a meu respeito, lá se vão três meses, meu jovem amigo do Jardim de Luxemburgo. Não lhe dou por ironia a qualificação de amigo, porque aprecio a juventude estudiosa com suas temeridades e seus descaminhos de espírito. No entanto, meu jovem amigo passou dos limites. Mestre Ambroise Paré, o primeiro a fazer a ligadura das artérias e que, tendo encontrado a cirurgia exercida por barbeiros empíricos, elevou-a à altura em que está hoje, foi atacado em sua velhice por todos os aprendizes manejadores de bisturi. Atacado particularmente em termos injuriosos por um jovem inconveniente — que em família podia ser o melhor dos filhos mas não tinha o sentimento do respeito para com os outros —, o velho mestre respondeu-lhe em seu tratado *da Múmia, do Unicórnio, dos Venenos e da Peste*. "Peço-lhe", disse o grande homem, "eu lhe peço, se ele deseja opor algumas contestações à minha réplica, que abandone as animosidades e trate mais suavemente o bom velhinho." Essa resposta é admirável na pena de Ambroise Paré, mas, se viesse de um redutor de fraturas de província, encanecido no trabalho e ironizado por um jovenzinho, ainda assim seria louvável.

Acreditar-se-á talvez que esta lembrança não seja mais do que o sinal de um rancor mesquinho. Também pensei assim e acusei-me de miseravelmente estar dando importância à conversa de um menino que não sabe o que diz. Por felicidade, minhas reflexões a esse respeito tomaram melhor caminho, depois; por isso as anoto em meu caderno. Recordo-me que num belo dia dos meus vinte anos (lá se vai mais de meio século) eu passeava no mesmo Jardim de Luxemburgo com alguns amigos. Falávamos de nossos velhos professores e um de nós citou o Sr. Petit-Radel, notável erudito que lançou como pioneiro alguma luz sobre as origens etruscas, mas que teve a infelicidade de elaborar um quadro cronológico dos amantes de Helena, quadro que nos fez rir muito, e eu exclamei: "Petit-Radel é um bobo, não com quatro letras, mas certamente em 12 volumes."*

Essa palavra de adolescente é muito leviana para incomodar a consciência de um velho. Pudesse eu ter soltado na batalha da vida só termos inocentes assim! Mas me pergunto hoje se, em minha existência, talvez até sem querer, não terei feito alguma coisa tão ridícula como o quadro cronológico dos aman-

---

*Como o leitor pode imaginar, a tradução aqui é uma adaptação: a frase do original fala em *sot* (que só por aproximação traduzo por "bobo", pois num contexto mais duro *sot* corresponderia antes a estúpido, imbecil, uma besta) e, claro, em três letras. (N. do T.)

tes de Helena. O progresso das ciências torna inúteis as obras que mais contribuíram para esse progresso. Como essas obras já não servem para muita coisa, a juventude acredita de boa-fé que nunca serviram para nada. Despreza essas obras e, se nelas há alguma idéia ultrapassada, zomba disso. Eis como, aos vinte anos, diverti-me com o Sr. Petit-Radel e seu quadro de cronologia galante. Eis como ontem, no Jardim de Luxemburgo, meu jovem e irreverente amigo...

Rentre en toi-même, Octave, et cesse de te plaindre.
Quoi! tu veux qu'on t'épargne et n'as rien épargné. *

6 de junho.

Era a primeira quinta-feira de junho. Fechei meus livros e dei férias ao santo abade Droctoveu, de Saint-Germain-des-Prés, que, gozando da beatitude celeste, não está, penso eu, muito apressado com a glorificação de seu nome e seus trabalhos aqui na terra, através de uma humilde compilação saída de minhas mãos. Devo confessar? O pé de malva que vi na semana passada visitado por uma abelha tem me preocupado mais do que todos os velhos padres elevados à dignidade do báculo e da mitra. Tanto que minha governanta me surpreendeu à janela da cozinha examinando com a lupa flores de goivo. Há num livro de Sprengel que li em minha primeira juventude, tempo em que eu lia tudo que me caía às mãos, algumas idéias sobre os amores das flores que depois de esquecidas

---

*"Olha dentro de ti, Otávio, e não te queixes./Tu queres ser poupado e não poupas ninguém." Versos da tragédia *Cinna* (1642), ato IV, cena 2, de Corneille. A tradução é aproximada, porque preferi manter o metro alexandrino, sacrificando a precisão improvável. (N. do T.)

durante meio século voltam-me hoje ao espírito, interessando-me a tal ponto que lamento não ter consagrado as humildes faculdades de minha alma ao estudo dos insetos e das plantas.

Procurava minha gravata enquanto fazia essas reflexões. Mas, tendo remexido inutilmente num enorme número de gavetas, recorri a minha governanta. Thérèse veio arrastando a perna.

— Senhor — veio gritando —, se me dissesse que ia sair eu teria providenciado sua gravata.

— Mas, Thérèse — respondi —, não seria melhor deixar a gravata num lugar onde eu a possa achar sem precisar de você?

Thérèse nem me respondeu.

Thérèse não deixa mais nada ao meu alcance. Não consigo achar um lenço sem recorrer a ela. Como ela é surda, inepta e, além de tudo, vai perdendo completamente a memória, vou me afundando em uma penúria cada vez mais completa. E ela cada vez se orgulha mais de sua autoridade doméstica. De tal forma que já não tenho coragem de tentar um golpe de Estado contra o governo de meus guarda-roupas.

— Minha gravata, Thérèse, está me ouvindo? Minha gravata! Ou, se você continuar me desesperando com a sua lentidão, não será mais de uma gravata que vou precisar, mas de uma corda para me enforcar.

— O senhor está muito apressado — respondeu-me Thérèse. — Sua gravata não está perdida. Nada se perde nesta casa porque eu cuido de tudo. Mas me dê ao menos um tempo para achá-la.

"Eis aí", pensei, "eis aí o resultado de meio século de devotamento. Ah! Se por felicidade essa inexorável Thérèse tivesse por uma vez, uma única vez, sido apanhada em falta em relação a seus deveres de governanta, um desleixo de um minuto que fosse, não teria sobre mim esse domínio inflexível, e eu ousaria pelo menos resistir a seu mando. Mas como resistir à virtude? As pessoas que não têm fraquezas são terríveis. Não as surpreendemos jamais em erro. Vejam Thérèse: nenhum vício a traí-la. Ela não tem dúvidas nem quanto a ela, nem quanto a Deus, nem quanto ao mundo. É a mulher forte, é a virgem honesta da Escritura e, se os homens a ignoram, eu a conheço. Aparece em minha alma levando uma lâmpada na mão, uma humilde lâmpada doméstica que brilha sob as vigas de um teto rústico e cuja luz não se extinguirá jamais na ponta desse braço magro, torto e forte como um sarmento."

— Thérèse, minha gravata! Que diabo, você não sabe que hoje é a primeira quinta-feira de junho e que a senhorita Jeanne me espera? A dona do pensionato deve ter mandado encerar no maior capricho o assoalho do parlatório. Tenho certeza de que a esta altura já é possível ver aquele assoalho como um espelho e será uma distração para mim, quando eu lá escorregar e sofrer alguma fratura, o que não deve demorar muito, olhar para minha triste figura como num espelho. Tomando então por modelo o querido e admirável herói cuja imagem está gravada no castão da bengala de meu tio Victor, nesse momento vou me esforçar para mostrar um rosto sorridente e uma alma forte. Veja que lindo sol. Os cais do Sena estão todos dourados e o rio sorri através de suas ondinhas cintilantes. A cidade está dourada. Uma poeira loura flutua sobre os belos contornos de Paris como uma cabeleira... Thérèse, minha gravata!... Ah, como eu compreendo hoje o bom Chrysale, que guardava seus colarinhos de peitilho num grosso Plutarco! A exemplo dele, de agora em diante guardarei todas as minhas gravatas entre as páginas dos *Acta sanctorum*.

Thérèse me deixava falando sozinho e procurava em silêncio. Ouvi que batiam suavemente na porta.

— Thérèse — gritei —, estão batendo. Dê-me minha gravata e vá abrir; ou então vá abrir e, com a ajuda do céu, me dê na volta a gravata. Mas não fique aí, eu imploro, entre minha cômoda e a porta, como um estafermo.

Thérèse caminhou para a porta como numa batalha se caminha contra o inimigo. Minha excelente governanta estava se tornando muito pouco hospitaleira. Todo estranho lhe era suspeito. Para bem entender essa disposição, deve-se considerar que ela surgiu de uma longa experiência no trato com os homens. Não tive tempo para verificar se a mesma experiência acumulada por alguma outra pessoa daria o mesmo resultado. Mestre Mouche me esperava em meu escritório.

Mestre Mouche está ainda mais amarelo do que seria possível supor. Usa óculos azuis e as meninas dos olhos se mexem por trás das lentes como ratinhos por trás de um biombo.

Mestre Mouche se desculpa por ter vindo me incomodar naquele momento... Não caracteriza que momento é esse, mas penso que se refere ao momento em que estou sem gravata. Não é minha culpa, como se sabe. Mestre Mouche, que de nada suspeita, afinal não parece muito ofendido com isso. Apenas quer dizer que lamenta ser importuno. Desculpo-o sem muita ênfase. Ele me diz que veio conversar comigo como tutor da senhorita Alexandre. Antes de tudo, convida-me a não levar em conta, de modo algum, as restrições que achou que devia fazer inicialmente à autorização que me foi concedida para ver a senhorita Jeanne no pensionato. De agora em diante o estabelecimento da senhorita Préfère estaria aberto para mim todos os dias do meio-dia às quatro. Sabendo do interesse que eu tinha em relação àquela moça, acreditava de seu dever informar-me sobre a pessoa à qual tinha confiado sua pupila. Deposita toda a sua confiança na senhorita Préfère, que conhece há muito tempo. Segundo ele, a senhorita Préfère é uma pessoa esclarecida, de bom conselho e de bons costumes.

— A senhorita Préfère — diz-me ele —, é uma pessoa de princípios. E isso é raro hoje em dia. Tudo está muito mudado atualmente, e esta época não é como as anteriores.

— Minha escada é testemunha disso, senhor — respondo-lhe. — Deixava que nela subisse, há 25 anos, com a maior facilidade do mundo; e agora me tira a respiração, acaba com minhas pernas logo nos primeiros degraus. Corrompeu-se. Há também os jornais e os livros que outrora eu devorava, impenitente, à luz do luar, e que hoje, ao sol mais forte, zombam de minha curiosidade e, quando estou sem óculos, só me mostram o branco e o preto. A gota me arrasa os membros. É outra das injúrias do tempo.

— Não apenas isso, senhor — responde-me gravemente mestre Mouche. — O que há de realmente mau em nossa época é que ninguém está contente com a sua posição. Reina, de alto a baixo da sociedade, em todas as classes, um mal-estar, uma inquietude, uma sede de bem-estar.

— Meu Deus! — respondo. — O senhor acredita que a sede de bem-estar é um sinal dos tempos? Em nenhuma época os homens apreciaram o mal-estar. Sempre buscaram melhorar sua situação. Esse esforço constante produziu constantes revoluções. E o esforço continua, é isso!

— Ah, senhor — agora mestre Mouche é que falava —, vê-se bem que o senhor vive voltado para seus livros, longe dos negócios! O senhor não vê, como eu, os conflitos de interesses, a luta pelo dinheiro. Do grande ao pequeno, é a mesma efervescência. As pessoas se entregam a uma especulação desenfreada. O que eu vejo me espanta.

Perguntei-me se mestre Mouche teria vindo a minha casa para exprimir-me sua misantropia virtuosa; mas ouvi palavras mais consoladoras de seus lábios. Mestre Mouche me apresentava Virginie Préfère como uma pessoa digna de respeito, de estima e de simpatia, muito honrada, capaz de dedicação, instruída, discreta, pudica, sabendo ler em voz alta e aplicar vesicatórios. Compreendi então que ele me tinha feito uma pintura tão sombria da corrupção universal apenas para dar mais relevo, por contraste, às virtudes da professora do internato. Soube por ele que ao estabelecimento da rua Demours não faltavam candidatas, o que o tornava lucrativo e gerava credibilidade pública. Mestre Mouche, para confirmar suas declarações, estendeu sua mão enfiada numa luva de lã preta. Depois acrescentou:

— Tenho condições, dada minha profissão, de conhecer o mundo. Um notário de certa forma é um confessor. Achei que era meu dever, senhor, trazer-lhe boas informações sobre a senhorita Préfère, no momento em que um feliz acaso estabelece uma relação entre ambos. Só tenho uma palavra a acrescentar: essa senhorita, que ignora totalmente este nosso encontro, falou-me outro dia do senhor em termos profundamente simpáticos. Não vou repeti-los, porque não conseguiria fazê-lo com o mesmo empenho. E, afinal, repeti-los de algum modo seria trair a confiança da senhorita Préfère.

— Não a traia, senhor, não a traia — emendei eu. — Para dizer-lhe a verdade, eu ignorava que a senhorita Préfère me conhecesse o mínimo que fosse. Porém, uma vez que o senhor tem sobre ela a influência de uma antiga amizade, aproveitarei, senhor, suas boas disposições a meu respeito, para pedir-lhe que use seu crédito junto de sua amiga em favor da senhorita Jeanne Alexandre. Essa criança, pois se trata de uma criança, está sobrecarregada de trabalho. É a um tempo aluna e professora, o que a cansa muito. Além de tudo, creio, fazem-na sentir excessivamente sua pobreza, e se trata de uma natureza generosa que as humilhações poderiam levar à revolta.

— Ah, senhor! — respondeu-me mestre Mouche. — É preciso prepará-la bem para a vida. Não estamos na terra para nos divertir e para satisfazer a todas as nossas vontades.

— Estamos na terra — respondi um tanto calorosamente — para apreciar o belo e o bem e para fazer todas as nossas vontades, sim, quando elas são nobres, espirituais e generosas. Uma educação que não ensina a exercer as vontades é uma educação que deprava as almas. É essencial que o professor ensine a querer.

Acho que mestre Mouche me achou um infeliz. Sua resposta veio com muita calma e segurança:

— Pense, senhor, que a educação dos pobres deve ser feita com muita circunspecção, por causa do lugar de dependência que eles devem ter na sociedade. O senhor talvez não saiba que o Sr. Noël Alexandre morreu como devedor insolvente, e que sua filha é educada quase por caridade.

— Ó, senhor — lamentei —, não falemos nisso. Dizê-lo é concordar com isso, e isso não seria verdade.

— O passivo da sucessão — continuou o tabelião — excedia o ativo. Mas eu arranjei as coisas com os credores, no interesse da menor.

Ofereceu-se para me dar explicações detalhadas, que recusei, por incapacidade de compreender os negócios em geral e os de mestre Mouche em particular. O notário voltou a tentar justificar o sistema de educação da senhorita Préfère, e me disse, em tom de conclusão:

— Aprender não é uma diversão.

— Só aprendemos quando nos divertimos — respondi-lhe.

— A arte de ensinar nada mais é do que a arte de despertar a curiosidade das almas jovens para depois satisfazê-la. E a curiosidade só é viva e saudável nos espíritos felizes. Os conhecimentos empurrados à força obstruem e sufocam. Para digerir o saber, é essencial que ele tenha sido engolido com apetite. Conheço Jeanne. Se essa menina me fosse confiada, eu faria dela, não uma sábia, porque quero bem a ela, mas uma menina brilhante de inteligência e de vida, na qual todas as belas coisas da natureza e da arte se refletiriam com doçura. Faria com que ela vivesse em harmonia com as belas paisagens, com as cenas ideais da poesia e da história, com a música que nobremente enleva. Faria com que ela gostasse de tudo aquilo que eu achasse apreciável para ela. Até mesmo pelos trabalhos de costura eu a ensinaria a escolher os tecidos, o gosto pelos bordados e o estilo das rendas. Daria a ela um cachorro bonito e um pônei para ensiná-la a governar as criaturas. Dar-lhe-ia pássaros para alimentar a fim de que ela aprendesse o valor de uma gota d'água e de uma migalha de pão. Para dar-lhe uma alegria a mais, pretenderia que ela fosse caridosa sem deixar de estar satisfeita. E uma vez que a dor é inevitável, uma vez que a vida é cheia de misérias, eu ensinaria a ela essa sabedoria cristã que nos eleva acima de todas as misérias e dá uma certa beleza à própria dor. Assim é que entendo a educação de uma moça!

— Eu o cumprimento — despediu-se mestre Mouche, juntando seu par de luvas pretas de lã.

E se levantou.

— O senhor entende bem — disse eu, levando-o até a porta — que não pretendo impor à senhorita Préfère meu sistema de educação, que é coisa totalmente minha e perfeitamente incompatível com a organização dos internatos mais bem-sucedidos. Peço-lhe apenas que a convença a dar menos trabalho e mais recreação a Jeanne, a não humilhá-la absolutamente e a conceder-lhe o máximo de liberdade de espírito e de corpo permitido pelo regulamento da instituição.

Foi com um sorriso pálido e misterioso que mestre Mouche me garantiu que minhas observações seriam seguidas em grande parte e que seriam levadas em alta consideração.

Fez-me, então, uma ligeira saudação e saiu, deixando-me num certo estado de apreensão e de mal-estar. Na minha vida, conversei com pessoas de diversos tipos, mas nenhuma que se parecesse com esse tabelião ou com essa professora.

6 de julho.

Mestre Mouche me atrasou muito com sua visita e desisti de ver Jeanne naquele dia. Deveres profissionais me ocuparam durante o resto da semana. Mesmo estando na idade de me desligar dessas coisas, ainda me mantenho ligado por mil laços ao mundo em que vivi. Presido academias, congressos, sociedades. Vivo sob o peso de funções honoríficas; num único ministério acumulo sete delas bem contadas. Os serviços bem desejam se livrar de mim e eu desejo me livrar deles, mas o hábito é mais forte do que eles e do que eu, e subo me arrastando as escadarias do Estado. Terminado o meu tempo, os velhos contínuos ainda mostrarão, um para o outro, minha sombra errando pelos corredores. Quando se é muito velho, fica extremamente difícil desaparecer. Mas já é tempo, como diz a canção, de bater em retirada, e de pensar em acabar com essas coisas.

Uma velha marquesa filósofa, amiga de Helvetius na mocidade e que conheci bem velha em casa de meu pai, recebeu em sua doença final a visita de seu pároco, que quis prepará-la para a morte.

— Mas isso é necessário? — perguntou a velha senhora. — Vejo todo mundo chegar a ela com a maior facilidade.

Um pouco depois disso meu pai foi visitá-la e a encontrou muito mal.

— Boa tarde, meu amigo — disse ela, apertando-lhe a mão. — Vou ver se Deus não decepciona ao ser conhecido.

Eis como morrem as belas amigas dos filósofos. Essa maneira de acabar não é, certamente, de uma vulgar impertinência, e ditos espirituosos como aquele não freqüentam a cabeça dos imbecis. Mas essas coisas me chocam. Nem meus temores nem minhas esperanças se conformam com tal despedida. Eu quereria, na minha, um pouco de recolhimento, e por isso é que será preciso que eu pense, daqui a alguns anos, em entregar-me a mim mesmo, sem o que eu estaria me arriscando muito... Mas, cale-se! Que Aquela que passa não se volte ao ouvir seu nome. Assim posso perfeitamente carregar meu fardo sem ela.

Achei Jeanne muito feliz. Contou-me que, na quinta-feira anterior, depois da visita de seu tutor, a senhorita Préfère a tinha liberado do regulamento e a aliviara de diversos trabalhos. Desde essa bendita quinta-feira, ela passeia livremente pelo jardim que está cheio de flores e folhagens; conseguiu mesmo ocasiões para trabalhar com seu pequeno e infeliz São Jorge.

Sorrindo, ela me disse:

— Sei muito bem que devo tudo isso ao senhor.

Mudei de assunto, mas ela deixava claro que não estava ouvindo exatamente aquilo que queria ouvir.

— Vejo que alguma idéia a preocupa — falei-lhe. — Diga-me de que se trata, ou não falaremos de nada que valha a pena, o que não seria digno nem de você nem de mim.

Jeanne me respondeu:

— Ó, eu o estou ouvindo, senhor, mas é verdade que pensava em alguma coisa. O senhor me perdoará isso, não? Pensava que a senhorita Préfère deve gostar muito do senhor para, de repente, facilitar todas as coisas para mim.

E me olhou com um ar ao mesmo tempo sorridente e espantado que me fez rir.

— Isso a assusta? — perguntei.

— Muito — respondeu ela.

— Por que, por favor?

— Porque não vejo, de modo algum, razões para que o senhor agrade à senhorita Préfère.

— Então você me acha bem desagradável, Jeanne?

— Ó, não é isso, mas na verdade não vejo razão alguma para que o senhor agrade à senhorita Préfère. E entretanto o senhor agradou muito a ela, muito mesmo. Ela me mandou chamar e me fez todo tipo de pergunta sobre o senhor.

— É verdade?

— Verdade, ela queria conhecer sua vida doméstica. A ponto de me perguntar a idade de sua governanta!

— Muito bem! E o que você pensa disso?

Por longo tempo Jeanne fixou os olhos sobre o pano gasto de suas botinhas e parecia dominada por uma meditação profunda. Afinal, levantou a cabeça:

— Não compreendo. É muito natural, não é, que se esteja inquieta com aquilo que não se compreende? Bem sei que sou uma estouvada, mas espero que o senhor não me queira mal.

— Não, Jeanne, certamente não lhe quero mal.

Confesso que me surpreendi e por muito tempo fiquei remoendo em minha velha cabeça o pensamento da pequena: fica-se inquieto com aquilo que não se compreende.

Mas Jeanne voltou a falar, sorrindo:

— Ela me perguntou... adivinhe! Perguntou-me se o senhor gosta da boa mesa.

— E como você reagiu, Jeanne, diante dessa cachoeira de perguntas?

— Respondi: "Não sei, senhorita." E a senhorita me disse: "Você é uma menina de cabeça oca mesmo. Os mínimos detalhes da vida de um homem superior devem ser observados. Saiba, senhorita, que o Sr. Sylvestre Bonnard é uma das glórias da França."

— Que peste de mulher! — exclamei. — E você, que pensa dela, senhorita?

— Penso que a senhorita Préfère tinha razão. Mas eu não gostaria... (é uma coisa ruim que vou dizer agora) eu não gostaria de modo algum que a senhora Préfère tivesse razão no que quer que fosse.

— Muito bem! Fique tranqüila, Jeanne: a senhorita Préfère não tinha razão.

— Não, não! Ela tinha toda a razão. Mas eu queria gostar de todos aqueles que gostam do senhor, todos sem exceção, e não posso, porque é impossível para mim gostar da senhorita Préfère.

— Jeanne, escute — falei gravemente —, a senhorita Préfère foi boa para você, seja boa para ela.

A réplica dela veio num tom seco:

— É muito fácil para a senhorita Préfère ser boa para mim; mas será muito difícil para mim ser boa para ela.

Foi assumindo um tom ainda mais grave que voltei a falar:

— Minha menina, a autoridade dos mestres é sagrada. A dona do internato representa junto a você a mãe que você perdeu.

Mal acabei de dizer essa solene bobagem me arrependi profundamente. A menina empalideceu, seus olhos se incharam.

— Ó, senhor — gemeu ela —, como é possível que diga uma coisa dessas, logo o senhor!

Sim, como pude dizer aquilo?

Ela ficou repetindo:

— Mamãe! Minha mãe querida! Minha pobre mãe!

O acaso impediu que eu fosse estúpido até o fim. Não sei como, aconteceu que dei a impressão de chorar. Não se chora mais na minha idade. É possível que uma tosse horrível tenha provocado lágrimas nos meus olhos. De todo modo, houve a impressão enganadora. Jeanne se enganou. Ó, que puro, que radioso sorriso brilhou então sob seus belos cílios úmidos, como o sol nas ramagens depois de uma chuva de verão! Nós nos demos as mãos, e ficamos muito tempo sem dizer uma palavra, felizes.

— Minha filha — rompi o silêncio, afinal —, sou muito velho e conheço muitos segredos da vida que lhe serão revelados pouco a pouco. Acredite, o futuro se faz do passado. Tudo aquilo que você fizer para viver bem aqui, sem ódio e sem amargura, servirá para você viver um dia em paz e com alegria na sua casa. Seja doce e saiba sofrer. Quando se sabe sofrer sofre-se menos. Se você tiver um dia um verdadeiro motivo de queixa, estarei aqui para ouvi-la. Se você for ofendida, a senhora de Gabry e eu estaremos ao seu lado.

— Sua saúde está totalmente boa, caro senhor?

Era a senhorita Préfère, vinda sorrateiramente, que me fazia essa pergunta, acompanhada de um sorriso. Minha primeira reação foi querer mandá-la para o diabo, a segunda foi observar que sua boca era feita para um sorriso como uma caçarola para tocar violino, a terceira foi retribuir-lhe a gentileza e dizer que esperava, sim, que a saúde estivesse boa.

A senhorita mandou a menina passear no jardim; depois, uma das mãos segurando o xale e a outra apontada para o quadro de honra, mostrou-me o nome de Jeanne Alexandre escrito com letra redonda na cabeça da lista.

— Vejo com sensível prazer — disse-lhe — que a senhora está satisfeita com a conduta dessa menina. Nada pode ser mais agradável para mim e sou levado a atribuir esse feliz resultado a sua afetuosa vigilância. Tomei a liberdade de mandar enviar-lhe alguns livros que podem interessar e instruir as suas moças. A senhora julgará, depois de uma passada de olhos, se deve comunicar isso à senhorita Alexandre e a suas colegas.

O reconhecimento da dona do internato chegou ao enternecimento e se estendeu por palavras intermináveis. Para cortar-lhe as palavras, eu disse:

— O dia está muito bonito, hoje.

— Está — ela respondeu — e se continuar assim as queridas crianças terão tempo bom para suas brincadeiras.

— A senhora sem dúvida está pensando nas férias. Mas a senhorita Alexandre, que não tem parentes, não sairá daqui. Que fará ela, meu Deus, neste casarão vazio?

— Daremos a ela o máximo de distração que pudermos. Levá-la-ei a museus e...

Por um momento ela hesitou, depois, corando:

— ... e à sua casa, se o senhor permitir.

— Que beleza! — quase gritei. — Mas é uma excelente idéia.

Despedimo-nos muito amigos um do outro. Eu dela porque tinha obtido o que queria; ela de mim, sem motivo apreciável, o que, segundo Platão, a põe no mais alto grau da hierarquia das almas.

Entretanto, foi com mau pressentimento que a introduzi em minha casa. Gostaria muito que Jeanne fosse através de outras mãos que não as dela. Mestre Mouche e a senhorita Préfère são espíritos que vão além da minha compreensão. Nunca sei por que dizem o que estão dizendo, nem por que fazem o que estão fazendo. Há neles profundezas misteriosas que me confundem. Como Jeanne me disse: a gente fica inquieta quando não compreende.

Ai de mim! Na minha idade a gente sente demais como a vida é pouco inocente. Sabe-se muito o que se perde neste mundo quando se vive muito, e a única confiança que temos é na juventude.

16 de agosto.

Eu as esperava. Verdadeiramente eu as esperava com impaciência. Para fazer com que Thérèse as recebesse bem, utilizei toda a minha arte de insinuar e de agradar, mas isso ainda é pouco. Elas chegaram. Jeanne estava, posso jurar, muito elegante. Não se parece nada com a avó, de modo algum. Mas hoje, pela primeira vez, descobri que ela tem uma fisionomia agradável, o que, neste mundo, é muito útil para uma mulher. Ela sorriu, e a cidade dos livros ficou toda alegre.

Eu olhava para Thérèse. Queria observar se suas exigências de velha guardiã se tornavam mais doces diante da moça.

Vi seus olhos se demorarem com ternura sobre Jeanne, sua face de fartas peles se voltar para ela, sua boca cavada, seu queixo pontudo de velha fada cheia de poderes. E foi tudo.

A senhorita Préfère, vestida de azul, avançava, recuava, saltitava, caminhava para um lado e para o outro, soltava gritinhos, suspirava, baixava os olhos, levantava os olhos, se confundia em delicadezas, não ousava, ousava, não ousava mais, ousava de novo, fazia uma reverência, em suma, um teatro.

— Quantos livros! — exclamou. — E o senhor leu todos, senhor Bonnard?

— Pobre de mim, li! — respondi. — E é por isso que nada sei, porque não há um único desses livros que não desminta o outro, de modo que, quando os conhecemos todos, não se sabe o que pensar. Estou nesta situação, senhora.

Ainda de olho nos livros, ela chamou Jeanne para falar de sua impressão. Mas Jeanne olhava pela janela:

— Como é bonito! Gosto de ver o rio correr. Leva a gente a pensar em tantas coisas!

A senhorita Préfère tirou o chapéu e mostrou uma fronte ornada de mechas louras. Minha governanta pegou abruptamente o chapéu dizendo que não gostava de ver as coisas por cima dos móveis. Depois se aproximou de Jeanne e pediu-lhe "suas coisas", chamando-a de mocinha. A mocinha, dando-lhe a mantilha e o chapéu, mostrou um pescoço gracioso e um corpo bem feito cujos contornos se destacavam claramente sob a luz farta da janela. Desejei que Jeanne fosse vista nesse momento não por uma velha governanta, uma dona de internato de cabelos frisados como um carneiro e um velho pesquisador paleógrafo, mas por gente muito diferente.

— Você está vendo o Sena — disse eu. — Ele brilha ao sol.

— Como brilha! — respondeu ela, cotovelos apoiados no

parapeito da janela. — Dir-se-ia que é uma chama que corre. Mas veja lá adiante como parece ameno sob os salgueiros da margem que nele se refletem. Esse cantinho me encanta mais que todo o resto.

— Vamos! — disse eu. — Vejo que o rio a agrada. O que é que você acharia, com autorização da senhorita Préfère, de irmos a Saint-Cloud no barquinho a vapor que faz ponto logo abaixo do Pont-Royal?

Jeanne ficou muito contente com a minha idéia e a senhorita Préfère parecia disposta a todos os sacrifícios. Mas minha governanta não nos deixaria sair assim. Levou-me à sala de jantar e eu a segui tremendo.

— É incrível — disse-me ela, quando estávamos sozinhos — como o senhor nunca pensa em nada e eu tenho que pensar em tudo. Felizmente eu tenho boa memória.

Não julguei oportuno discordar dessa ilusão temerária. Ela continuou:

— Ora! Então, o senhor ia saindo sem me dizer o que agrada à mocinha? É bem difícil contentá-lo, senhor, mas ao menos o senhor sabe o que é bom. Não é como essas jovenzinhas. Elas nada sabem de cozinha. Muitas vezes o que pensam ser o melhor é o pior e o ruim é que lhes parece bom, por causa do coração, que ainda não está bem assentado em seu lugar, tanto que a gente não sabe o que fazer com elas. Diga-me se a mocinha gosta de pombos *aux petits pois* e de *profiterolles*.

— Minha boa Thérèse — respondi —, faça de acordo com a sua vontade e tudo ficará bem. Essas senhoras saberão se contentar com nosso modesto trivial.

Thérèse voltou a atacar, desta vez secamente:

— Senhor, eu falo da mocinha. Não é bom que ela saia daqui sem ter tido uma boa impressão da casa. Quanto à velha frisada, se não gostar do meu jantar, quero mais é que vá catar piolhos. Pouco se me dá.

Voltei, despreocupado, para a cidade dos livros, onde a senhorita Préfère fazia crochê tranqüilamente — dir-se-ia que estava em sua casa. Custei a acreditar no que via. É verdade que ocupava um lugar discreto, junto da janela. Mas escolhera tão bem sua cadeira e seu escabelo que esses móveis pareciam feitos para ela.

Jeanne, ao contrário, passeava longamente o olhar pelos livros e pelos quadros. A impressão que se tinha é que lhes dava um sentido adeus.

— Pegue — estendi-lhe um livro —, distraia-se folheando este livro, que não pode deixar de agradá-la, pois tem belas gravuras.

E abri diante dela a coletânea dos modelos de Vecellio. Não, por favor, a medíocre cópia pessimamente executada por artistas modernos, mas precisamente um magnífico e venerável exemplar da edição *princeps*, tão nobre quanto as nobres damas que figuram em suas páginas amarelecidas e tornadas mais belas pelo tempo.

Folheando as gravuras com uma curiosidade ingênua, Jeanne me disse:

— Falávamos de passeio, mas é uma viagem que o senhor está me proporcionando. Uma grande viagem.

— Mas, vamos lá, senhorita — disse a ela —, é preciso se ajeitar confortavelmente para a viagem. Você está sentada na ponta da cadeira, apoiando-se sobre um único pé, e o Vecellio deve estar cansando seus joelhos. Sente-se com firmeza, endireite a cadeira e ponha o livro sobre a mesa.

Jeanne me obedeceu sorrindo e me disse:

— Olhe, senhor, que lindo modelo (era o da mulher de

um doge). Como é nobre e que magníficas idéias nos sugere. Seja como for, o luxo é belo!

— Não há necessidade de exprimir esses pensamentos, senhorita — disse a dona do pensionato, desviando de seu trabalho o narizinho malfeito.

— Ela está falando com inocência — intervim eu. — Há almas de luxo que têm o gosto inato da magnificência.

O narizinho malfeito voltou logo ao crochê.

— A senhorita Préfère também gosta de luxo — disse Jeanne. — Ela corta papéis transparentes para as lâmpadas. É o luxo econômico, mas ainda assim é luxo.

Voltamos a Veneza, estávamos vendo uma patrícia vestida com uma dalmática bordada, quando ouvi a campainha. Pensei que fosse algum entregador com sua encomenda, mas a porta da cidade dos livros se abriu e... Há um momento você desejava, velho Sylvestre Bonnard, que outros olhos, além dos que precisam de óculos e já perderam a sensibilidade, vissem sua protegida em toda a sua graciosidade; seus desejos foram atendidos da maneira mais inesperada. E, como ao imprudente Teseu, uma voz está dizendo a você:

*Craignez, Seigneur, craignez que le Ciel rigoureux
Ne vous haïsse assez pour exaucer vos voeux.**

A porta da cidade dos livros se abriu e um belo jovem apareceu, acompanhado por Thérèse. Essa velha alma simples não vai além de abrir ou fechar portas para as pessoas; nada enten-

---

*"Temei, Senhor, temei que o rigoroso Céu/O odeie a ponto tal de não ouvir-lhe as súplicas." Versos de Racine (*Fedra*, ato V, cena III). Ainda aqui tentou-se apenas uma tradução aproximada com o objetivo de manter a métrica (versos alexandrinos). (N. do T.)

de das sutilezas de antecâmara e de salão. Não está em seus hábitos nem anunciar nem pedir para esperar. Manda as pessoas de volta do alto da escada, ou as empurra sala a dentro.

Eis portanto o belo jovem plenamente conduzido à sala e não posso, é claro, fechá-lo de repente, como um animal perigoso, no cômodo vizinho. Espero que me dê uma explicação, coisa que ele faz com toda a desenvoltura, mas parece que já observou a moça que, debruçada sobre a mesa, folheia o Vecellio. Eu o examino. Ou muito me engano ou já o conheço de algum lugar. O rapaz se chama Gélis, um nome que já ouvi não sei onde. Sem dúvida, o Sr. Gélis (uma vez que é de Gélis mesmo que se trata) é uma bela figura. Esclarece que está no terceiro ano da *École des chartes* e que prepara há 15 ou 18 meses sua tese de encerramento de curso, cujo assunto é o estado das abadias beneditinas em 1700. Acaba de ler meus trabalhos sobre o *Monasticon* e está convencido de que só poderá conseguir um bom fecho para sua tese se contar com minhas observações, em primeiro lugar, e com um determinado manuscrito que me pertence e outro não é senão o registro das contas da abadia de Cister de 1693 a 1704.

Depois de me informar sobre essas coisas, entregou-me uma carta de recomendação assinada pelo mais ilustre de meus confrades.

Logo descobri: o senhor Gélis é simplesmente o jovem que, ano passado, me chamou de imbecil, sob os castanheiros. Depois de abrir sua carta de recomendação, fico pensando:

"Ah, ah! Infeliz, você não pode nem supor que sei o que você pensa de mim... ou pelo menos o que pensava naquele dia, porque as cabeças jovens são muito levianas! Você está nas minhas mãos, jovem imprudente! Ei-lo na toca do leão e tão repentinamente, meu Deus, que o velho leão surpreendido não sabe o que fazer com sua presa. Mas você, velho leão, não seria um imbecil? Se não é, já o foi. Você foi um errado ao escutar o Sr. Gélis ao pé da estátua de Margarida de Valois, duplamente errado por ter dado importância àquilo, e triplamente errado por não ter esquecido aquilo que melhor seria não ter ouvido."

Assim domei o velho leão, depois o exortei a ser indulgente; não fiz mais do que puxar-lhe a orelha e logo ele ficou tão alegre que se conteve para não explodir em alegres rugidos.

Pelo modo como li a carta de meu colega, posso ter deixado a impressão de que não sabia ler. Demorei, e o Sr. Gélis teria se aborrecido, mas ele olhava Jeanne e transformava seu mal-estar em paciência. Jeanne virava às vezes a cabeça para o nosso lado. Não se pode ficar totalmente imóvel, não é? A senhorita Préfère ajeitava os anéis dos cabelos e o peito se inchava com pequenos suspiros. É preciso dizer que eu próprio fui honrado muitas vezes com esses pequenos suspiros.

— Senhor — disse eu, dobrando a carta —, fico feliz de lhe poder ser útil. O senhor se ocupa com pesquisas que têm me interessado vivamente. Farei o que puder. Sei tanto quanto o senhor — e mais ainda do que o senhor — o muito que resta fazer. O manuscrito que o senhor me pede está à sua disposição. O senhor pode levá-lo, mas ele não é dos mais pequenos, e temo...

— Ah, senhor — interrompeu-me Gélis —, os grandes livros não me fazem medo!

Pedi ao jovem que me esperasse e fui entrando no gabinete contíguo a fim de procurar o registro que nunca achava numa primeira busca e que desesperei de achar quando notei, por sinais evidentes, que minha governanta tinha dado uma ordem no gabinete. Mas o registro era tão grande e tão grosso que Thérèse não lhe poderia ter dado sumiço completo. Carreguei-o com dificuldade e tive a alegria de confirmar que era tão pesado como eu queria mesmo que fosse.

"Espere, meu rapaz, fui pensando comigo mesmo, com um sorriso que devia ter muito de sarcástico, espere: ele vai prostrá-lo, arrebentará seus braços, depois os miolos. É a primeira vingança de Sylvestre Bonnard. Logo veremos."

Quando cheguei de volta à cidade dos livros, ouvi o Sr. Gélis que dizia a Jeanne: "As venezianas lavavam os cabelos com uma tintura que lhes dava um tom alourado. Tinham o louro cor de mel e o louro cor de ouro. Mas há cabelos cuja cor natural é bem mais bonita do que a do mel ou a do ouro." E Jeanne respondia com seu silêncio pensativo e discreto. Concluí que esse Vecellio maroto era do ramo e que, debruçados sobre o livro, eles estavam vendo juntos a dogaresa e as patrícias.

Carregava meu livro enorme ao entrar, achando que Gélis ia fazer cara feia ao vê-lo. Era carga para um verdadeiro carregador e eu tinha os braços doloridos. Mas o rapaz pegou o cartapácio como se fosse uma pluma e o ajeitou debaixo do braço sorrindo. Depois me agradeceu tão rapidamente como eu gosto, relembrou-me que precisava dos meus conselhos e, como já tivesse marcado dia para um novo encontro, foi-se embora fazendo-nos uma saudação com a maior naturalidade do mundo...

— É um rapaz educado — comentei.

Jeanne virou algumas páginas do Vecellio e não respondeu. Fomos a Saint-Cloud.

Setembro–Dezembro.

As visitas das duas ao velhinho se sucederam com uma precisão da qual sou profundamente agradecido à senhorita Préfère, que acabou por ter seu cantinho cativo na cidade dos livros. Agora ela diz: minha cadeira, meu escabelo, minha prateleira. Sua prateleira era uma divisão da minha estante da qual ela expulsara os poetas da Champagne abrindo um lugarzinho para seu saco de costura. Ela é educada e seria preciso que eu fosse um monstro para não gostar dela. Eu a tolero, no verdadeiro sentido da palavra. Mas, se o sacrifício é por Jeanne, quem não a toleraria? Jeanne dá à cidade dos livros um encanto cuja lembrança ainda sinto quando ela vai embora. É pouco instruída, mas tão sensível que, quando quero mostrar-lhe uma coisa bonita, parece que eu nunca vira tal coisa antes e ela é que está a mostrá-la para mim. Se é impossível para mim fazê-la acompanhar minhas idéias, tenho tido não poucas vezes o prazer de seguir o capricho espiritual das suas.

Um homem mais prático do que eu pensaria em torná-la útil. Mas há alguma coisa mais útil na vida do que ser uma pessoa amada? Sem ser bonita, ela encanta. Encantar, isso sem dúvida vale tanto quanto remendar meias. Afinal, não sou imortal e Jeanne, é claro, ainda não será muito velha quando meu tabelião (que absolutamente não é mestre Mouche) for ler para ela um certo papel que há pouco assinei.

Não posso admitir que outra pessoa venha a prover suas necessidades e seu dote. Tenho de ser eu. Não sou exatamente rico e a herança paterna não cresceu em minhas mãos. Não se juntam escudos a compulsar velhos textos. Mas meus livros, pelo preço que vale hoje essa mercadoria nobre, significam alguma coisa. Há nesta prateleira muitos poetas do século XVI que causariam uma disputa entre banqueiros e príncipes.

E acredito que estas *Heures* de Simon Vostre despertariam a atenção na mansão Silvestre*, tanto quanto estas *Preces piae* para uso da rainha Cláudia. Tive o cuidado de reunir e de conservar todos esses exemplares raros e curiosos que povoam a cidade dos livros e acreditei durante muito tempo que eram tão necessários à minha vida quanto o ar e a luz. Muito os amei, e ainda hoje não posso deixar de sorrir para eles nem de acariciá-los. Estas encadernações em marroquim são tão agradáveis aos olhos e estes papéis velinos tão suaves ao toque! Não há um único destes livros que não seja digno, por algum mérito singular, da estima de um homem de bom gosto. Que outro dono poderia ter-lhes exatamente a consideração que se deve ter por eles? Como posso saber no mínimo se um novo proprietário não os deixará estragar ao abandono ou não os mutilará por um capricho de ignorante? Em que mãos cairá este incomparável exemplar da *Histoire de l'abbaye de Saint-Germain-des-Prés*, às margens do qual o autor, Dom Jacques Bouillard, acrescentou de próprio punho notas substanciais?... Mestre Bonnard, você é um velho louco. Sua governanta, a pobre criatura, está hoje de cama por causa de um reumatismo cruel. Jeanne deve vir com sua acompanhante e, em vez de estar atento a fim de recebê-las, você fica pensando em mil

---

*O próprio autor, no original, desta vez grafa Silvestre, com *i* na primeira sílaba. Talvez por considerar que, postos à venda, os livros não seriam mais os de Sylvestre Bonnard, mas apenas mercadoria de uma certa mansão Silvestre (*hotel*, no original). Pode não ser isso, claro, mas levanto a hipótese na tentativa de entender o surgimento repentino da grafia diferente. Não é estranha, entretanto, a diversificação feita pelo autor, pois em francês existem as duas grafias, sendo Silvestre a mais popular e também, se é legítimo dizer isso, a mais correta, pois segundo os etimologistas a raiz do nome é *silva* ("selva") e o significado do sobrenome, ou apelido, latino *Silvestris* (também nome, adotado por vários papas), segundo Dauzat, é "habitante da selva". (*N. do T.*)

bobagens. Sylvestre Bonnard, você nunca chegará a lugar algum, sou eu que o digo.

E precisamente as vejo de minha janela descendo do ônibus. Jeanne salta com a facilidade de uma gata e a senhorita Préfère se vale dos braços do robusto condutor com as graças pudicas de uma Virgínia salva do naufrágio, e desta vez resignada a se deixar salvar. Jeanne levanta a cabeça, me vê, e me faz um discreto sinal de amizade confiante. Descubro que ela é bonita. Menos bonita do que era sua avó. Mas sua graça faz a alegria e a consolação do velho louco que sou. Quanto aos jovens loucos (ainda os há), não sei o que pensarão. Não é comigo... Mas, será preciso repetir, Bonnard, meu amigo, que sua governanta está doente e você mesmo tem de abrir a porta?

Abre, velho Inverno... é a Primavera que toca.

É Jeanne, claro, Jeanne toda cor-de-rosa. Falta ainda um andar para que a senhorita Préfère, sem fôlego e indignada, chegue ao alto da escada.

Expliquei o estado de minha governanta e propus jantarmos num restaurante. Mas Thérèse, todo-poderosa mesmo sobre seu leito de dores, decidiu que o jantar tinha que ser em casa. Gente séria, na opinião dela, não janta em restaurante. De resto, tudo estava previsto. As coisas para o jantar estavam compradas; a zeladora cozinharia.

Voluntariosa, Jeanne quis ir ver se a velha doente não precisava de nada. Como é fácil de imaginar, foi rapidamente mandada de volta à sala de visitas, mas não com tanta rudeza como cheguei a temer.

— Se eu tiver necessidade de que alguém me sirva, coisa de que Deus me livre — ela respondeu a Jeanne —, acharei alguém menos mimosa que a senhorita. Preciso é de repouso.

É uma mercadoria que não se compra na feira. Vá rir lá na sala. Não fique aqui. É ruim: velhice pega.

Jeanne nos contou o que Thérèse dissera, acrescentando que gostava muito do jeito de Thérèse falar. Imediatamente a senhorita Préfère condenou-lhe o gosto pouco elegante. Tentei desculpar a moça com o exemplo de tantos bons cultores do vernáculo que têm como seus mestres de linguagem os estivadores e as velhas lavadeiras. Mas a senhorita Préfère tinha gostos muito diferentes para se curvar às minhas razões.

Nesse momento Jeanne fez uma cara de súplica e pediu-me por favor que a deixasse pôr um avental branco e ir à cozinha para ajudar a fazer o jantar.

— Jeanne — falei-lhe com a gravidade de um mestre —, acho que se for para quebrar as travessas, desbeiçar os pratos, amassar as caçarolas e deformar as chaleiras, basta a horrível criatura que Thérèse mandou para a cozinha, pois tenho a impressão de estar ouvindo neste momento barulhos desastrosos vindos de lá. Mas, ainda assim, proponho, Jeanne, que você faça a sobremesa. Vá procurar o avental branco. Eu mesmo vou amarrá-lo à sua cintura.

De fato, dei solenemente o laço na tira do avental em sua cintura, e ela correu para a cozinha a fim de preparar, como vimos mais tarde, manjares delicados.

Não pude fazer elogios a mim próprio pela situação que tinha criado, porque a senhorita Préfère, ao se ver sozinha comigo, teve um comportamento inquietante. Olhou-me com olhos cheios de lágrimas e de fogo e soltou enormes suspiros.

— Lastimo tanto — começou a me dizer —, um homem como o senhor, um homem de elite, viver sozinho com uma empregada grosseira (porque ela é grosseira, isso é incontestável)! Que existência cruel! O senhor tem necessidade de re-

pouso, de atenção, de consideração, de cuidados de todo tipo, o senhor pode ficar doente. E não há mulher que não venha a se sentir honrada de acrescentar seu nome ao dela e de compartilhar a existência com o senhor. Não, não existe mesmo: meu coração me diz.
E apertou com as duas mãos o coração pronto para pular fora do peito.
Fiquei literalmente desesperado. Tentei mostrar à senhorita Préfère que em absoluto não pretendia mudar as condições de minha vida já um tanto avançada e me considerava muito feliz com minha natureza e meu destino.
— Não! O senhor não é feliz — a resposta saiu-lhe como um grito. Seria preciso ter junto de si uma alma capaz de compreendê-lo. Saia desse adormecimento, olhe em volta de si. Não lhe faltam relacionamentos, o senhor tem bons conhecimentos. Não se pode ser membro do Instituto sem freqüentar a sociedade. Veja, julgue, compare. Uma mulher sensível não lhe recusaria a mão. Sou mulher, senhor, o instinto não me engana. Alguma coisa me diz que o senhor achará a felicidade no casamento. As mulheres são tão devotadas, amam tanto (nem todas, sem dúvida, mas algumas)! Depois, são sensíveis à glória! Sua cozinheira já não tem forças, está surda, é doente. E se por acaso o senhor passar mal à noite! Atente para uma situação dessas, eu tremo só de pensar!
E ela tremia de verdade. Fechava os olhos, cerrava os punhos, batia os pés. Meu abatimento era extremo. Com que formidável ardor ela voltou a falar:
— Sua saúde! Sua valiosa saúde! Eu daria com alegria todo meu sangue para conservar os dias de um sábio, um literato, um homem de mérito, um membro do Instituto. E desprezaria uma mulher que não fizesse o mesmo. Veja, senhor, co-

nheci a mulher de um grande matemático, um homem que fazia cadernos inteiros de cálculos com os quais enchia todos os armários de sua casa. Ele tinha uma doença do coração que o depauperava a olhos vistos. E eu via a esposa, tranqüila, junto dele. Não me contive, um dia lhe disse: "Minha cara, você não tem coração. No seu lugar eu faria... eu faria... Eu não sei o que faria!"

Esgotada, a senhorita Préfère parou de falar. Minha situação era terrível. Dizer claramente à senhorita Préfère o que eu achava de seus conselhos, nem pensar. Porque me desentender com ela seria perder Jeanne. Reagi, então, suavemente. E, afinal, ela estava em minha casa: quando pensei nisso, obriguei-me a manter toda a cortesia.

— Estou muito velho, senhorita — respondi a ela — e temo que sua opinião venha um pouco tarde. De todo modo, pensarei no assunto. Enquanto espero, acalme-se a senhora. Seria bom que tomasse um copo d'água com açúcar.

Para grande surpresa minha, essas palavras a acalmaram repentinamente, vi que ela foi se sentar com tranqüilidade no seu cantinho, perto de sua prateleira da estante, em sua cadeira, os pés sobre o escabelo.

O jantar foi um fracasso completo. A senhorita Préfère, perdida em um sonho, nem se deu conta disso. De minha parte, em geral sou muito sensível a essas desventuras, mas, desta vez, como elas trouxessem bom humor a Jeanne, acabei eu mesmo por achar graça nelas. Ainda não tinha achado, com a idade em que estou, que um frango queimado de um lado e cru do outro fosse uma coisa cômica, mas as risadas claras de Jeanne me ensinaram isso. Esse frango arrancou de nós vários ditos de espírito, afinal esqueci as desventuras e acabei achando ótimo que ele não estivesse razoavelmente assado.

O jantar acabou não sem algum sabor, quando a moça de avental branco, fina e esguia, trouxe a travessa de ovos nevados que preparara. Com seu tom ouro pálido, brilhavam um brilho inocente e exalavam um discreto odor de baunilha. E ela os depositou sobre a mesa com a gravidade ingênua de uma dona de casa de Chardin.

No fundo de minha alma, eu estava muito inquieto. Parecia-me quase impossível manter um bom relacionamento com a senhorita Préfère por muito tempo, com a explosão de seus furores matrimoniais. E, se eu brigasse com a professora, adeus aluna! Aproveitei o momento em que a boa alma foi buscar seu mantô e pedi a Jeanne que me dissesse com precisão quantos anos tinha. Dezoito anos e um mês. Contei nos dedos e constatei que ela não seria maior de idade antes que se passassem dois anos e 11 meses. Como passar todo esse tempo?

Ao se despedir, a senhorita Préfère me olhou com uma tal expressão que eu tremi de alto a baixo.

— Até logo — disse circunspecto a Jeanne. — Mas, ouça: seu amigo é velho e pode vir a faltar-lhe. Prometa-me nunca faltar a si mesma e assim ficarei tranqüilo. Que Deus olhe por você, minha menina!

Depois de fechar a porta, abri a janela para vê-la ir-se. A noite estava escura e só vi sombras que deslizavam sobre o cais enegrecido. O burburinho imenso e surdo da cidade subia até mim e eu tinha o coração aflito.

15 de dezembro.

O rei de Tule usava sempre uma taça de ouro que sua amante lhe tinha dado de lembrança. À beira da morte, sentindo que nela tinha bebido pela última vez, jogou a taça no mar. Guardo este caderno de lembranças como esse velho príncipe dos mares brumosos guardava a taça cinzelada e, da mesma forma pela qual ele jogou nas profundezas sua jóia de amor, queimarei este livro de registros de uma vida. Não será certamente por um sentimento de avareza e por um orgulho egoísta que destruirei este monumento de uma vida humilde; é que temo que as coisas por mim amadas, coisas sagradas, pareçam vulgares e ridículas, por defeito de minha arte.

Não digo isso pelo que se vai seguir. Certamente fui ridículo quando, convidado a jantar em casa da senhorita Préfère, sentei-me em uma poltrona (era exatamente uma poltrona) à direita dessa pessoa inquietante. A mesa tinha sido posta num pequeno salão. Travessas desbeiçadas, copos desemparceirados, facas com o cabo soltando, garfos de dentes amarelecidos, nada faltava dessas coisas que tiram o apetite de um homem honesto.

Foi-me dito que o jantar era para mim, exclusivamente para mim, mas mestre Mouche apareceu. Parece que a senhorita Préfère acha que sou apreciador de manteiga à moda dos sármatas, porque a que me ofereceu estava excessivamente rançosa.

O assado acabou de me envenenar. Mas tive o prazer de ouvir mestre Mouche e a senhorita Préfère falando da virtude. Eu disse o prazer, devia dizer a vergonha, porque os sentimentos que eles expressaram estão muito acima de minha grosseira natureza.

O que eles disseram deixou claro como a luz, para mim, que o devotamento era seu pão cotidiano e que o sacrifício lhes era tão necessário quanto o ar e a água. Vendo que eu não comia, a senhorita Préfère fez mil esforços para vencer aquilo que com grande delicadeza ela chamou de discrição. Jeanne estava ausente porque, segundo me disseram, sua presença seria contrária ao regulamento do pensionato, pois feriria a igualdade tão necessária de ser mantida entre tantas moças.

A empregada, desolada, serviu uma sobremesa pobre e desapareceu como uma sombra.

Então, a senhorita Préfère contou a mestre Mouche com grande arrebatamento tudo que me tinha dito na cidade dos livros, quando minha governanta estava de cama. Falou de sua admiração por um membro do Instituto, seu medo de me ver doente e só, a certeza que tinha de que uma mulher inteligente ficaria feliz e orgulhosa de compartilhar de minha existência. Não escondeu nada. Muito ao contrário, acrescentou novas tolices. Mestre Mouche aprovava com a cabeça, quebrando cascas de avelãs. Depois, encerrada a verborragia da senhorita, perguntou-me com um agradável sorriso qual tinha sido a minha resposta.

A senhorita Préfère, uma das mãos sobre o coração e a outra apontando para mim, falou quase em tom de murmúrio:

— Ele é tão afetuoso, tão superior, tão bom e tem tanta grandeza! Ele respondeu... Mas eu não saberia, eu, simples mulher, repetir as palavras de um membro do Instituto: apenas tentarei resumi-las. Ele respondeu: "Sim, eu a entendo, e aceito."

Ao terminar de dizer isso, pegou minha mão. Mestre Mouche se levantou, emocionado, e agarrou-me a outra mão:

— Eu o felicito, senhor — me disse.

Algumas vezes tive medo em minha vida, mas nunca tinha experimentado um sentimento de tanta repugnância.

Soltei as minhas mãos ambas e me levantei para dar todo ar de gravidade possível às minhas palavras:

— Senhora — disse —, eu teria me explicado mal em minha casa ou a compreendi mal aqui. Em qualquer das duas hipóteses uma declaração clara é necessária. Permita-me, senhora, que a faça com toda a cortesia. Não, não a entendi, não aceitei nada, ignoro de modo absoluto qual o interesse que a senhora tem por mim, se é que a senhora tem algum. Em qualquer dos casos, não desejo me casar. Isto seria, na minha idade, uma imperdoável loucura e ainda não é fácil para mim, até este momento, compreender que uma pessoa sensata, como a senhora, tenha me aconselhado a casar. Estou mesmo a pensar que me enganei e que a senhora não me disse essas coisas. Neste caso, a senhora desculpará um velho desajeitado com as coisas do mundo, pouco afeito à linguagem das damas e confuso com o erro que cometeu.

Mestre Mouche voltou a sentar-se discretamente em seu lugar e, à falta de avelãs, destruiu uma rolha.

A senhorita Préfère me olhou durante alguns instantes com pequenos olhos redondos e secos que eu ainda não conhecera nela e depois retomou sua doçura e sua graça normais. Foi com uma voz melosa que ela murmurou:

— Ah, esses eruditos! Esses homens de gabinete! Parecem crianças. É isso, senhor Bonnard, o senhor é uma verdadeira criança.

Depois, voltando-se para o notário, que se mantinha em silêncio, o nariz apontado para os restos da rolha que destruíra, ela lhe pediu:

— Ó, que o senhor não o acuse — sua voz era suplicante.
— Não o acuse! Não o julgue mal, eu lhe peço encarecidamente. Não o julgue. Devo pedir-lhe de joelhos?

Mestre Mouche examinou seus destroços de rolha por todos os lados, sem dizer uma palavra.

Eu estava indignado. Pelo calor que me vinha à cabeça, devia estar com as bochechas muito vermelhas. Essas condições fizeram com que eu compreendesse as palavras dela que ouvi através das fontes latejantes:

— Faz-me medo, ah, nosso pobre amigo! Senhor Mouche, queira abrir a janela. Acho que uma compressa de arnica faria bem a ele.

Fugi para a rua com um indescritível sentimento de repugnância e pavor.

20 de dezembro.

Fiquei oito dias sem ouvir falar na instituição Préfère. Ao fim desse tempo, não podia continuar sem notícias de Jeanne e pensei então que devia a mim mesmo a obrigação de marcar presença. Tomei a direção de Ternes.

O parlatório pareceu-me mais frio, mais úmido, menos hospitaleiro, mais insidioso. E a empregada mais assustada, mais silenciosa do que nunca. Perguntei por Jeanne e foi, depois de um longo tempo, a senhorita Préfère que apareceu, grave, pálida, os lábios miúdos, os olhos duros.

— Senhor, lamento profundamente — falava e cruzava os braços sob o xale — não poder permitir que hoje o senhor veja a senhorita Alexandre. Seria impossível.

— E por que isso?

— Senhor, as razões que me obrigam a pedir-lhe que torne as visitas a esta casa menos freqüentes são de natureza particularmente delicada e eu lhe suplico que me poupe a contrariedade de declará-las.

— Senhora — respondi —, estou autorizado pelo tutor de Jeanne a ver sua pupila todos os dias. Que razões podem prevalecer para que a senhora venha a interferir contra a vontade do Sr. Mouche?

— O tutor da senhorita Alexandre (e ela dava ênfase à palavra tutor como se se tratasse de um ponto de apoio sólido) deseja tão vivamente quanto eu que o senhor não continue com a assiduidade dessas visitas.

— Se é assim, tenha a bondade de me explicar as razões dele e as suas.

Ela contemplou a pequena espiral de papel e respondeu com severa calma:

— O senhor quer mesmo? Cedo às suas exigências, ainda que essa explicação seja penosa para uma mulher. Esta casa, senhor, é uma casa honrada. Tenho minha responsabilidade: devo velar como uma verdadeira mãe sobre cada uma das minhas alunas. Sua assiduidade nas visitas à senhorita Alexandre não poderiam continuar sem prejudicar essa moça. Meu dever é determinar que elas cessem.

— Não a compreendo — respondi.

Mas era verdade. Ela repetiu lentamente:

— Sua assiduidade nesta casa é interpretada pelas pessoas mais respeitáveis e menos tendenciosas de tal maneira que devo, no interesse do meu estabelecimento e no interesse da senhorita Alexandre, fazer com que elas cessem o mais rapidamente possível.

— Senhora — protestei —, tenho ouvido muita estupidez em minha vida, mas nenhuma comparável com essa que a senhora acaba de dizer!

Ela simplesmente me respondeu:

— Suas injúrias não me atingem. Ganha-se uma força especial quando se cumpre um dever.

E apertou o xale sobre o coração, desta vez não para conter, mas para acariciar aquele coração generoso.

— Senhora — falei apontando-lhe o dedo —, suas palavras provocaram a indignação de um velho. Faça com que este velho a esqueça, não acrescente novas maldades àquelas que já pronunciou. Aviso-a de que não deixarei de velar pela senhorita Alexandre. Se a senhora voltar sua violência contra ela, qualquer que seja, infeliz da senhora!

À medida que eu me acalorava ela ficava mais tranqüila, e foi com muito sangue-frio que me respondeu:

— Senhor, estou perfeitamente esclarecida quanto à natureza do interesse que o senhor tem por essa moça e agirei para impedir essa vigilância sobre ela com que o senhor me ameaça. Vendo a intimidade equívoca em que vive com sua governanta, eu deveria ter impedido seu contato com uma criança inocente. Eu o farei daqui por diante. Se até agora fui muito confiante, não é o senhor, mas a senhorita Alexandre que pode me criticar. Mas ela é muito ingênua, muito pura, graças a mim, para desconfiar da natureza do perigo que corria ao seu lado. O senhor não me obrigará, suponho, a falar disso com ela.

"Vamos embora, disse a mim mesmo, dando de ombros. Foi preciso que você vivesse até hoje para saber exatamente o que é uma mulher malvada. Agora seu conhecimento sobre isso está completo."

Saí sem responder, e tive a alegria de ver, pela súbita vermelhidão da dona do pensionato, que meu silêncio a irritou mais do que as minhas palavras.

Atravessei o pátio olhando para todos os lados tentando ver Jeanne. Ela espreitava, correu para mim.

— Se tocarem num só fio de seus cabelos, Jeanne, escreva-me. Adeus.

— Não! Adeus não!

Respondi:

— Não! Não! Não é um adeus. Escreva-me.
Fui direto para a casa da senhora de Gabry.
— A senhora está em Roma com o marido. O senhor não sabia?
— É mesmo! — respondi. — Ela me escreveu.

A senhora de Gabry tinha me escrito, é verdade, e só esqueci disso porque perdi a cabeça. Pelo menos isso é que parecia pensar o empregado, que me olhava com um ar de quem dizia: "O senhor Bonnard voltou à idade infantil", e se inclinou sobre a escada que eu ia descendo para ver se eu não faria alguma coisa fora do normal. Desci os degraus sem qualquer novidade e ele entrou um tanto desapontado.

Chegando em casa, fui informado de que o Sr. Gélis me esperava no salão. Esse moço passara a me freqüentar assiduamente. Não atingiu ainda um discernimento seguro, mas não é um espírito banal. Desta vez sua visita me deixou temeroso. Ai de mim, pensei, acabo dizendo a meu jovem amigo alguma bobagem e ele também pensará que estou regredindo. Não posso, porém, explicar-lhe que fui pedido em casamento e tratado como homem sem moral, que Thérèse é tida como uma presença suspeita e que Jeanne está sob as garras da mulher mais celerada da terra. Estou realmente em péssimo estado para falar das abadias cistercienses com um jovem erudito mal-intencionado. De qualquer maneira, vamos lá, vamos lá!...

Mas Thérèse me interceptou:
— Como o senhor está vermelho! — falou em tom de reprovação.
— É a primavera — respondi.
Ela protestou:
— Primavera em dezembro?

Estamos mesmo em dezembro. Ah, que cabeça a minha! Logo quem que a pobre Jeanne terá a defendê-la!

— Thérèse, pegue a bengala e deixe-a num lugar onde eu possa achá-la.

E, entrando no salão:

— Bom-dia, senhor Gélis. Como tem passado?

Sem data.

No dia seguinte, o velho quis se levantar e não pôde. Era forte demais a mão invisível que o mantinha preso ao leito. O velho, como que pregado na cama, resignou-se a ficar imóvel. Mas suas idéias não pararam de se agitar.

Era uma febre muito forte, porque a senhorita Préfère, os padres de Saint-Germain-des-Prés e o chefe da criadagem da senhora de Gabry me apareciam sob formas fantásticas. A figura do criado especialmente se espichava na minha cabeça como uma carranca de catedral, fazendo caretas. Minha impressão era de que havia muita gente, muita gente mesmo no meu quarto.

Este quarto está mobiliado à antiga; o retrato de meu pai em uniforme de gala, o de minha mãe com vestido de caxemira, pendurados sobre um papel de parede com desenhos de ramagens verdes. Sei e sei muito bem que tudo isso parece bem ultrapassado. Mas o quarto de um velho não tem necessidade de tentar agradar. Basta que esteja limpo e disso Thérèse cuida. E meu quarto, isso é que me importa, está cheio de imagens que combinam com o meu espírito, que nunca deixou de ser um pouco infantil e deslumbrado. Há, nas paredes e sobre os móveis, coisas que muitas vezes falam comigo e me alegram. Mas que querem de mim hoje todas essas coisas, que se tornaram resmungonas, careteiras e ameaçadoras? Esta estatueta, inspirada numa das virtudes teologais de Nossa Senhora de Brou, tão ingênua e tão graciosa em sua naturalidade, agora faz contorções e me põe a língua. E esta bela miniatura, de um dos mais sensíveis alunos de Jehan de Fouquet, com o cordão dos filhos de São Francisco na cintura, oferece de joelhos seu livro ao bom duque de Angoulême. Agora, entretanto, saiu de seu quadro, deixando em seu lugar uma enorme cabeça de gato que me encara com seus olhos fosforescentes. As ramagens do papel de parede também se tornaram cabeças, cabeças verdes e disformes... Na verdade, hoje como há vinte anos, são apenas folhagens impressas, mais nada... Não, eu tinha razão quando dizia que são cabeças com olhos, um nariz, uma boca, são cabeças!... Entendo: são ao mesmo tempo cabeças e folhagens. Gostaria muito de não vê-las.

Aqui, à minha direita, a bela miniatura do franciscano está de volta, mas acho que só consigo revê-la porque minha vontade faz um pesado esforço para isso. Se eu relaxar, a cabeça de gato, bandida, vai reaparecer. Não estou delirando: vejo perfeitamente Thérèse ao pé da cama; ouço bem que ela me fala e eu responderia com toda lucidez se não estivesse ocupado em manter em sua figura natural todos os objetos que me rodeiam.

Eis que chega o médico. Não o mandei chamar, mas sinto prazer ao vê-lo. É um vizinho antigo com o qual tenho tido pouco contato, mas de quem gosto muito. Não lhe digo grande coisa, mas ao menos estou totalmente consciente e até estou singularmente lúcido, porque posso observar-lhe os gestos, os olhares, as mínimas rugas de seu rosto. É sutil o doutor, e não fico sabendo, em verdade, o que ele pensa de meu estado. A palavra profunda de Goethe volta ao meu pensamento e eu digo:

— Doutor, o velhote consentiu em ficar doente, mas ainda não será desta vez que deixará a natureza levar vantagem.

Nem o doutor nem Thérèse riem de minha gracinha. É possível que não a tenham entendido.

O doutor vai-se embora, cai a tarde, sombras de todo tipo se formam e se dissipam como névoa nas dobras de minhas cortinas. Sombras passam aos montes diante de mim; através delas vejo a face imóvel de minha fiel empregada. De repente um grito, um grito agudo, um grito de angústia fere meus ouvidos. É você, Jeanne, que me chama?

Foi-se o dia, as sombras dominam minha cabeceira, lá ficarão por toda a longa noite.

À aurora, sinto uma paz, uma paz imensa que me envolve por completo. Será teu seio que está se abrindo para mim, Senhor meu Deus?

Fevereiro de 186...

O doutor é muito jovial. Parece uma grande honra para ele o fato de que estou de pé. Segundo ele, um grande número de males se abateu ao mesmo tempo sobre meu velho corpo.

Esse males, terror do homem, traduzem-se por palavras, terror do filólogo. São nomes híbridos, meio gregos, meio latinos, com desinências em *ite* que indicam o estado inflamatório, em *algia*, que expressam a dor. O doutor as aplica a mim, com um número suficiente de adjetivos em *ique*, destinados a caracterizar-lhes a detestável qualidade. Em resumo, uma boa coluna do Dicionário de Medicina.

— Meus cumprimentos, doutor. O senhor me fez voltar à vida, eu o perdôo. O senhor me fez voltar aos meus amigos, eu lhe agradeço. Estou firme, diz o senhor. Sem dúvida, sem dúvida, mas tenho resistido muito. Sou uma velha peça de mobiliário, comparável à poltrona de meu pai. Era uma poltrona que aquele bom homem tinha herdado e na qual se sentava da manhã à noite. Vinte vezes por dia eu me empoleirava, menino que era, no braço desse móvel antigo. Enquanto a poltrona agüentou, ninguém atentou para sua solidez. Mal um de seus pés começou a falsear, todos começaram a comentar que era uma boa poltrona. Depois, três de seus pés já não resistiam, o quarto começou a ranger, e os dois braços não serviam mais para nada, quebrados. A essa altura é que todo mundo dizia: "Que poltrona resistente!" Todos se admiravam com o fato de que, não tendo um braço válido nem uma perna firme, mantinha seu aspecto de poltrona, mal ou bem continuava de pé e ainda prestava algum serviço. A crina deixou-lhe o corpo, ela entregou a alma. E quando Cyprien, nosso empregado doméstico, serrou-lhe os membros para o fogo da lareira, os gritos de admiração redobraram: "Que excelente, que maravilhosa poltrona! Foi usada por Pierre-Sylvestre Bonnard, negociante de tecidos, por Epiménide Bonnard, seu filho, e por Jean-Baptiste Bonnard, chefe da 3ª divisão marítima e filósofo pirrônico. Que venerável e robusta poltrona!" Na verdade, era uma poltrona morta. Muito bem, doutor, sou essa poltrona. O senhor me considera sólido porque resisti a investidas que teriam matado um bom número de pessoas e que, quanto a mim, só atingiram três quartas partes. Muitíssimo obrigado. Nem por isso deixo de ser alguma coisa irremediavelmente avariada.

O doutor quer me provar, com o auxílio de uma porção de palavras gregas e latinas, que estou em bom estado. O idioma francês é muito claro para uma demonstração desse tipo. Mas eu consinto em ficar convencido e o acompanho até a porta.

— Sim senhor! — diz Thérèse — Então assim é que se bota o médico para fora! Se o senhor o tratar desse modo mais duas ou três vezes, ele não voltará mais, e será bem feito.

— Ora, Thérèse, uma vez que voltei a ser um homem válido, não continue a esconder minhas cartas. Há um bom pacote delas, tenho certeza. Seria maldade sua impedir-me por mais tempo de lê-las.

Thérèse, depois de algumas negaças, entregou-me as cartas. Mas de que adiantou isso? Olhei todos os envelopes e em nenhum deles o endereço tinha sido escrito por aquela mãozinha que eu gostaria de ver aqui folheando o Vecellio. Desprezei todas as cartas, que não me diziam nada.

Abril-junho.

O caso foi complicado.

— Espere, senhor, que vou pôr um vestido de sair — me disse Thérèse. — Ainda tenho de sair com o senhor; levarei sua cadeirinha dobrável, como nestes dias todos, e vamos ficar ao sol.

Na verdade, Thérèse acha que estou inválido. Estive doente, é claro, mas tudo passou. A senhora D. Doença se foi há muito tempo e já faz três meses sua seguidora, de rosto pálido e gracioso, D. Convalescença, também me deu um delicado adeus. Se eu ouvisse minha governanta eu seria um verdadeiro Sr. Argant e me cobriria, pelo resto de meus dias, com uma touca noturna de fitinhas... Nada disso! Pretendo sair sozinho. Thérèse, por sua vez, não pretende deixar que isso aconteça. Pega minha cadeirinha e quer me seguir.

— Thérèse, amanhã vamos ficar debaixo de um caramanchão, junto à parede da pequena Provence, você vai gostar. Mas hoje tenho negócios urgentes.

Negócios! Thérèse pensa que se trata de dinheiro e acha que não há pressa nenhuma.

— Que bom! Mas há outros negócios além desses, no mundo.

Suplico, ralho com ela, fujo.

Faz um tempo ótimo. Alugando um fiacre e se Deus não me abandonar, levarei até o fim minha aventura.

Estou diante da parede que traz em letras azuis as palavras: *Pensionato de moças dirigido pela senhorita Virginie Préfère*. Estou diante da grade que se abriria amplamente sobre o pátio principal, se alguma vez se abrisse. Mas a fechadura está enferrujada e chapas de ferro, por trás das barras, protegem dos olhares indiscretos as mocinhas às quais a senhorita Préfère ensina sem dúvida a modéstia, a sinceridade, a justiça e o desinteresse. Há uma janela gradeada cujos vidros sujos mostram o normal naquela casa, um olho embaçado, única janela aberta para o mundo exterior.

Quanto à pequena porta com postigo pela qual tantas vezes entrei e que agora me foi interditada, reencontro-a com grades na pequena abertura. O degrau de pedra que a ela conduz está gasto, e, sem que sejam muito bons os olhos por detrás das lentes de meus óculos, vejo sobre a pedra as pequenas linhas brancas deixadas pelo ferro da sola dos sapatos das escolares ao pisarem lá. Então, não posso mais ultrapassá-la? Acho que Jeanne está sofrendo nessa casa pesadona, e que me chama baixinho. Não consigo me afastar. Assalta-me a inquietude: toco a sineta. A empregada assustada abre a porta, mais assustada do que nunca. A ordem é transmitida: não posso ver a senhorita Jeanne. Peço que ela ao menos me dê notícias da moça. A empregada, depois de olhar para a esquerda e para a direita, diz que ela vai bem e me fecha a porta na cara. Eis-me de novo na rua.

Depois disso, quantas vezes errei por ali, em volta daquele muro, passando diante daquela porta com postigo, sempre me sentindo envergonhado, desesperado por ser mais fraco do que a menina que neste mundo não tem nenhum apoio a não ser o meu.

10 de junho.

Superei minha repugnância e fui ver mestre Mouche. Observo de saída que o escritório está mais empoeirado e mais cheio de bolor do que no ano passado. O tabelião me apareceu com seus gestos miúdos e suas pupilas ágeis por detrás dos óculos. Apresento-lhe meus pedidos. Ele me responde... Mas por que deixar, mesmo num caderno que deve ser queimado, a lembrança de um sem caráter total? Começa por dar razão à senhorita Préfère, cujo espírito aprecia há muito tempo e cujo caráter louva. Sem querer se pronunciar sobre o desentendimento, acha que é de seu dever dizer-me que as aparências não me são favoráveis. Isso pouco me importa. Então ele acrescenta (e isso me interessa mais) que a pequena soma que ficara sob sua responsabilidade para a educação de sua pupila acabou e que, nessas circunstâncias, vê com a maior admiração o desinteresse da senhorita Préfère que consente em manter com ela a senhorita Jeanne.

Uma luz magnífica, a luz de um lindo dia, projeta suas ondas incorruptíveis sobre este lugar sórdido e ilumina esse homem. Lá fora, ela espalha seu esplendor sobre todas as misérias de um bairro populoso.

Como é doce essa luz que enche meus olhos depois de tanto tempo, e de cuja beleza em pouco tempo não gozarei mais! Vou-me embora pensando, as mãos nas costas, ao longo das fortificações, e me vejo, sem saber como, nos subúrbios perdidos, que exibem seus jardins pobres. À beira de um caminho poeirento, vejo uma planta cuja flor, a um tempo brilhante e sombria, parece feita para juntar-se aos lutos mais nobres e mais puros. É uma ancólia. Nossos pais a chamavam de luva-de-nossa-senhora. Só uma Nossa Senhora que se fizesse muito pequena, para aparecer às crianças, poderia enfiar seus dedinhos nas pétalas dessa flor.

Surge um enorme zangão que num mergulho se enfia dentro da flor. Sua boca não consegue atingir o néctar e o guloso se esforça em vão. Desiste, afinal, e sai todo coberto de pólen. Retoma seu vôo desajeitado; mas as flores são raras neste subúrbio poluído pela fuligem das fábricas. De volta à ancólia, desta vez ele rasga a corola e suga o néctar através da abertura que fez; eu não acreditaria que um zangão tivesse tanto senso. Isso é admirável. Os insetos e as flores me encantam cada vez mais, à medida que os observo melhor. Sou como o bom Rollin que se encantava com as flores de seus pessegueiros. Bem que eu gostaria de ter um bonito jardim, de viver à beira de um bosque.

Agosto-setembro.

Tive a idéia de vir, num domingo de manhã, espiar o momento em que as alunas da senhorita Préfère vão em fila à missa paroquial. Pude vê-las passando duas a duas, as menores à frente, com as caras sérias. Pude reconhecer três delas, vestidas de modo semelhante, baixinhas, gorduchas, importantes, as meninas Mouton. A irmã mais velha delas é a artista que desenhou a terrível cabeça de Tácio, rei dos sabinos. Ao lado da coluna, a vice-diretora, um livro de missa na mão, agitava-se e franzia as sobrancelhas. As médias, depois as grandes passaram cochichando. Mas não vi Jeanne.

Pergunto ao ministério da Instrução Pública se não haveria, no fundo de alguma pasta, notas sobre a instituição da rua Demours. Descubro que a casa já foi visitada por inspetoras e que elas lhe deram as melhores notas. O internato Préfère é, na opinião delas, um pensionato modelo. Se eu solicitar uma investigação, é certíssimo que a senhorita Préfère receberá as palmas acadêmicas.

3 de outubro.

Como quinta-feira é dia de saída, encontrei, na vizinhança da rua Demours, as três menininhas Mouton. Cumprimentei-lhes a mãe e perguntei à mais velha das três, que deve ter 12 anos, como se comportava a senhorita Jeanne Alexandre, colega delas.

A menina Mouton me respondeu no ato:

— Jeanne Alexandre não é minha colega. Ela está no internato por caridade, então ela tem de varrer a sala de aula. A senhorita Préfère é que me contou.

As três menininhas recomeçaram a andar e a senhora Mouton as acompanhou, lançando-me, por cima de seu ombro largo, um olhar de desconfiança.

Ai de mim, estou reduzido a atitudes suspeitas! A senhora de Gabry só volta a Paris daqui a três meses, na melhor das hipóteses. Longe dela, não tenho nem tato, nem espírito; não passo de uma pesada máquina, incômoda e nociva.

E entretanto não posso tolerar que Jeanne, empregada do pensionato, fique exposta às ofensas do Sr. Mouche.

28 de dezembro.

O tempo estava escuro e frio. Anoitecia, já. Toquei a sineta na pequena porta com a tranquilidade de um homem que já não teme nada. Quando a empregada tímida a abriu para mim, meti-lhe uma moeda de ouro na mão e prometi-lhe outra se ela viesse a permitir que eu visse a senhorita Alexandre. Sua resposta:

— Em uma hora, na janela gradeada.

E me bateu a porta na cara com tanta força que o chapéu tremeu na minha cabeça.

Esperei uma longa hora nos turbilhões de neve, depois me aproximei da janela. Nada! O vento parecia raivoso e a neve caía espessa. Os trabalhadores que passavam, ferramentas nos ombros, cabeça baixa sob os flocos grossos, esbarravam em mim. Nada. Tive medo que me vissem. Sabia que tinha agido mal subornando uma empregada, mas embora ciente disso não lamentava nada. É desprezível quem não sabe se safar quando há uma necessidade que foge à regra comum. Passaram-se 15 minutos do prazo prometido. Nada. Afinal, a janela se entreabriu.

— É o senhor, Sr. Bonnard?

— É você, Jeanne? Diga logo, o que está acontecendo com você?

— Estou bem, muito bem!

— Mas, como, ainda está bem?

— Me puseram na cozinha e eu varro as salas.

— Na cozinha! Varredora, você! Santos Deus!

— É, porque meu tutor não paga mais minha pensão.

— Seu tutor é um miserável.

— O senhor sabe, então?...

— O quê?

— Ó, não me faça dizer isso. Mas eu preferiria morrer do que me ver sozinha com ele.

— E por que você não me escreveu?
— Estou sob vigilância.
Neste momento, minha resolução estava tomada e nada mais me faria mudar. Passou-me pela cabeça que eu podia não estar no meu direito, mas essa idéia não me faria recuar. Como estava decidido, fui prudente. Agi com uma calma admirável.
— Jeanne — perguntei —, essa sala onde você está dá para o pátio?
— Dá, sim.
— Você mesma pode puxar o cordão?
— Posso, se não houver ninguém na portaria.
— Então vá, e cuidado para que ninguém a veja.
Esperei, vigiando a porta e a janela.
Jeanne apareceu por trás das grades de ferro depois de cinco ou seis segundos, afinal!
— A empregada está na portaria — Jeanne me disse.
— Tudo bem — disse eu. — Você tem uma pena e tinteiro?
— Não.
— Um lápis?
— Tenho.
— Me dê.
Tirei do bolso um velho jornal e, sob o vento que soprava apagando as lanternas, a neve que me cegava, escrevi o melhor que pude numa das margens o endereço da senhorita Préfère.
Ao escrever, perguntei a Jeanne:
— Quando o carteiro põe as cartas e os outros papéis na caixa, ele toca a campainha? A empregada apanha a correspondência e vai levá-la logo à senhorita Préfère? Não é assim que as coisas correm a cada distribuição?
Jeanne disse acreditar que as coisas se passassem assim.

— Veremos, Jeanne. Continue de olho e, assim que a empregada deixar a portaria, puxe o cordão e venha para fora.

Acabei de dizer e isso e pus o jornal na caixa de correio, toquei com força e fui me esconder no vão da porta ao lado.

Estava havia alguns minutos ali quando a porta foi empurrada, entreabriu-se, e uma cabeça jovem surgiu. Agarrei-a e puxei-a para mim.

— Venha, Jeanne, venha.

Ela me olhou com um ar inquieto. Certamente temeu que eu fosse louco. Ao contrário, eu nunca tinha sido tão lúcido.

— Venha, venha, minha menina.

— Para onde?

— Para a casa da senhora de Gabry.

Então ela me deu o braço. Corremos algum tempo como ladrões. A corrida não é exatamente uma atividade apropriada à minha corpulência. Parei meio sufocado, apoiei-me a alguma coisa que me parecia ser o fogareiro de um vendedor de castanhas instalado ao lado de uma barraca de vinhos onde os cocheiros bebiam. Um deles nos perguntou se não precisávamos de uma carruagem. Certamente, era o de que mais precisávamos! O homem, com um chicote, pousou seu copo no balcão de alumínio, subiu para seu assento e tocou seu cavalo. Estávamos salvos.

— Uf! — exclamei, esfregando a fronte, porque, apesar do frio, eu suava em grossas bagas.

O estranho é que Jeanne, mais do que eu, parecia ter consciência do ato que acabávamos de praticar. Estava muito séria, embora visivelmente inquieta.

— Na cozinha! — falei com indignação.

Jeanne abanou a cabeça, como se dissesse: "Na cozinha ou em qualquer outro lugar, que me importa!" E, à luz das lanternas, observei com desgosto que seu rosto estava magro e de traços fundos. Não tinha a mesma vivacidade, aqueles impulsos repentinos, aquela expressão viva que tanto me encantavam nela. Seus olhos pareciam lentos, seus gestos contidos, sua atitude morna. Tomei-lhe a mão: mão endurecida, grossa e fria. A pobre menina tinha sofrido muito. Perguntei sobre isso: ela me contou com toda a tranqüilidade que a senhorita Préfère, um dia, tinha mandado chamá-la e dissera que ela era um monstro e uma viborazinha, sem que ela entendesse por quê.

E acrescentara: "Você não verá mais o Sr. Bonnard, que lhe dá péssimos conselhos e que se comportou muito mal em relação a mim." Ouvindo a resposta ("Nunca acreditarei nisso"), a senhorita Préfère dera-lhe uma bofetada, mandando-a de volta para o estudo.

Jeanne continuou:

— Essa novidade de que eu não mais o veria foi para mim como a noite que cai. O senhor sabe, essas noites em que a gente fica triste quando a escuridão está dentro de nós. Pois bem, imagine esses momentos prolongados durante semanas, meses! Um dia soube que o senhor estava no parlatório com a diretora, eu os espiei; nós nos dissemos "Até logo". Senti-me um pouco consolada nesse dia, por nos termos visto. Um pouco depois disso, meu tutor foi me buscar, numa quinta-feira. Recusei-me a sair com ele. Muito discretamente ele me disse que eu era uma pequena caprichosa. E se foi. Fiquei tranqüila. Entretanto, dois dias depois, a senhorita Préfère veio a mim com um ar tão horrível que tive medo. Trazia uma carta na mão e assim se dirigiu a mim: "Senhorita, seu tutor está me dizendo que acabou todo o dinheiro a que você tinha direito. Não tenha medo: não pretendo abandoná-la; mas convenhamos que é justo que você ganhe a sua vida."

E concluiu:

— A partir desse dia, ela me empregou na limpeza da casa e, algumas vezes, fechava-me num depósito durante dias. Foi isso, senhor, o que aconteceu na sua ausência. Ainda que eu pudesse, não sei se escreveria para o senhor, porque achava que não seria possível para o senhor tirar-me de lá e, como não estavam me forçando a ir ver o Sr. Mouche, nada me pressionava. Eu podia esperar no depósito ou na cozinha.

— Jeanne — exclamei —, nem que seja preciso fugir até a Oceania, você não ficará mais com a abominável Préfère. Faço aqui um juramento sagrado. E por que não ir à Oceania? O clima lá é saudável e li outro dia num jornal que lá existem até pianos. Enquanto se espera, vamos à casa da senhora de Gabry que, por felicidade, está em Paris há três ou quatro dias; porque somos dois inocentes e temos necessidade de ajuda.

Enquanto eu falava, os traços de Jeanne iam empalidecendo e se apagando; um véu começava a cobrir seu olhar, um ríctus doloroso contraiu seus lábios entreabertos. Ela deixou cair a cabeça sobre meu ombro e ficou inconsciente.

Carreguei-a nos braços e subi a escadaria da senhora de Gabry como se levasse uma criança dormindo. Vencido pelo cansaço e pela emoção, sentei-me, prostrado, com ela, no banquinho do alto da escada e, ali, logo ela se reanimou:

— É o senhor! — disse-me abrindo os olhos. — Que alegria!

Foi nesse estado que vimos a porta da casa de nossa amiga se abrir.

Batiam as oito horas. A senhora de Gabry acolheu o velho e a menina com bondade. Surpresa, certamente estava, mas não nos perguntou nada.

— Senhora — disse eu —, viemos ambos em busca de sua proteção. E, antes de tudo, pedimos uma refeição. Jeanne, pelo menos, porque ela acaba de desmaiar de fraqueza na carruagem. Para mim, qualquer coisa que ponha na boca tão tarde me antecipa uma noite de agonia. Espero que o Sr. de Gabry também nos ajude.

— Ele está aqui — disse ela.

E logo mandou avisá-lo de nossa chegada.

Tive prazer ao vê-lo de cara aberta e de apertar sua mão forte. Fomos os quatro para a sala de jantar e enquanto se servia a Jeanne um prato de frios no qual ela nem tocou, comecei a contar nossa história. Paul de Gabry me pediu licença para acender seu cachimbo, depois me ouviu silenciosamente. Quando acabei, coçou sua cara de barba curta e espessa.

— Meu Deus! — exclamou. — O senhor está metido numa boa confusão, meu caro Bonnard!

Depois, observando Jeanne, cujos grandes olhos espantados se desviavam dele para mim nesse momento, o Sr. de Gabry me chamou:

— Venha.

Fui com ele para o escritório, em cujas paredes brilhavam, à luz das lâmpadas, sobre tapetes sombrios, carabinas e facões de caça. Lá, mandou que me sentasse num longo canapé de couro:

— Que é que o senhor foi fazer — foi logo dizendo —, que é que o senhor fez, meu Deus! Desvio de menor de idade, rapto, seqüestro! O senhor tem uma batata quente nas mãos. Na melhor das hipóteses, o senhor está ameaçado com cinco, dez anos de prisão.

— Misericórdia — gritei —, dez anos de prisão porque salvei uma menina inocente!

— É a lei! — respondeu o Sr. de Gabry. — Conheço muito bem o código, meu caro Sr. Bonnard, não só porque fiz meu curso de direito, mas porque, tendo sido prefeito de Lusance, precisei informar-me a mim próprio para informar meus munícipes. Esse Mouche é um canalha, a Préfère é uma trapalhona e o senhor é um... não acho um termo bastante forte para dizer.

O Sr. de Gabry abriu sua estante, que tinha coleiras de cães, chicotes de montaria, estribos, esporas, caixas de charutos e alguns livros de consulta, apanhou um código e começou a folheá-lo.

— *Crimes e delitos... seqüestro de pessoas*, não é o seu caso... *Seqüestro de menores*, este é o nosso ponto... ARTIGO 354. — *Quem quer que tiver, através de fraude ou violência, seqüestrado ou levado pela força menores, ou os tenha arrastado, desviado ou arrancado dos lugares onde tinham sido postos por aqueles a cuja autoridade ou direção tinham sido entregues ou confiados, sofrerá pena de reclusão. Ver código penal, 21 e 28...* 21. — *O tempo de reclusão será de pelo menos cinco anos...* 28. — *A condenação à reclusão importa na degradação cívica.* Está bem claro, não é, senhor Bonnard?

— Perfeitamente claro.

— Continuemos: ARTIGO 356. — *Se o raptor não tiver ainda 21 anos será punido apenas com...* Isso não nos diz respeito. ARTIGO 357. — *No caso em que o raptor tiver casado com a moça que raptou, nada poderá ser feito contra ele, a não ser que haja queixa das pessoas que, segundo o código civil, tenham direito de solicitar a nulidade do casamento, nem ele poderá ser condenado, a não ser depois que a nulidade do casamento tenha sido pronunciada.* Não sei se está nos seus planos casar-se com a senhorita Alexandre. O senhor vê que o código é benigno e abre uma porta para essa hipótese. Seria um erro fazer gracejos, porque sua situação é ruim. Incrível que um homem como o senhor pudesse pensar que seria possível em Paris, no século XIX, fugir impunemente com uma moça? Não estamos na Idade Média, e o rapto não é mais permitido.

— Não pense — respondi — que o rapto era permitido no direito antigo. O senhor achará em Baluze um decreto baixado pelo rei Childeberto em Colônia, no ano de 593 ou 94, sobre essa matéria. Quem ignora, de resto, que a famosa ordenação de Blois, de maio de 1579, dispõe formalmente que os acusados de subornar rapaz ou moça menores de 25 anos, sob pretexto de casamento ou de outro tipo, sem a vontade, desejo ou consentimento expresso dos pai, mãe e tutores serão punidos com a morte? *E da mesma forma,* acrescenta a ordenação, *e da mesma forma serão punidos extraordinariamente todos aqueles que tenham participado do dito rapto, e que tiverem aconselhado, assistido e ajudado de alguma maneira, qualquer que seja ela.* São esses, ou quase esses, os próprios termos da ordenação. Quanto a esse artigo do código conhecido como Napoleão que o senhor acaba de citar, e que exime das penas da lei o raptor casado com a moça raptada, faz-me lembrar que segundo a lei consuetudinária da Bretanha, o rapto seguido de casamento não era punido. Mas esse costume causou abusos e passou a ser punido por volta de 1720.

"Dou-lhe essa data com uma aproximação de mais ou menos dez anos. Minha memória já não é muito boa, e já se foi o tempo em que eu podia recitar de cor, sem tomar fôlego, mil e quinhentos versos de Girart de Roussillon.

"Quanto ao capitular de Carlos Magno que regulamenta a compensação do rapto, não lhe falo dele, porque seguramente o senhor o tem vivo na memória. O senhor vê, portanto, claramente, meu querido senhor de Gabry, que o rapto foi considerado um crime a ser punido sob as três dinastias da velha

França. Anda bem enganado quem pensa que a Idade Média era um tempo de caos. Convença-se o senhor, ao contrário...

O Sr. de Gabry me interrompeu:

— O senhor conhece — exclamou ele — a ordenação de Blois, a de Baluze, a de Childeberto e os capitulares, e não conhece o Código Napoleão!

Respondi-lhe que de fato nunca li esse código, e ele pareceu surpreso.

— Compreende, agora — acrescentou o Sr. de Gabry —, a gravidade da ação que o senhor cometeu?

Na verdade, ainda não compreendia. Mas, pouco a pouco, sentindo o efeito dos argumentos sensatíssimos do Sr. Paul, cheguei à conclusão de que seria julgado não por minhas intenções, que eram inocentes, mas por minha ação, que era condenável. Então me desesperei e me lamentei.

— Que fazer? — gemi. Que fazer? Quer dizer que estou perdido sem remédio e então está perdida comigo a pobre menina que eu quis salvar?

O Sr. de Gabry encheu silenciosamente o seu cachimbo e o acendeu tão devagar que seu bom e largo rosto durante três ou quatro minutos ficou vermelho como o de um ferreiro diante do fogo da forja. Depois:

— O senhor me pergunta que fazer; não faça nada, meu querido senhor Bonnard. Pelo amor de Deus e no seu interesse, não faça absolutamente nada. Suas intervenções são muito desastradas. Não se envolva mais com isso, sob pena de um novo comprometimento. Mas prometa-me não atrapalhar nada do que eu farei. Amanhã de manhã irei ver o Sr. Mouche e, se ele é mesmo aquilo que pensamos, quer dizer, um miserável, acabarei por achar, quando o diabo se intrometer, um meio de torná-lo inofensivo. Porque tudo depende dele. Como está muito tarde para devolver hoje a senhorita Jeanne ao internato, minha mulher manterá esta noite a jovem junto dela. Isso é incorrer fundo no delito de cumplicidade, mas eliminamos assim todo o caráter equívoco da situação da moça. Quanto ao senhor, meu caro, retorne rapidamente ao cais Malaquais, e se alguém for lá procurar Jeanne será fácil provar que ela não está com o senhor.

Enquanto conversávamos, a senhora de Gabry tomava providências para pôr na cama sua hóspede. Vi passar no corredor a criada de quarto que carregava roupas de cama perfumadas de lavanda.

— Aí está — disse eu — um odor doce e honesto.
— O que poderia o senhor esperar? Somos camponeses.
— Ah! — exclamei. — Possa eu vir a ser um homem do campo, também. Possa eu um dia, como os senhores, em Lusance, respirar cheiros agrestes, sob uma casa perdida em meio à folhagem e, se isso não é ambicioso demais para um velho cuja vida vai se aproximando do fim, sonho pelo menos que meu lençol seja, como esse, perfumado de lavanda.

Combinamos que eu voltaria para almoçar no dia seguinte. Mas proibiram-me expressamente que eu chegasse antes do meio-dia. Jeanne, me abraçando, pediu-me que eu não permitisse nunca sua volta ao internato. Separamo-nos comovidos e perturbados.

Encontrei Thérèse no alto da escada, com uma preocupação que a tornara furiosa. O menos que ela me disse foi que de agora em diante iria me trancar.

Que noite! Não fechei o olho por um instante. Ora eu ria como um garoto do sucesso de minha aventura; ora assaltava-me uma angústia inexprimível, vendo-me diante dos magistrados e respondendo no banco dos réus pelo crime que eu tinha cometido com tanta naturalidade. Estava assustado, mas não tinha remorsos nem lamentava nada. O sol, entrando no meu quarto, acariciou alegremente os pés da minha cama, e fiz esta oração:

"Meu Deus, vós que criastes o céu e o orvalho, como está dito no Tristão, julgai-me, com sua eqüidade, não segundo meus atos, mas por minhas intenções, que foram retas e puras. E eu direi: Glória a vós no céu e paz na terra aos homens de boa vontade. Ponho em vossas mãos a criança que raptei. Faça o que eu não soube fazer: guardai-a de todos os inimigos, e que vosso nome seja abençoado!"

29 de dezembro.

Quando entrei em casa da senhora de Gabry, Jeanne era outra figura.

Teria ela, como eu, aos primeiros clarões da madrugada, invocado Aquele que fez o céu e o orvalho? Ela sorria com doce tranqüilidade.

A Sra. de Gabry a chamou para acabar de penteá-la, porque essa anfitriã amável resolvera pentear com suas próprias mãos os cabelos da menina que lhe tinha sido confiada. Chegando um pouco antes da hora combinada, eu interrompera essa toalete graciosa. Para me castigar, fizeram-me esperar sozinho no salão. O Sr. de Gabry logo foi me encontrar lá. Evidentemente estava chegando da rua, porque sua testa ainda tinha a marca do chapéu. Seu rosto expressava um alegre otimismo. Achei que não devia lhe fazer perguntas e fomos todos almoçar. Quando as empregadas acabaram seu serviço, o Sr. Paul, que guardara sua história para o café, disse-nos:

— Muito bem, fui a Levallois!
— Encontrou o Sr. Mouche? — perguntou-lhe com vivo interesse a Sra. de Gabry.
— Não! — respondeu ele, observando nossas caras de desapontamento.

Depois de ter desfrutado durante um tempo razoável a nossa inquietação, o excelente homem acrescentou:
— Mestre Mouche não está mais em Levallois. Mestre Mouche deixou a França. Amanhã completam-se oito dias que ele jogou a chave por baixo da porta, levando o dinheiro de seus clientes, uma alta soma. Encontrei o escritório fechado. Uma vizinha me contou o caso com maldições e imprecações violentas. O tabelião não estava sozinho no trem que tomou, o das 7 horas e 53. Levou com ele a filha de um cabelereiro de Levallois. O fato me foi confirmado por um comissário de polícia. Seria impossível uma fuga de mestre Mouche em momento mais adequado. Se ele retardasse seu golpe por uma semana, senhor Bonnard, tê-lo-ia levado à barra dos tribunais, representando a sociedade. Agora não temos mais nada a temer. À saúde de mestre Mouche! — gritou ele, servindo *armagnac* a todos.

Queria viver muito para lembrar por longo tempo da manhã de hoje. Estávamos reunidos os quatro na grande sala de refeições branca, em volta da mesa de carvalho encerada. O Sr. Paul mostrava uma alegria grande e até um pouco rude, e bebia o *armagnac* em longos sorvos. Um homem de valor! A senhora de Gabry e a senhorita Alexandre sorriam com um sorriso que pagou os meus pecados.

Voltando a casa, tomei os pitos mais azedos de Thérèse, que não entendia nada de minha nova maneira de viver. Na sua opinião, o patrão tinha perdido o senso.

— É verdade, Thérèse, sou um velho louco e você é uma velha louca. Isso é certíssimo. Que o bom Deus nos abençoe, Thérèse, e nos dê forças novas, porque temos novos deveres. Mas deixe que eu me estenda neste sofá porque não estou me agüentando em pé.

15 de dezembro de 186...

— Bom-dia, senhor — disse Jeanne, abrindo minha porta, enquanto Thérèse, por trás dela, resmungava à sombra, no corredor.

— Senhorita, rogo que me trate solenemente por meu título e me diga: "Bom-dia, meu tutor."

— Então é verdade? Que felicidade! — disse a menina, batendo palmas.

— É verdade, senhorita, tudo se consumou na sala de audiências, diante do juiz de paz, e de hoje em diante submeta-se à minha autoridade... Está rindo, minha pupila? Vejo em seus olhos: você está com alguma idéia doida na cabeça. Mais uma doidice!

— Ó, não senhor... meu tutor. Só olhava para seus cabelos brancos, enrolados em volta das bordas de seu boné como madressilvas nas grades de uma sacada. São muito bonitos e gosto muito deles.

— Sente-se, minha pupila, e se for possível não diga mais coisas sem sentido; de minha parte, tenho coisas sérias a lhe dizer. Ouça-me: você não precisa, de modo algum, penso eu, voltar ao estabelecimento da senhorita Préfère?... Não precisa. O que acha você de ficar aqui por algum tempo para acabar seus estudos, até... até... que sei eu? Para sempre, como se diz.

— Ó, senhor! — gritou ela, vermelha de alegria.

Continuei:

— Há, lá nos fundos, um quartinho que minha governanta preparou para recebê-la. Você substituiria lá uns velhos livros, como o dia se sucede à noite. Vá ver com Thérèse se esse quarto é habitável. Ficou acertado com a senhora de Gabry que você já dormiria lá esta noite.

Ela ia sair correndo para lá, eu a chamei:

— Jeanne, mais uma coisa. Você tem sido até aqui muito bem-vinda por parte da minha governanta, que, como todas as pessoas idosas, é de seu natural muito vagarosa. Poupe-a. Eu próprio a tenho poupado e vou agüentando suas impaciências. Numa palavra, quero dizer, Jeanne, seja condescendente com ela. E, falando assim, não me esqueço que ela é minha empregada e sua: sempre se comporta como tal. Mas você deve respeitá-la por sua velhice e por seu bom coração. É uma criatura humilde há muito voltada para o bem; no bem ela endureceu. Agüente a rigidez dessa alma reta. Saiba mandar, ela saberá obedecer. Vá, minha filha, arranje seu quarto da melhor maneira possível para seu trabalho e seu descanso.

Assim que orientei Jeanne, com suas coisinhas pessoais, em seu caminho para se tornar uma boa dona de casa, pus-me a ler uma revista que, mesmo dirigida por jovens, é excelente. O tom é um tanto rude, mas o espírito tem seus méritos. O artigo que li aborda com precisão e com firmeza como agia nossa geração no tempo de minha juventude. O autor do artigo, Sr. Paul Meyer, assinala cada erro nosso de modo cortante.

Não tínhamos, os jovens de minha geração, essa justiça impiedosa. Tínhamos também uma enorme indulgência, que chegava a misturar o sábio e o ignorante no mesmo elogio. Entretanto, criticar é uma arte e, mais que isso, um dever rigoroso. Lembro-me do pequeno Raymond (sempre o chamávamos com esse "pequeno" antes). Raymond era um ignorante. Tinha o espírito limitadíssimo, mas adorava a mãe. Não quisemos denunciar a ignorância e a estupidez de tão bom filho, e o pequeno Raymond, graças à nossa cumplicidade, chegou ao Instituto. Não tinha mais a mãe e as honras choviam sobre ele. Tornou-se todo-poderoso, com grande prejuízo para seus confrades e para a ciência. Mas eis que chega meu jovem amigo do Jardim de Luxemburgo.

— Boa-noite, Gélis. Você está com boa cara hoje. O que deseja, meu bom jovem?

Dá-se que ele defendeu muito bem a sua tese e teve uma boa classificação. Foi o que me disse, acrescentando que meus trabalhos, que citou incidentalmente no decorrer da prova, foram muito elogiados pelos professores da escola.

— Isso é bom — respondi —, e fico feliz, Gélis, de ver minha velha reputação ligada à sua jovem glória. Interessei-me vivamente por sua tese, você sabe, mas problemas domésticos me fizeram esquecer que sua defesa era hoje.

A senhorita Jeanne veio mesmo a calhar para que eu falasse desses problemas. A estabanada entrou como uma brisa leve na cidade dos livros e gritou que seu quarto era uma pequena maravilha. Ficou toda vermelha quando viu Gélis. Mas ninguém foge ao seu destino.

Notei que desta vez um e outro foram tímidos e quase não conversaram entre si.

Uma beleza! Sylvestre Bonnard, observando sua pupila, você esquece que é tutor. Você o é desde esta manhã e essa nova função já lhe impõe deveres delicados. Você deve, Bonnard, afastar habilmente esse jovem, você deve... Ah! Sei lá o que devo fazer...

O Sr. Gélis toma notas em meu exemplar único de *La Ginevera delle clare donne*. Puxei ao acaso um livro da prateleira mais próxima de minha estante. Abri o livro respeitosamente em meio a um drama de Sófocles. Envelhecendo, tomo-me de amores pelas duas antiguidades, e neste últimos tempos os poetas da Grécia e da Itália situaram-se, na cidade dos livros, ao alcance do meu braço. Li então esse coro suave e luminoso que declama sua bela melopéia em meio a uma ação violenta, o coro dos velhos tebanos, "*Éros aníkate...*". "Invencível amor, ó tu que te espalhas sobre as casas ricas, que repousas sobre as faces delicadas da moça, que singras os mares e visitas os estábulos, nenhum dos imortais pode fugir a ti, nem mesmo os homens que vivem pouco, nenhum deles; e quem o possui fica em delírio." E quando reli esse canto delicioso, a figura de Antígona surgiu aos meus olhos em sua inalterável pureza. Que imagens, deuses e deusas que pairam no mais puro dos céus! O velho cego, o rei mendigo por tanto tempo errante, conduzido por Antígona, recebeu agora uma sepultura santa, e sua filha, bela como as mais belas imagens que a alma humana jamais concebeu, resiste ao tirano e enterra piedosamente seu irmão. Ela ama o filho do tirano, e esse filho a ama. E enquanto ela caminha rumo ao suplício ao qual a conduz sua piedade, os velhos cantam:

"Invencível amor, ó tu que te espalhas sobre as casas ricas, tu que repousas sobre as faces delicadas da moça..."

Não sou um egoísta. Sou prudente; é preciso que eu dê uma formação a essa criança, ela é muito jovem para que eu a case. Não! Não sou um egoísta, mas preciso guardá-la por alguns anos comigo, só comigo. Não poderia ela esperar pela minha morte? Esteja tranquila, Antígona, o velho Édipo achará a tempo o lugar santo de sua sepultura. No momento, Antígona ajuda nossa governanta a descascar os nabos. E afirma que isso para ela é como voltar à escultura.

Maio.

Quem reconheceria a cidade dos livros? Agora ela tem flores sobre todos os móveis. Jeanne tem razão: essas rosas ficam muito bonitas nesse vaso de faiança azul. Jeanne acompanha todos os dias Thérèse ao mercado, e traz flores. As flores são na verdade criaturas encantadoras. Há de chegar o dia em que seguirei meu desígnio e as estudarei onde elas vivem, no campo, com todo o espírito de método de que sou capaz.

E que faço aqui? Por que acabar de queimar meus olhos sobre velhos pergaminhos que não me dizem mais nada de interessante? Eu os decifrava outrora, esses velhos textos, com um ardor generoso. Que esperava encontrar neles então? A data da fundação de uma ordem piedosa, o nome de algum monge artesão de imagens ou copista, o preço de um pão, de um boi ou de um campo, uma disposição administrativa ou judiciária, isso ou alguma outra coisa, alguma coisa misteriosa, vaga e sublime que aquecesse meu entusiasmo. Mas procurei durante sessenta anos sem achar essa alguma coisa. Os que valiam mais do que eu, os mestres, um Fauriel, um Thierry, que descobriram tantas coisas, morreram no trabalho também sem ter descoberto essa alguma coisa que, não tendo corpo, não tem nome, e sem nome nenhuma obra de espírito vinga nesta terra. Agora que só busco aquilo que racionalmente posso encontrar, não acho mais nada, e é provável que jamais acabe a história dos padres de Saint-Germain-des-Prés.

— Adivinhe, tutor, o que trago no lenço?

— Tudo indica que são flores, Jeanne.
— Ó, não, não são flores. Olhe!

Olho e vejo uma cabecinha cinzenta surgindo de dentro do lenço. É um gatinho cinzento. O lenço se abre. O bichinho pula para cima do tapete, se sacode, ergue uma orelha, depois a outra, e examina cuidadosamente o terreno e as pessoas.

Um cesto no braço, Thérèse chega, sem fôlego. Nem dissimula sua contrariedade. Condena veementemente a senhorita por trazer para casa um gato que não conhece. Jeanne, para se justificar, conta a história. Passando com Thérèse diante de uma farmácia, viu um aprendiz de farmacêutico chutando o gatinho para a rua com um senhor pontapé. O gato, espantado e medroso, não sabe se ficará na rua, apesar dos passantes que o atropelam e assustam, ou se volta para a farmácia, sob a ameaça de sair de lá mais uma vez à força de um pontapé. Jeanne considera a posição crítica do bichinho e compreende que ele hesite. O gatinho está com um ar de medo, a moça vê que a indecisão é que lhe causa isso. Pega-o nos braços. Numa situação em que não está nem fora nem dentro, o bichano continua com medo. Enquanto acaba de conquistá-lo com suas carícias, Jeanne diz ao aprendiz:

— Se o animalzinho o incomoda, não precisa chutá-lo. Basta que o dê para mim.

— Pode levá-lo — responde o homem da farmácia.

— Foi assim — conclui Jeanne a sua história.

E, com a vozinha de quem se dirige a um neném, promete ao gatinho todo tipo de carinho.

— O bichano está bem magro — agora sou eu que falo, examinando o sofrido animal. Para piorar tudo, é bem feio.

Jeanne não o acha feio, mas reconhece que ele mantém ainda um ar de medo total. Agora não é por sentir uma indecisão, mas, segundo ela, pelas condições do momento que ainda o surpreendem. Se a gente estivesse no lugar dele, imagina Jeanne, veríamos que seria impossível não sofrer um abalo com tanta aventura. Rimos no focinho do gato, que agora mantém um ar sério, mas cômico. Jeanne quer que ele fique em seus braços, mas ele corre para baixo da mesa e de lá não sai nem mesmo quando chega para ele um pires cheio de leite.

Ambos nos afastamos. Em pouco tempo o pires está vazio.

— Jeanne — digo eu —, seu protegido tem uma carinha triste. Por natureza, ele é dissimulado. Espero que não cometa na cidade dos livros ações condenáveis que nos obriguem a devolvê-lo à sua farmácia. Enquanto esperamos, temos de dar-lhe um nome. Proponho que o chamemos de Dom Cinzento de Gouttière. Mas talvez esse seja um nome um pouco longo. Pílula, Remédio ou Rícino seria mais curto e teria a vantagem de lembrar-lhe sua condição anterior. O que é que você acha?

— Pílula iria bem — responde Jeanne —, mas é preciso dar-lhe um nome que não lhe lembre eternamente as infelicidades de que acabamos de livrá-lo. Seria como cobrar a nossa hospitalidade. Sejamos gratuitos e vamos dar a ele um nome bonito, na esperança de que ele seja merecedor disso. Veja como ele nos olha: ele nota que a gente se preocupa com ele. Já não está tão espantado, pois já não se sente tão infeliz. A infelicidade nos oprime, disso posso falar porque conheço o assunto.

— Muito bem, Jeanne, se você quiser, chamaremos seu protegido de Aníbal. A justeza desse nome você não pode reconhecer logo de saída. Mas o angorá que o precedeu na cidade dos livros e ao qual eu tinha o hábito de fazer confidências, porque se tratava de pessoa sábia e discreta, chamava-se Amílcar. É natural que esse nome crie outro e que Aníbal suceda a Amílcar.

Ficamos de acordo nesse ponto.

— Aníbal! — gritou Jeanne —, venha cá.

Aníbal, tonto com a sonoridade estranha de seu próprio nome, foi-se esconder debaixo de uma estante, num espaço tão apertadinho onde não caberia um rato.

Eis um grande nome muito adequado!

Nesse dia eu estava com grande disposição para trabalhar e tinha molhado no tinteiro o bico de minha pena quando ouvi que batiam. Se por acaso alguns ociosos lessem estas páginas mal traçadas por um velho sem imaginação haveriam de rir-se muito com esses toques de campainha que soam a todo momento no meio da minha narrativa, sem nunca introduzir uma personagem nova nem preparar uma cena inesperada. Ao contrário do teatro. O Sr. Scribe só abre suas portas com pleno conhecimento de causa e para grande alegria das senhoras e senhoritas. Isso faz parte da arte. Preferiria me enforcar antes de escrever um *vaudeville*, não por desprezo à vida, mas por absoluta incapacidade de inventar alguma coisa divertida. Inventar! Para conseguir isso é preciso receber influências secretas. Esse dom me seria funesto. Veja você que, na minha história da abadia de Saint-Germain-des-Prés, inventei alguns mongezinhos. Que diriam os jovens eruditos? Que escândalo na escola! Quanto ao Instituto, lá nada seria dito e não se pensaria mais nisso. Meus confrades, se é que ainda escrevem um pouco, não lêem mais nada. São da opinião de Parny, que dizia:

Une paisible indifférence
*Est la plus sage des vertus.**

---

*"Uma pacífica indiferença/É a mais sábia das virtudes." Evariste Desiré de Forges, visconde de Parny (1753-1814), ficou conhecido por suas poesias amorosas. Foi da Academia Francesa. (*N. do T.*)

Ser o mínimo possível para ser o melhor possível, é nesse sentido que os budistas se esforçam, sem o saber. Se se trata de sábia sabedoria, direi isso a Roma. Tudo isso a propósito do toque de campainha do Sr. Gélis.

Esse jovem alterou totalmente seu jeito de ser. É tão sério hoje como ontem era leviano, tão taciturno como era tagarela. Jeanne segue esse exemplo. Estamos na fase da paixão contida. Por velho que eu seja, não me engano quanto a isso: esses dois jovens se amam com força e solidez. Jeanne por enquanto o evita, esconde-se no quarto quando ele entra na biblioteca. Mas bem que o encontra quando está sozinha! Sozinha, ela lhe fala a cada noite na música que toca ao piano com um toque rápido e vibrante que é a expressão nova de sua alma nova.

Muito bem, por que não dizê-lo? Por que não confessar minha fraqueza? Meu egoísmo, se eu o escondesse de mim mesmo, torná-lo-ia menos condenável? Devo então confessá-lo: sim, esperava outra coisa; tinha nas minhas pretensões guardá-la só para mim, como minha filha, como minha neta, não para sempre, não por muito tempo, porém por mais alguns anos. Estou velho, será que ela não poderia esperar? E — quem sabe? — a gota e a artrite colaborando, eu não abusaria por muito tempo da sua paciência. Era meu desejo, era minha esperança. Contava com isso sem que ela soubesse, sem que esse moço estouvado aparecesse. Mas, se a conta estava errada, nem por isso o erro na conta é menos cruel. E, depois, você está se condenando sem nenhuma razão, meu amigo Sylvestre Bonnard. Se você queria conservar essa jovem ao seu lado por mais alguns anos, isso interessava a ela tanto quanto a você. Ela tem muito a aprender e você não é um mestre a ser desdenhado. Quando aquele tabelião Mouche, que fugiu depois de uma safadeza tão oportuna, deu-lhe a honra de uma visita, você lhe expôs seu sistema de educação com o calor de uma alma apaixonada. Todo seu zelo se devia à sua vontade de aplicar esse sistema. Jeanne é uma ingrata e Gélis, um sedutor.

Mas, afinal, se não o ponho porta afora, o que seria de um gosto e de um sentimento detestáveis, é claro que é preciso recebê-lo. Há muito tempo que ele espera no meu salão menor, diante de vasos de Sèvres que me foram gentilmente dados pelo rei Luís Filipe. Os *Ceifeiros* e os *Pescadores* de Léopold Robert estão pintados nesses vasos de porcelana que Gélis e Jeanne concordam em achar pavorosos.

— Meu querido jovem, desculpe-me por não o ter recebido de imediato. Eu estava acabando um trabalho.

Não menti: a meditação é um trabalho, mas Gélis não pensou nisso, pensou que eu estivesse fazendo algum trabalho de arqueologia e me disse que eu devia terminar logo minha história dos padres de Saint-Germain-des-Prés. Só depois de ter demonstrado interesse nisso é que me perguntou como ia indo a senhorita Alexandre. Ao que respondi: "Muito bem", num tom seco, com o qual revelo minha autoridade moral de tutor.

E, depois de um momento de silêncio, falamos da Escola, das novas publicações e dos progressos das ciências históricas. Até que entramos nas generalidades. As generalidades são muito produtivas. Tentei inculcar em Gélis um pouco de respeito pela geração de historiadores a que pertenço. Disse-lhe:

— A história, que era uma arte e aceitava todas as fantasias da imaginação, tornou-se no meu tempo uma ciência submetida a rigorosos métodos.

Gélis me pediu licença para discordar. Não acredita que a história seja nem que venha a se tornar um dia uma ciência.

— Vejamos, em primeiro lugar — declara ele —, o que é a história? A representação escrita dos acontecimentos passados. Mas o que é um acontecimento? Será um fato qualquer? Não! É um fato notável, dirá o senhor. Ora, como o historiador julga o que é um fato notável e o que não é? Julga-o arbitrariamente, segundo seu gosto e seu capricho, segundo sua idéia, como artista, afinal, pois os fatos não se dividem, por sua própria natureza, em fatos históricos e fatos não históricos. De resto, um fato é uma coisa extremamente complexa. Será que o historiador representará os fatos em sua complexidade? Não, isso é impossível. Irá representá-los despidos da maior parte das particularidades que o constituem, em conseqüência, truncados, mutilados, diferentes de como ocorreram. Quanto à relação dos fatos entre si, nem falemos nisso. Se um fato dito histórico é produzido — e existe essa possibilidade — por um ou muitos fatos não históricos e, por isso mesmo, desconhecidos, que meio tem o historiador, diga-me, por favor, para marcar a relação desses fatos entre si? E estou supondo, em tudo isso que digo, senhor Bonnard, que o historiador tenha sob os olhos testemunhos confiáveis, mas, na realidade, ele confia neste ou naquele testemunho levado apenas pelo sentimento. A história não é uma ciência, é uma arte e com ela só se obtém algum sucesso através da imaginação.

Neste momento o Sr. Gélis me lembra um certo jovem maluquinho que ouvi certo dia discorrer sem nenhuma responsabilidade no Jardim de Luxemburgo, sob a estátua de Margarida de Navarra. E eis que, numa reviravolta da conversa, nos vemos cara a cara com Walter Scott, em quem meu jovem iconoclasta vê um certo ar rococó, um jeito de trovador e espécie de "enfeite de sala de visitas". As expressões são dele mesmo.

— Mas — respondo, aquecendo a reação em defesa do magnífico criador de Lúcia e da linda donzela de Perth —, todo o passado revive em seus admiráveis romances. É a história, é a epopéia!

— É a velharia — reage Gélis.

E, por inacreditável que isso pareça, esse rapaz insensato me garante que não se pode, por mais sábio que se seja, recompor com precisão como os homens viviam há cinco ou dez séculos, pois só com enorme dificuldade se pode recompor como viviam há cinco ou dez anos. Para ele, o poema histórico, o romance histórico, a pintura histórica são gêneros abominavelmente falsos!

— Em todas as artes — continua ele — o artista pinta apenas sua alma; sua obra, seja qual for o meio pelo qual se expresse, marca o espírito de uma época. Que admiramos na *Divina comédia* senão a alma de Dante? E os mármores de Miguel Ângelo, que representam para nós senão o próprio Miguel Ângelo? O artista dá a própria vida a suas criações ou esculpe marionetes e veste bonecas.

Quanto paradoxo, quanta irreverência! Mas as audácias não me desagradam num jovem. Gélis se levanta e volta a se sentar; bem sei o que o inquieta e o que ele está esperando. E eis que me fala dos mil e quinhentos francos que ganha, aos quais ainda acrescenta uma pequena renda de dois mil francos que recebe de herança. Não me enganam essas confidências, bem sei que me dá conta dessas pequenas coisas a fim de que eu o veja como um homem estabelecido, bem situado, empregado. Para dizer numa palavra tudo, em condições de casar. C.Q.D., como dizem os geômetras ("Como queríamos demonstrar").

Levantou-se e se sentou umas vinte vezes. Na vigésima primeira vez em que se levantou, não vendo Jeanne, saiu desolado.

Mal ele se foi, Jeanne entrou na cidade dos livros sob o pretexto de cuidar de Aníbal. Também se mostrou desolada e foi com uma voz sentida que chamou seu protegido para lhe dar leite. Veja esse rosto triste, Bonnard! Tirano, contemple sua obra. Você os manteve separados, mas eles estão com o mesmo rosto triste, e você vê, pela expressão dos traços de ambos, que apesar de você eles estão unidos pelo pensamento. Cassandra está feliz! Bartolo se alegra! Isso é que é ser tutor? Veja como ela está, ajoelhada no tapete, a cabeça de Aníbal entre as mãos.

Assim é que ela está! Acaricia esse estúpido animal. Murmura, geme sobre ele! É muito claro, menina pérfida, para onde vão seus suspiros e quem é o objeto de suas queixas.

Contemplo longamente esse quadro; depois, lançando um olhar para minha biblioteca:

— Jeanne — digo —, todos esses livros me aborrecem. Vamos vendê-los.

20 de setembro.

Consumou-se: estão noivos. Gélis, que é órfão como Jeanne é órfã, fez-me o pedido através de um dos seus professores, meu colega, altamente estimado por sua sabedoria e por seu caráter. Mas que mensageiro de amor, Deus do céu! Um urso. Não um urso dos Pireneus, mas urso de gabinete — e esta segunda variedade é muito mais feroz do que a primeira.

— Certo ou errado (errado, na minha opinião), Gélis não se interessa por um dote. Casa-se com a sua pupila mesmo que ela leve apenas a roupa do corpo. Diga "sim" e está tudo acertado. Rápido, rápido, quero mostrar-lhe duas ou três medalhas da Lorena muito curiosas e que você não conhece, tenho certeza.

Foi literalmente o que ele me disse. Respondi-lhe que consultaria Jeanne e tive um prazer não pequeno em declarar-lhe que minha pupila tinha um dote.

O dote, isso é que é! O dote é minha biblioteca. Henri — esse é o primeiro nome de Gélis — e Jeanne estão a mil léguas de pensar nisso. Na verdade, geralmente as pessoas acreditam que sou rico. Tenho cara de velho avarento. Sem dúvida, uma cara bem enganadora, mas que tem me valido muita consideração. Não há tipo de gente que o mundo respeite mais do que um rico pão-duro.

Consultei Jeanne, mas haveria necessidade de escutar sua resposta para saber de tudo? É um fato, eles estão noivos!

Não está de acordo com o meu caráter — nem com a minha cara — ficar espreitando esses dois jovens para depois anotar suas palavras e seus gestos. *Noli me tangere*. É a palavra dos belos amores. Tenho consciência do meu dever: é respeitar o segredo dessa alma inocente pela qual velo. Que esses jovens se amem! Nada de seus longos derramamentos, nada de suas cândidas imprudências será anotado neste caderno pelo velho tutor cuja autoridade foi doce e durou tão pouco!

De resto, não cruzo os braços e, se eles têm seus afazeres, tenho cá os meus. Comecei a organizar eu próprio o catálogo de minha biblioteca, preparando uma venda em leilão. É ao mesmo tempo uma tarefa que me aflige e me distrai. Faço-a durar um tempo talvez um pouco mais longo que o razoável, fico folheando esses exemplares tão familiares ao meu pensamento, à minha mão, aos meus olhos. Assim, estico esse trabalho um tanto além do necessário e do útil. Trata-se de um adeus, e sempre foi da natureza do homem prolongar os adeuses.

Este volume grosso que tantos serviços me presta há trinta anos, posso deixá-lo sem as atenções devidas a um bom servidor? E este outro, cuja sã doutrina me deu alegria, não devo saudá-lo por uma última vez, como a um mestre? Mas cada vez que acho um volume que me levou ao erro, que me aborreceu, por suas datas incorretas, suas lacunas, falsidades e outros perigos da arqueologia: — Vai-te, digo com uma alegria amarga, vai-te impostor, traidor, falso testemunho, fuja para longe de mim, *vade retro*, e que tu possas, injustamente coberto de ouro, com a reputação usurpada que carregas e tua bela roupagem de marroquino, acabar na estante de algum corretor de câmbio bibliômano, que não poderás enganar como a mim enganaste, pois ele jamais o lerá.

Deixo à parte, pois vou guardá-los para sempre, os livros que me foram dados como lembrança. Quando pus nesta prateleira o manuscrito da *Lenda dourada*, pensei em beijá-lo, em homenagem à senhora Trépof, que se mostrou reconhecida apesar do alto nível social que atingiu e de suas riquezas e que, para mostrar seu agradecimento, tornou-se minha benfeitora. Tinha, portanto, uma reserva. Ao organizá-la é que cometi o crime. As tentações me assaltavam durante a noite; ao nascer do dia, já eram irresistíveis. Então, enquanto na casa tudo ainda dormia, eu me levantava e saía furtivamente do meu quarto.

Poderes da sombra, fantasmas da noite, se, demorando-se em minha casa até o canto do galo, vós me vistes deslizando na ponta dos pés até a cidade dos livros, certamente não tereis murmurado, como a senhora Trépof em Nápoles: "Esse velho tem boas costas!" Eu entrava. Aníbal, rabo duro, esfregava-se em minhas pernas ronronando. Eu agarrava um volume na prateleira, algum gótico venerável ou um nobre poeta do Renascimento, a jóia, o tesouro com que eu tinha sonhado a noite toda, roubava-o e o escondia no fundo mais fundo da estante de obras da minha reserva, que começava a ficar cheia, quase abarrotada. É horrível confessar: eu roubava o dote de Jeanne. E, quando o crime se consumava, eu me punha vigorosamente a corrigir o catálogo, até que Jeanne viesse me consultar sobre alguma dúvida a respeito de sua toalete ou de seu enxoval. Nunca entendi bem o que ela queria, por falta de conhecimento do vocabulário atual da costura ou da roupa branca. Ah, se por milagre uma noiva do século XIV viesse me falar de enfeitezinhos de mulher, eu logo entenderia sua linguagem! Mas Jeanne não é do meu tempo, e eu a remeto à senhora de Gabry que neste momento lhe serve de mãe.

Cai a noite, chegou a noite! Apoiados na janela, olhamos a vasta extensão escura, crivada de pontos de luz. Jeanne, debruçada no parapeito, apóia a testa na mão e parece triste. Olho para ela e digo a mim mesmo: "Todas as mudanças, mesmo as mais desejadas, têm a sua melancolia, porque aquilo que deixamos para trás é uma parte de nós. É preciso morrer para uma vida quando se entra numa outra."

Como que respondendo ao meu pensamento, a moça me diz:

— Meu tutor, estou muito feliz, e entretanto tenho vontade de chorar.

ÚLTIMA PÁGINA

21 de agosto de 1869.

Página 87..... Mais uma vintena de linhas e meu livro sobre os insetos e as flores estará terminado. Página 87 e última... *"Como acabamos de ver, as visitas dos insetos têm uma grande importância para as plantas; eles se encarregam, na verdade, de transportar ao pistilo o pólen dos estames. Parece que a flor já está preparada e enfeitada à espera dessa visita nupcial. Creio ter demonstrado que o nectário da flor destila um líqüido açucarado que atrai o inseto e o leva a operar inconscientemente a* *fecundação direta ou cruzada. Este último tipo de fecundação é o mais freqüente. Mostrei que as flores são coloridas e perfumadas de modo a atrair os insetos e construídas interiormente de modo a oferecer a esses visitadores um caminho tal que, penetrando na corola, eles depositem sobre o estigma o pólen que carregam. Sprengel, meu mestre venerado, dizia a propósito da penugem que cobre a corola do gerânio do bosque: 'O sábio autor da natureza não quis criar um único pelo inútil.' Digo eu, por minha vez: Se o lírio do campo, de que fala o Evangelho, está mais ricamente vestido do que o rei Salomão, seu manto de púrpura é um manto de núpcias e este rico adereço é uma necessidade de sua perpétua existência.**

Brolles, 21 de agosto de 1869."

Brolles! Minha casa é a última da rua da aldeia, no sentido de quem vai para a floresta. É uma casa que termina em ponta, cujo telhado de ardósia se enche de cores ao sol como um papo de pombo. O catavento no telhado me dá mais consideração por aqui do que todos os meus trabalhos de história e de filologia. Não há um menino que não conheça a ventoinha do Sr. Bonnard, que entretanto está enferrujada e geme asperamente ao vento. Às vezes se recusa a trabalhar, como Thérèse, que, resmungando, consente na ajuda de uma moça da aldeia. A casa não é gran-

---

*O Sr. Sylvestre Bonnard não sabia que três ilustres naturalistas faziam ao mesmo tempo que ele pesquisas sobre as relações entre os insetos e as plantas. Ignorava os trabalhos do Sr. Darwin, os do doutor Hermann Müller e as conclusões de *Sir* John Lubbock. É de notar-se que as conclusões do Sr. Sylvestre Bonnard se aproximam muito das desses três sábios. É menos útil, mas não menos interessante, notar que *Sir* John Lubbock é, como o Sr. Bonnard, um arqueólogo dado no ocaso da vida às ciências naturais. (N. da E.)

de, mas nela vivo à vontade. Meu quarto tem duas janelas e recebe o sol da manhã. Em cima fica o quarto das crianças, Jeanne e Henri, que passam duas temporadas por ano aqui.

O pequeno Sylvestre tinha seu berço no quarto deles. Era um menino bonito, mas muito pálido. Quando brincava na relva, sua mãe o seguia com um olhar inquieto e a todo o momento deixava a agulha para repô-lo nos joelhos. O pobre menino não queria dormir. Costumava dizer que quando dormia ia para longe, muito longe, onde tudo era negro e lá via coisas que lhe metiam medo e que não queria mais ver.

Sua mãe então me chamava, e eu me sentava perto de seu berço: ele segurava um de meus dedos com sua mãozinha quente e seca e me dizia:

— Padrinho, você tem de me contar uma história.

Eu lhe contava histórias de todo tipo, que ele ouvia gravemente. Gostava de todas, porém a que maravilhava sua alminha mais que todas era O *pássaro azul*. Quando eu acabava essa, ele me dizia:

— De novo! Conta de novo!

Eu recomeçava, e sua cabecinha pálida e cheia de veias ia se inclinando sobre o travesseiro.

O médico respondia assim a todas as nossas perguntas:

— Ele não tem nada fora do normal!

Não! O pequeno Sylvestre não tinha nada fora do normal. Uma noite, ano passado, seu pai me chamou:

— Venha, o menino está pior.

Aproximei-me do berço, ao lado do qual a mãe estava imóvel, ligada ao menino por todos os poderes de sua alma.

O pequeno Sylvestre virou lentamente em minha direção, as pupilas subiram sob as pálpebras e depois não queriam mais descer.

— Padrinho, não precisa mais me contar histórias.

Não, não seria mais preciso contar histórias para ele!
Pobre Jeanne, pobre mãe!

Estou muito velho para ser sentimental demais, mas, na verdade, é um mistério doloroso a morte de uma criança.

Hoje o pai e a mãe voltaram para passar seis semanas em casa deste velho. Lá vêm eles, voltando da floresta, braços dados. Jeanne está fechada sob seu véu preto e Henri traz um fumo em seu chapéu de palha; mas ainda assim brilha nos dois a juventude e eles trocam sorrisos docemente. Sorriem para a terra que os recebe, para o ar que os banha, para a luz que cada um deles vê brilhar nos olhos do outro. Faço-lhes sinal de minha janela com o lenço, eles sorriem para a minha velhice.

Jeanne sobe rapidamente a escada, me beija e murmura no meu ouvido algumas palavras que adivinho mais do que ouço. E respondo:

— Deus os abençõe, Jeanne, você e seu marido, até a sua mais longínqua descendência. *Et nunc dimittis servum tuum, Domine.*

Este livro foi composto na tipologia Revival565 BT,
em corpo 11/15, e impresso em papel off-white
80g/m², no Sistema Cameron da Divisão Gráfica
da Distribuidora Record.

Seja um Leitor Preferencial Record
e receba informações sobre nossos lançamentos.
Escreva para
RP Record
Caixa Postal 23.052
Rio de Janeiro, RJ – CEP 20922-970
dando seu nome e endereço
e tenha acesso a nossas ofertas especiais.

Válido somente no Brasil.

Ou visite a nossa *home page*:
http://www.record.com.br